Benito Pérez Galdós

Episodios nacionales V
España sin Rey

Barcelona **2024**
Linkgua-ediciones.com

Créditos

Título original: Episodios nacionales V. España sin Rey

© 2024, Red ediciones S.L.

e-mail: info@Linkgua-ediciones.com

Diseño de cubierta: Michel Mallard.

ISBN tapa dura: 978-84-1126-447-1.
ISBN rústica: 978-84-9007-318-6.
ISBN ebook: 978-84-9007-234-9.

Sumario

Brevísima presentación

La obra

España sin rey es la primera novela de la quinta y última serie de los *Episodios Nacionales* de Benito Pérez Galdós.

En *España sin rey* se recogen los hechos ocurridos desde la Revolución de 1868 hasta finales de 1869.

La obra retrata la España que sucede al destronamiento de Isabel II, en la que se debaten diversos intereses políticos y dinásticos. Sobre los acontecimientos históricos, Galdós construye una compleja peripecia sentimental en la que un joven político unionista, Juan de Urríes, mantiene relaciones amorosas con tres mujeres localizadas en tres bandos socio-políticos diferentes. Comienza durante el periodo electoral enamorando a Fernanda Ibero y Castro-Amézaga, hija del tradicional progresista Santiago Ibero, simbolizando así la alianza de unionistas y de progresistas que ha posibilitado la Revolución de 1868 y que, en buena ley, debería continuar. Cuando comienza el debate constitutivo, Juan de Urríes, sin dejar de entre-tener a Fernanda Ibero, inicia relaciones amorosas con la hijastra de la marquesa de Subijana, de ascendencia carlista, relación que termina en tragedia por los celos de Fernanda. Si el escritor trataba de simbolizar en la primera alianza la persistencia de la coalición de unionistas y progresistas, en el fracaso de estas relaciones está claro que da por resuelto el fracaso revolucionario por este cauce. Así que Juan de Urríes termina, por deseo de su hermano, casándose con alguien de su entorno socioeconómico y político, la marquesa de Aldemuz.

En la realidad, la coalición de liberales, moderados y republicanos se enfrentaba a la tarea de encontrar un mejor gobierno que sustituyera al de Isabel II. Al principio las Cortes rechazaron el concepto de una repú-blica para España, y Francisco Serrano fue nombrado regente mientras se buscaba un monarca adecuado para liderar el país. Previamente, se había aprobado una constitución de corte liberal que fue promulgada por las cortes en 1869.

I

Faltome tiempo y espacio para referiros un suceso doloroso acaecido en la familia de Santiago Ibero. Si me dais licencia, emplearé mis ocios en adobar esta y otras historias particulares anotadas en la cuenta de los años 1869 y siguientes, las cuales a mi entender no deben perderse en el sumidero del olvido, a donde paran muchas historias públicas pregonadas y trompeteadas por esa gran voceadora que llamamos *la Gaceta*. Los íntimos enredos y lances entre personas, que no aspiraron al juicio de la posteridad, son ramas del mismo árbol que da la madera histórica con que armamos el aparato de la vida externa de los pueblos, de sus príncipes, alteraciones, estatutos, guerras y paces. Con una y otra madera, acopladas lo mejor que se pueda, levantamos el alto andamiaje desde donde vemos en luminosa perspectiva el alma, cuerpo y humores de una nación... Por lo expuesto, y algo más que callo, pedida la licencia, o tomada si no me la dieren, voy a referir hechos particulares o comunes que llevaron en sus entrañas el mismo embrión de los hechos colectivos. El caso es este:

Primogénito de Santiago Ibero y de Gracia (la niña segunda de Castro-Amézaga) fue aquel ambicioso y desengañado joven cuyas andanzas a tiempo se relataron. Siguiole en el orden de sucesión Demetria Fernanda, nacida el 45, y el 47 vino al mundo Fernandito Demetrio. Por un caso de trasposición harto común en el habla doméstica, los segundos nombres de la niña y su hermanito pasaron a primeros, quedando así confirmados por el uso para toda la vida. No bien cumplidos los veintitrés años, era Fernanda una moza de opulenta hermosura, flor de la ibérica raza, traslado y reproducción femenina de su padre, de quien tenía los ojos negros y la mirada quemadora, la riqueza sanguínea, el cuerpo espigado, el andar resuelto, la terquedad aragonesa batida en el yunque riojano. Era de ventajosa talla; en las anchuras moderada, en las delgadeces recogida; la tez morenita, la boca no pequeña, roja y dulcísima. En el regazo moral de su madre y su tía Demetria, aprendió Fernanda todas las virtudes, y se revistió de aquella honestidad y comedimiento que tan bien cuadraban a su linaje por ambas ramas. La tenacidad de su carácter, la espiritual fuerza polarizada en dirección del bien, existían envueltas en capitas de dulce modestia, semejantes a las túnicas delicadas que protegen a ciertos frutos en formación.

La vida provinciana, casi lugareña, fomentaba en Fernanda un estado psicológico de puro desarrollo interno. Ni los padres habían pensado en casarla, ni anduvo ella en tanteos candorosos de novios o pretendientes, como es ley de vida en toda jovencita, aun las mejor nacidas, sin que por ello se empañe su pureza. Mostrábase con los jovenzuelos graciosamente esquiva; teníanla algunos por orgullosa o encopetada, de estas que se reservan y custodian en espera de un partido principesco, y cuando vuelven de su encanto se encuentran aderezando trapitos para vestir al Niño Jesús. Gustaba Fernanda de componerse y acicalarse con toda la elegancia posible, según las modas que a La Guardia llegaban perezosas; su presunción, encerrada escrupulosamente en la medida de la modestia, se producía dentro de los cánones de un gusto exquisito.

Amaba también la niña de Ibero el teatro, la sociedad, el baile decoroso, y por esto los amantes padres, atentos a dar gusto a una hija tan buena, pasaban en Vitoria dos o tres meses de invierno para presentarla en lo que socialmente llamamos *el mundo*, darle el goce de las representaciones escénicas por buenos cómicos, y alegrar su venturosa y lozana juventud. Completaban estas expansiones, en cierto modo educativas, las escapadas a Burdeos, en verano, con sus tíos Demetria y Calpena. En Royan pasó Fernanda semanas alegres de agosto en medio de una risueña sociedad de veraneantes. Allí, y en la gran ciudad girondina, se soltó en el francés, practicando lo poquito que sabía; dominó el acento y las fórmulas elementales de la conversación; perfiló su natural elegancia, corrigiendo la rigidez de modales y el hablar reducido y dengoso de las señoritas de pueblo.

A su fin corría con paso incierto el año 68, atropellando sus días inquietos entre clamorosas disputas. Habíamos hecho una revolución con el instrumento naval y militar, trayendo después al pueblo a que la confirmara, y apenas cogieron los nuevos estadistas el manubrio de gobernar, saltó la cuestión batallona: si quitado el Trono debíamos poner otro, o constituirnos en República. Y los españoles se encendieron en porfías y altercados sin fin. La oratoria, que había sido achaque de algunos escogidos habladores, se hizo manía epidémica, y hombres, mujeres y aun chiquillos, salieron perorando a cántaros, cada cual según su tema o sus humores. Los más fríos argumentaban así: «Pero, hombre, no es poco trabajo carpintear ahora un trono con las astillas del que acabamos de romper.» Y esta discusión primaria pronto había de ramificarse en variedad de peloteras. Los republicanos despotricarían sobre si la República debía llevar penacho unitario, federal o mixto, y los monárquicos andarían a la greña por si encasquetaban la corona en esta o en la otra cabeza.

A principios de diciembre, el Gobierno llamó a Cortes Constituyentes, fijando los días de las elecciones y de la apertura de la gran Asamblea en que se había de desescombrar a España, y enderezar lo caído, y poner mano en las nuevas construcciones planeadas por los revolucionarios. Y allí fue el correr los candidatos a sus casillas electorales, y el remover en ellas voluntades y opiniones, soltando la catarata de sus discursos. El ardor sectario en algunas localidades, la intriga y los amaños de amistad en otras, la tutela oficial en casi todas, iniciaron la campaña, tempestad ruidosa y fulgurante.

Pues Señor... la nube electoral descargó en La Guardia un candidato joven, de sonoro nombre y extraordinarios atractivos personales. Era don Juan de Urríes y Ponce de León, andaluz segundón de la casa noble de Ben Alí. Llevaba una expresiva carta de Sagasta para Santiago Ibero, en la cual, después de enaltecer la caballerosidad y el patriotismo del ilustre candidato, se indicaba que el Gobierno Provisional le vería con gusto representando en las Cortes Constituyentes la circunscripción de... (No aparece claro en los apuntes recogidos para esta historieta si la provincia agraciada con tan esclarecido candidato era Burgos, Álava o Logroño. Lo mismo da.) Cartas llevaba también de Olózaga para los pudientes de Oyón y Treviño; otras, que había de entregar en Vitoria, para ilustres canónigos y respetables veteranos del carlismo. Según decía Sagasta a su amigo Ibero, el gallardo joven no tenía ya cabimento en ninguna casilla electoral de su tierra, pues la que estaba vinculada en la familia Ben Alí la representaría el conde de este título, hermano mayor del don Juan de Urríes. Seguía este las banderas de la fracción o estamento unionista, compuesto de graves y aprovechadas personas. ¡Y tan aprovechadas! Como que sin ellas nunca se habría hecho la Revolución.

Por de contado, Ibero aposentó en su casa y agasajó cumplidamente al señor de Urríes, caballero de acabada hermosura varonil, años veintisiete, soberbia estampa, realzada por un hablar fácil y gracioso, que era el encanto de cuantos le oían. Muy honrados se consideraron Ibero y Gracia con tal huésped. Don Juan respiraba nobleza, elegancia; su traje y modales eran la misma distinción; sus pensamientos, expresados con exquisito donaire, revelaban un alma tan selecta como sus corbatas, y sentimientos primorosos, bien limpios y esmeradamente planchados. Aconteció que la visita de Urríes coincidía con la época en que los Iberos se trasladaban a Vitoria a cuarteles de invierno. Como el candidato había de seguir el mismo derrotero, no hubo necesidad de alterar planes, y allá se fueron todos. Demetria y su esposo don Fernando Calpena estaban a la sazón en Madrid con sus hijos.

Aunque los Iberos tenían casa propia en Vitoria, creyérase, por lo mucho que lo frecuentaban, que vivían en el palaciote de los marqueses de Gauna, parientes de Gracia por doña María Tirgo y el cura Navarridas, ya difuntos; parientes de Ibero por los Barandas y Pipaones... No vendrán ahora mal cuatro pinceladas descriptivas de la casa de Gauna y de sus moradores en aquellos años, gente de atildada bondad y llaneza no incompatibles con el rancio abolengo. Casos notables de longevidad ilustraban aquella mansión, descollando en ella el añoso don Alonso Landázuri, marqués de Gauna, del hábito de Santiago, que a su título añadía esta pomposa coleta: *Juez superintendente de Arcas y Tesoros de Encomiendas vacantes y Medias annatas.* Llevaba a cuestas noventa y seis inviernos, y aún tenía cuerda para un rato. Seguíanle en la serie cronológica otros vejestorios disecados y señoras embalsamadas: don Tirso Pipaón, sobrino del marqués, fraile exclaustrado que había sido *Provincial de la Orden de Predicadores de Alcarria y tierra de Toledo, supra Tagum*; doña Manuela Tirgo y Sureda, viuda de un alto funcionario de la corte de Oñate; otra momia nombrada doña Rita de Landázuri, solterona, hija del marqués; don Wifredo de Romarate, sobrino de Gauna, *Bailío de Nueve Villas* en la *Militar Orden de San Juan de Jerusalén.* Completaban la lista dos clérigos: el uno, *ex-Capellán del Hospital de Convalecencia de Unciones*; el otro, *ex-Canónigo cuarto de optación en la insigne Iglesia Colegial de Santo Domingo de la Calzada*, después *Canónigo entero en la de Logroño.*

En este museo de antigüedades destacábanse con juvenil colorido los presuntos Marqueses de Gauna: él, don Luis de Trapinedo, nieto del casi centenario don Alonso; ella, doña María Erro Sureda y Arias Teijeiro, que por los cuatro costados de su nombre declaraba su sangre carlista. Ambos eran agradables, hablaban y casi pensaban a la moderna. Tenían dos hijas muy monas, la mayor de la edad de Fernanda, sencillitas, inocentes, menos bellas y más provincianas que su amiga, y dos chicos adolescentes que estudiaban en el Instituto. Esta generación alegraba la casa holgona y feudal, enclavada en la ciudad antigua entre las calles de Zapatería y Herrería. Las familias de Trapinedo y de Ibero eran la vida y el color en medio de aquel ennegrecido retablo de *ricos omes*, *fijosdalgo*, dueñas *acecinadas* y reverendos eclesiásticos curados al incienso.

Viejos y jóvenes acogieron al caballero Urríes con deferencia y noble agasajo. Harto sabía él, consumado artista social, adaptarse a todos los medios; en la masa de la sangre tenía la facultad de asimilación, y en su labia flexible y chispeante un arsenal inagotable de recursos persuasivos. Conversando se llevaba de calle a todo el mundo; su dicción derramaba sin tasa la sal andaluza, sin ceceo, por haberse criado en Madrid. Entendía de linajes y entronques nobiliarios; de costumbres, modas y estilos de elegancia; usaba la sátira con donaire, la crítica con apariencias de buen sentido: el gracejo de los chascarrillos que contaba hacía desternillar de risa a las momias del palacio de Gauna; el propio don Alonso se estremecía riendo con muecas de ultratumba.

A los primores de la cháchara jovial añadía don Juan de Urríes el don singularísimo de impresionar a las mujeres con tonos y conceptos de fácil entrada en el corazón de ellas... Ya se adivina el resto... y es que con solo unos pocos días de trato en La Guardia y otros tantos en Vitoria, quedó Fernandita intensamente enamorada del don Juan, y llegó a prender en ella el fuego de amor con tal furia, que pronto fue incendio imposible de apagar. Ni ella trataba de sofocarlo; antes bien dejábalo crecer, dejábalo crepitar, echando en la hoguera toda su alma inocente.

El galán, vista la facilidad de su conquista, procedía con las formas pulcras del que ante todo anhela conservar su opinión y timbres externos de caballero. Buen cuidado tuvo de no salirse ni una línea del campo de la

corrección: sagaz calador del corazón femenino, entendía que era imposible llevar su conquista por caminos apartados de la pura honestidad.
Con toda su pasión y ciego delirio, Fernanda no le habría seguido. Podían
mucho en ella la educación, los ejemplos de su familia y el carácter rígido
de su padre. El don Juan supo enarbolar desde los primeros arrullos la
bandera de matrimonio, pues si así no lo hiciera, la niña se habría llamado
a engaño, dándose a la muerte antes que a la deshonra. No tardaron los
padres en hacerse cargo; que la comunicación, por miradas, actitudes
u otros chispazos del alma, llegó pronto al punto en que el secreto se
vende a sí mismo. Padres y amigos tuvieron por venturoso el hallazgo de
un porvenir... Quedaba la tramitación del noviazgo hasta la petición y las
nupcias, cuesta que los enamorados suben con brincos de impaciencia y
los mirones bostezando. Así es la vida: brincos aquí, bostezos allá.

Desde que la violentísima ráfaga de amor arrebató el alma de Fernanda,
esta no tenía sosiego: la extremada felicidad le dolía, y las risueñas esperanzas la punzaban. Era como una protesta de la naturaleza humana contra
la irrupción insolente del bien. Recordaba el dicho eclesiástico de que
hemos nacido para sufrir, no para gozar. Se impacientaba por llegar al fin, a
la solución de lo que tenía siempre, a pesar de la indudable formalidad del
caballero, el ceño del enigma. A ratos temía morirse antes de casarse, que
muriese don Juan, o que un espantoso cataclismo hundiera en abismos
de fuego a toda la humanidad. Y a ratos su felicidad se reclinaba en la
confianza, y de todo su ser despedía torrentes de luz.

¡Cuántas veces, paseando por el campo con el galán, la hija mayor de
Trapinedo y el cura don Tirso Pipaón, creía Fernanda que no pisaba el
suelo, sino una nube convertida en alfombra; que todas las cosas visibles
eran bellas, que las alturas de Gorbea podían alcanzarse con la mano, que
las coles sonreían y los árboles secos cantaban al paso del viento por entre
las ramas ateridas! Los burros cargados de leña o de ladrillos eran guapí-
simos, los grajos parleros, las ranas elocuentes, y los rastrojos de la tierra
encharcada pensiles cubiertos de flores. Los ojos negros de la señorita
enamorada devolvían a la Naturaleza el amor que de esta recibía, y apenas
devuelto lo tomaba de nuevo. Con este ir y venir, las miradas fulgentes de

la niña de Ibero encendían el cielo, abrasaban la tierra, y derretían la nieve que en aquella cruda estación blanqueaba las alturas.

II

Unos días a caballo, otros en coche, salía el galán a sus correrías electorales, visitando pueblos, alentando a los amigos y desarmando a los contrarios con urbanidad melosa. Aquí derramaba obsequios en especie o moneda, allá dejaba caer amenazas, y en todas partes prometía lo que no lograra cumplir si mil años viviera. Total, que triunfó, y quedaron los electores tan satisfechos como si hubieran encontrado la piedra filosofal. Trabajillo le costó a don Juan cortar las ligaduras de amor para irse a Madrid, a donde le llamaban sus deberes de hombre público y constituyente; y al fin, dado el último tirón que a él le dolió mucho y a Fernanda más, partió días antes del 11 de febrero, señalado para la apertura de las Cortes.

La novia era de las que no sin dificultad se consuelan consumiendo la propia idealidad. Al quedarse sola, levantaba castillos imaginarios, torres de proyectos más altas que la de Babel, y entre estas torres y castillos tendía cables y columpios en los cuales mentalmente se balanceaba. Era de ver cómo entre un aleteo de sus negras pestañas surgían los días futuros matizados de vivos colores. En la intimidad del pensamiento, Fernanda preveía lo moral y lo físico. Su marido era muy bueno, y además eficaz marido. Por consiguiente, ella tendría hijos, los cuales de seguro habían de ser guapos, inteligentes, tan buenos como su padre. Este ocuparía elevados puestos, ministro, embajador, y aunque la soñadora no se pagaba de vanidades, veía con gusto el encumbramiento del jefe de la familia por el honor que de ello había de recibir toda la descendencia... Meciéndose en su columpio, Fernandita se miraba al espejo de un remoto porvenir, y en él se veía risueña, grave, bella en sus años maduros, los negros cabellos ya nevados... En tal estado, Fernanda acariciaba a sus nietos...

Desde Madrid continuaba el galán constituyente alimentando con cartas la hoguera de amor. A Fernanda prolijamente escribía, llenando el papel de cariñosos melindres que no perdían su valor por repetidos y vulgares. Pudo notar la señorita que su caballero era menos inspirado escribiendo que hablando. Ella plumeaba mejor que él, y solía *poner* cosas que a nadie se le habían ocurrido antes. Vaya de muestra: «Estoy celosísima de las Cortes, que me parecen unas jamonas habladoras y emperifolladas.» «Dices que vais a hacer una Constitución. Por Dios, no te metas en eso... En todo caso, coge una de las viejas, y con algún garabatito aquí y otro allá, la presentas como nueva. Me ha contado mi madre que el famoso caballero don Beltrán de Urdaneta, cuando ya chocheaba, no tenía más entretenimiento que hacer constituciones. Todas las noches escribía una, y al día siguiente hacía con ella pajaritas.»

A Ibero también escribía Urríes de vez en cuando, informándole del curso de la política. Divagaba, hinchaba las noticias, y se ponía furioso siempre que mentaba a los republicanos. «Esos majaderos están comprometiendo la Revolución con sus exageraciones... En Cádiz, el Puerto, como antes en Málaga y Antequera, se suceden las escenas *vandálicas*... Me ha dicho el duque de la Torre que no hay más rey *viable* que Montpensier. Urge restablecer la Monarquía para que los *vándalos* del republicanismo se encuentren con la horma de su zapato.» El hombre de inagotables gracias en la conversación, no sabía salir, escribiendo, del círculo tonto en que están contenidas todas las vulgaridades del pensamiento.

A principios de marzo volviéronse los Iberos a La Guardia, y a los pocos días de estar allí tuvieron de huésped a uno de los *ricos omes* o *fijosdalgo* que decoraban la casa Gauna, Frey don Wifredo de Romarate y Trapinedo, que en sus tarjetas ponía sobre el nombre un casco rematado de plumas, y debajo este título insigne y pomposo: *Bailío de Nueve Villas en la Real y Militar Orden de San Juan de Jerusalén*... Era un caballero cincuentón, de corta talla y tiesura ceremoniosa, pulcro, remilgado, afeitadito, espejo de la buena crianza y diccionario vivo de las palabras finas y corteses. Cifraba su orgullo en pertenecer a una de las Órdenes de caballería más ilustres, y nada le halagaba como que le llamaran *señor Bailío*, aunque todos ignorasen el significado de la palabreja... Pues, como digo, apareciose inopinadamente en La Guardia el señor don Wifredo, y Santiago Ibero le tuvo en su casa los días que empleó el Bailío en despachar sus menesteres en la villa. (Aquí un paréntesis para decir que Romarate trató siempre a Fernanda con las más exquisitas atenciones y los rendimientos más refinados. Era como un caballero *servente*, que a la dama obsequiaba y asistía, sin traspasar nunca la línea que separa el cortesano respeto del melindre amoroso).

De La Guardia fue don Wifredo a Cenicero y Logroño; siguió después a Viana, y de aquí a Estella. A las tres semanas de su partida se le vio aparecer de nuevo en La Guardia por el camino de Oyón, acompañado de otros dos caballeros, que así los llamamos porque venían en sendas mulas, no por su aspecto, que era como de clérigos vestidos de paisano. Aposentáronse en la casa de Crispijana, dando excusas a Ibero por no aceptar su hospitalidad. Los dos sujetos que con el Bailío viajaban, no podían encubrir su carácter eclesiástico. No eran viejos, no tenían aire juvenil; antes bien revelaban el cansancio de las naturalezas consumidas por el sedentarismo y el estudio de esas materias abstrusas, que lo mismo dan de sí sabidas que ignoradas. Uno de ellos era endeble, medio cegato, con anteojos de una convexidad extremada; el otro hablaba con acento extranjero, picando en todos los asuntos sin eludir los mundanos. Cuando fueron a visitar a Santiago, el Bailío presentó al primero diciendo que era un afamado teólogo; al nombre del otro agregó una retahíla de conocimientos: Historia, Matemáticas, Lenguas orientales, Geografía. Era incansable viajero. Acababa de llegar del Japón, y después de recorrer *la España*, se embarcaría para el Perú.

El amigo Ibero no necesitó preguntar a Romarate el móvil de tales viajatas. Al punto le dio en la nariz el tufo carlista: como hombre de corazón abierto, lo dijo claramente a los tres señores en la segunda visita que le hicieron; y como añadiese algunas palabras de asombro por la impavidez y ningún sigilo con que los tradicionalistas andariegos llevaban su negocio, replicó el teólogo: «Nos acogemos a los derechos individuales que proclama la Constitución nueva: *Libertad igual para todos*, señor don Santiago, *porque si no, no es tal libertad...* Permítame usted que me ría un poco de la candidez de los señores de la *España con honra*.»

—Está bien —dijo Ibero—. Pero la Constitución no se ha promulgado, no rige todavía.

—Para nosotros como si rigiera —agregó el Bailío sonriente, echando atrás la cabeza con airecillo de autoridad dogmática—. Y no dude usted que estamos agradecidos a la *España con honra* por la generosa concesión de esos derechos... inalienables... En esto se ve la mano de la Providencia: nos dan la libertad que esa misma Libertad necesita para ser abolida... O como dijo el sabio: *similia similibus...*

En otra conversación, solos Ibero y Romarate, este empleó conceptos de hueca solemnidad para contar a su amigo que los carlistas áulicos habían conseguido del príncipe don Juan que abdicase en su hijo. No era don Juan hombre capaz de sostener en toda su pureza el dogma de la legitimidad. Para esto había venido al mundo don Carlos, hijo de aquel, joven de excelsas virtudes y partes, grande, apuesto, magnánimo, bien penetrado de sus deberes como de sus derechos, que arrancaban de su realeza histórica y divina, hijo intachable, padre de sus pueblos, esposo de una ilustre princesa que daría prez y honor al Trono de San Fernando. Y antes de acabar esta letanía sacó del bolsillo interior de su levitín un retrato de fotografía que enseñó a Santiago. Este lo había visto ya en casa de Crispijana, afiliado también a la Causa que a la sazón revivía de sus cenizas. Sin entusiasmarse con la figura del príncipe, elogió la talla lucida, la gallardía marcial, la expresión varonil, y devolviendo la cartulina, con melancólico y frío acento se expresó de esta manera: «Cuando al carlismo dimos sepultura en Vergara, lo dejamos muy a flor de tierra. Claro: con la alegría de terminar la guerra, no pensábamos más que en abrazarnos... No nos dimos cuenta de que el enemigo mal enterrado estaba medio vivo.»

—Diga usted que con toda la vida y robustez que tuvo en los días de Zumalacárregui y de Cabrera... Vacante el Trono, por haberse podrido la rama segunda, nadie puede evitar que venga la primera... Declare usted con toda franqueza, como hombre discreto y leal, si cree posible que España reciba y aguante a un Rey extranjero.

—¡Rey extranjero!... Eso nunca —afirmó Ibero poniendo en su voz todo el españolismo de su nombre y apellido.

—Veo que es usted de los míos... Carlos VII es nuestro Rey, el único Rey posible...

—No estoy conforme, señor Bailío; no me llame usted de los suyos... Me sublevo... quiero decir, voto en contra... Guárdese usted su Rey.

—No me lo guardo, pues no solo es Rey mío, sino de todos los españoles... Precisamente aquí tengo dos cartas... *(Metiendo mano al bolsillo.)* Una es de don Joaquín Elío *(sacándola).* Otra es del señor Arjona, secretario de Su Majestad...

—Sí, sí... le escribirán con la pluma mojada en ilusiones...

—Me dicen... *(gravemente, envainando las cartas)* que antes de San Juan estará el Rey legítimo en el Palacio de Madrid...

—Lo dudo... pero si así fuere... No le arriendo la ganancia... ¿Y cree usted, don Wifredo, que Prim se cruzará de brazos?...

—No sé de qué se cruzará... Sé que en el ejército español hay infinidad de jefes y oficiales que pronto tomarán el camino por donde ha ido el coronel don Eustaquio Díaz de Rada... Prim verá que el ejército español se le escapa por entre los dedos.

Con frases un tanto vivas de una y otra parte terminó el coloquio. El alavés se despidió para Miranda, a donde iría con sus acompañantes, el teólogo y el enciclopédico, ambos jesuitas de cuidado. El primero era de los expulsados de España en octubre del 68; el otro, polaco recriado en Francia, poseía en grado sumo la facultad de asimilación, y a los pocos días de entrar en España mascullaba nuestra lengua, apropiándose con furioso y pertinaz estudio el conocimiento gramatical, y ejercitándose en la palabra castellana, en su acento y prosodia, con arrestos de conquistador... Ambos iban rectilíneos y sin pestañear al fin que se les señalaba, resortes inflexibles de una máquina tenebrosa y fuerte, soldados de una Orden de caballería que unos creen de Dios, otros del Diablo.

Cuando Romarate se despidió de la familia Ibero, pidiéndole a Fernanda órdenes para don Juan de Urríes y Ponce de León, la hermosa señorita se mostró desconsolada por la ya larga ausencia del galán, doliéndose de que el corte y costura de una Constitución durase tanto.

—Ya están dando las primeras puntadas —dijo don Wifredo—. Es una prenda de vestir que nosotros nos pondremos, pero volviéndola del revés... Del derecho podrá servirnos para Carnaval.

Habló después Fernanda de sus rabiosas ganas de ir a Madrid, y de la cachaza con que sus padres habían aplazado de un año para otro la satisfacción de este deseo. Sus tíos Demetria y Fernando la llamaban desde allá con voces cada día más cariñosas. Faltaba solo que su padre se determinase a llevarla.

Oyendo esto, Gracia y Santiago sonreían. Don Wifredo, tomando un aire de intercesión paternal y caballeresca, apoyó a la señorita. Los padres no decían que no... Lo pensarían... La mamá, amargada por la desaparición de su querido hijo Santiago, sentía horror del bullicio de las capitales, y no quería separarse de Fernanda hasta que esta se casara... Si la boda

era en otoño, Madrid sería el punto elegido para el viajecito de novios...
¡Madrid, Sevilla, Granada...! Ante estas manifestaciones, Fernanda suspiraba, soltando su imaginación por los piélagos infinitos del espacio y del tiempo; y después de un navegar loco, volvía, como la paloma del arca, con una rama en el pico... Rama de los olivares andaluces.

Salieron para Miranda el Bailío y los clérigos de San Ignacio; mas en aquel punto se separaron, marchando los jesuitas a Tolosa, y agregándose a don Wifredo para ir con él a Madrid otro eclesiástico, ya mencionado en la relación de los huéspedes de la casa de Gauna. Era el doctor *in utroque* don Cristóbal de Pipaón y Landázuri, sobrino o resobrino del marqués por agnación lejana, varón ilustrado y pío, con gafas de oro, mirar oblicuo y habla reposada. De sus títulos eclesiásticos no se copia más que mínima parte: *canónigo cuarto de optación...*, *canónigo entero...*, *chantre de Armentia...*, *prestamero de San Miguel*, etc. La opinión le señalaba por su conducta severa y por su feroz intransigencia política. Últimamente diéronle fama de poetas varias composiciones religiosas de estilo tonto-pindárico. La lira de don Cristóbal cantaba asuntos bíblicos con estro semejante al volar de un pato, con engarabitada sintaxis y terminachos pedantescos. Todo era Jehovah para arriba, Jehovah para abajo, y poner motes a los demonios, llamándolos *tartáreos* o *abortos del Horeb*; a Jerusalén llamábala *reina impura*. Hablaba de la faz jocunda de Dios en su trono, y de la *impía raza de Cam* (los judíos). Describía con pelos y señales la mansión de los justos: *los abismos de azul, las cataratas de vívido fulgor llenan los cielos...* Se metía con el filisteo y el saduceo, poniéndolos como hoja de perejil, y ensalzaba la *mano innocua* de Jesús curando a los leprosos. Aunque nadie entendía los versos del conspicuo don Cristóbal, unos cuantos amigos de su misma cáscara le alzaban hasta el cuerno de la Luna, diputándole por eminentísimo poeta entre los primeros del mundo. La verdad era que al buen señor no deslumbraban los ridículos encomios, y se hacía muy de rogar para dar a la estampa sus bíblicas, retumbantes y huecas majaderías.

Sin contratiempo alguno hicieron su viaje don Wifredo y don Cristóbal. Despabilados y nerviosos, no pararon de charlar en todo el camino, agotando los tópicos de la ojalatería y cuentas galanas. Eran dos monomaníacos que jugaban a la pelota con la idea que a entrambos enardecía y fascinaba. El *canónigo entero*, en un arrebato de optimismo humanitario, planeaba la nueva Inquisición para limpiar de errores heréticos a la gran familia española, y Romarate esbozó pragmáticas diaconianas que restablecieran las buenas costumbres, el respeto a la nobleza y al sacerdocio. De madrugada, cuando ya el sueño les rendía, sin que remitiera la embriaguez optimista, don Cristóbal dijo a su amigo:

—Créame usted, señor Bailío: una de las primeras medidas debe ser el establecimiento de la censura para poner coto a los mil esperpentos que se publican. Yo no permitiría la impresión de composiciones poéticas que no tuvieran un fin altamente moral y un estilo decoroso.

Asintió don Wifredo con cabezadas, pensando en otra cosa: la recompensa de su adhesión sería una embajada en cualquiera de las cortes extranjeras. Durmiose, y al poeta bíblico también se le cuajaron los pensamientos en una mezcla de sueño y cavilación. Pero no dormía con sosiego, porque en la cabeza le estorbaba un desmesurado gorro, al cual tenía que echar mano para que no se le cayese. A fuerza de tocarlo, llegó a entender que era una mitra... En uno de sus dedos notaba la presión de un gordo anillo, y a cada movimiento del buen señor, el pesado báculo le daba un golpe en la nariz... La complicada vestimenta crujía con rumor de seda y rigidez de bordados de oro...

Al entrar el tren en la estación de Villalba, ambos viajeros, en dislocantes posturas, roncaban estrepitosamente.

III

No era rico ni mucho menos el caballero de Jerusalén. Su hacienda consistía en dos casas modestas en la parte alta de Vitoria, llamada *Villa de Suso*, y en un caserío situado en Arganzona, hermandad o término de la capital de Álava. De sus mezquinas rentas gastaba tan solo lo preciso para su sostenimiento, y defendía el corto peculio con su asistencia casi diaria a la mesa del marqués de Gauna. Gracias a esto, el Bailío tenía sus ahorros, que aplicaba al dispendio extraordinario, o al renglón de viajes en servicio de la Causa. Hombre más arreglado no se conocía en el mundo: jamás contrajo la menor deuda; jamás recibió de amigos ni de parientes préstamo ni favor alguno en metálico.

Ajustándose a sus limitados posibles, don Wifredo, apenas resolvió el traslado a la Corte, escribió a un su amigo de toda confianza que le previniese un alojamiento decoroso y no caro, como otros que tuvo en Madrid en viajes anteriores, el 49 y el 53. El discreto amigo, doctor don Pedro Vela y Carbajo, *Comendador de la Orden de Alcántara y Capellán mayor del Convento de las Descalzas Reales*, cumplió el encargo con diligencia y tino. Ved al buen Bailío instalado en una casa de huéspedes decentísima y de buen trato, calle de Atocha, entre San Sebastián y Santo Tomás. Al escribirle a Vitoria incluyendo las señas en un papelito con olor de incienso, don Pedro Vela le decía: «Es casa de las más recogidas de la Corte, pues no se admiten más que personas recomendadas. Allí van sacerdotes y señoras mayores que huyen del bullicio. El trato es excelente y como de familia. A las ventajas de buen Sol, calle espaciosa y ventilada, une la inapreciable proporción de la misa cercana por un lado y por otro.»

Instalados los dos amigos en la casa que les recomendó el señor Vela, vieron que este no había sido hiperbólico en los encarecimientos. La vivienda hospederil era de lo mejor en su género, limpia y ordenada. Como una docena de personas vieron en el comedor a la hora de los garbanzos, gente juiciosa y grave, con excepción de dos jóvenes inquietos y un poco maleantes, que se permitían adulterar la honesta conversación con frases equívocas y vocablos de reciente cuño callejero. Había un sacerdote, un relator de la Audiencia, un coronel retirado con su esposa, dos ricos caballeros extremeños, un cónsul, y otros sujetos de circunstancias.

Ilustre huésped de la casa era una señora marquesa, ya madura, con sobrina y criada; pero esta familia comía en su cuarto, y era casi invisible. La dueña, señora mayor de buen porte y modales finos, no hacía más que vigilar el servicio, recorriendo cuartos y pasillos asistida de un grueso bastón, por estar dolorida de las piernas. El gobierno inmediato de la casa llevábalo una mujer de mediana edad, limpia, seca y no mal parecida, andaluza, muy diligente. El ama la llamaba *Chele*, y algunos huéspedes pronunciaban su nombre invirtiendo las sílabas. Todo lo que vio y observó en la casa el señor Bailío fue de su agrado; todo le parecía discreto y conforme a la buena educación, menos la desenvoltura de lenguaje de los dos caballeretes. Y lo que mayormente en estos le disgustaba, era que a la gobernanta de la casa la llamasen *doña Leche*, nombre o remoquete que a su parecer no era completamente decoroso.

Mientras más a los mozalbetes trataba, menos estimación les tenía. Uno de ellos cultivaba una uña. Había dejado crecer desmesuradamente la del dedo meñique de la mano izquierda, limpiándola con potasa y cuidándola como se cuida un objeto de gran valor. Con los gestos de su mano hacía por mostrar a la admiración del mundo aquella excrescencia, como si fuese una joya. Tal moda de origen chinesco le pareció a don Wifredo una porquería, y así lo manifestó al joven, recordándole uno de los consejos de don Quijote a Sancho; mas con tal discreción y timidez lo hizo, que el dueño de la uña no se dio por ofendido. La manía del otro era *culotar* una boquilla de las que llaman de *espuma de mar*. Fumaba puros de estanco, más que por el vicio del tabaco, por el gusto de arrojar sobre la pipa los chorros del humo. Esto hacía sin parar, parloteando de sobremesa en el comedor, y luego frotaba la boquilla con un trapo de lana. Satisfecho de su labor, mostrábala a los huéspedes para que admirasen el negro brillo que tomaba. Luego se iba al café, donde seguía culotando y frotando, y ofreciendo su obra a la admiración de un círculo de ociosos.

Los insustanciales señoritos, el de la uña y el de la boquilla, se revelaron pronto en el comedor de la casa como pretendientes a destinos. Al discreto y comedido don Wifredo le repugnaban aquellos silbantes que pretendían y al propio tiempo criticaban con chocarreras expresiones a los hombres de la *Gloriosa*. El uno imitaba la voz atiplada de Castelar; el otro zahería con chanzonetas del peor gusto al duque de la Torre; al propio Prim y a Sagasta escarnecían ambos, y de todos los candidatos al Trono hacían disección y picadillo con anécdotas soeces.

Al sacerdote que en la casa vivía abordaron pronto los dos alaveses, quedando muy desconsolados del trato de aquel sujeto. Llamábase don Víctor Ibraim, y llevaba luengos años en el sacerdocio castrense. Desde las primeras palabras gargajosas del clérigo andaluz, le dio en la nariz a don Cristóbal olor de caballería. Hablando de diferentes asuntos eclesiásticos y políticos, los tradicionalistas descubrieron en el huésped hervor de ideas revolucionarias y un soez desenfado para manifestarlas. Entre la hojarasca de sus vanos conceptos, dejaba traslucir el castrense una ambición insensata. El propio Romero Ortiz le había prometido la Rectoría de Atocha, destino calificado y pingüe. Pero pasaba el tiempo, *¡caray!*, y ya se cansaba de esperar el santo nombramiento... Brindose luego Ibraim a presentar al señor De Pipaón en San Sebastián, donde tendría misa diariamente, y remató la oferta con estas groseras palabras: «Ojo al cura, que es un tío muy malo... y el bandido del colector no le va en zaga.» Guardáronse muy bien los alaveses de clarearse ante aquel renegado. Apenas oyeron los primeros bramidos de su ambición no satisfecha, encerráronse en reserva sagaz, envolviendo cuidadosamente el lío que llevaban a Madrid.

«Hemos de recatarnos de este sinvergüenza —dijo Pipaón a su amigo cuando se hallaron solos—, porque como buen revolucionario y mal sacerdote, será de los que llevan soplos al Gobierno.» Y otro día, cuando incidentalmente se tocó la cuestión de reyes posibles en España, Ibraim se dejó decir que el carlismo era una aberración de cerebros enfermos. Luego nombró a don Carlos con el mote irrespetuoso de *Niño terso*, inventado, según el canónigo poeta, por los graciosos *que infestan la noble habla castellana*. Oía don Wifredo por primera vez denominación tan irreverente, y un noble coraje encendió su alma caballeresca, monárquica y religiosa en que revivía el espíritu de las Cruzadas.

A los tres días de su llegada recibieron los de Álava la interesante visita de dos caballeros muy señalados en Madrid por su filiación política, con vueltas a la fama literaria. Eran Gabino Tejado y Navarro Villoslada, ambos atrozmente neos o clericales, buen orador y periodista el primero, el segundo excelente prosista, y el que con más ingenio y dotes narrativas había cultivado en España la novela histórica en el género de Walter Scott. Era Tejado de mediana estatura, de rostro duro y bruscas maneras, que se acomodaban a su intransigencia irreductible; Villoslada no desmerecía del otro en el rigor absolutista; pero le aventajaba en estatura y no carecía de cierta flexibilidad en el trato, por lo que contaba con buenas amistades en el bando liberal. A primera vista causaban cierta pavura su talla escueta y el color subidamente moreno de su rostro, en el cual boca y ceño nunca fueron apacibles. Tejado solía emplear el tono humorístico con gracejo y elegante frase. Ambos se producían en sus escritos como en su conversación con cierta donosura tiesa y castiza que, según el entender de ellos, era el verbo adecuado a las ideas que profesaban.

La primera entrevista de Tejado y Villoslada con el Bailío de Nueve Villas y el canónigo Pipaón no duró menos de dos horas. En ella cambiaron instrucciones y planes; hubo trasiego de papeles y notas, designación de pueblos adictos, listas de personas que ansiaban dar su vida por la Causa, y todo lo demás que es materia prima del amasijo de las conspiraciones. Los tales caballeros trabajaban la harina con activa mano; pero faltaba el horno bien caldeado para intentar y obtener la cochura. Sin esto, de nada valdría la preparación de la masa, como verá el que siga leyendo...

Nuevas entrevistas celebraron los mismos sujetos en la casa de huéspedes, y otra, con más asistencia de amasadores, en un tenebroso piso bajo de la calle de la Cruzada. De aquel local recóndito, con trazas de masónica sacristía, salió el acuerdo de que don Cristóbal de Pipaón acudiera *incontinenti* a varios pueblos de la Mancha, donde era necesaria la presencia de varón tan calificado, y don Wifredo quedase en Madrid esperando instrucciones de carácter delicadamente internacional, las cuales le obligarían a visitar con tapadillo impenetrable las Cortes extranjeras.

Todo lo que dispuso el reverendo Sínodo fue cumplido al pie de la letra, y en Madrid quedó muy gozoso y hueco el señor Bailío, recreándose mentalmente en la secreta misión que se le confiaría y en los graves puntos que había de tratar con las Potencias de Europa; misión que a su parecer encajaba en él como anillo al dedo.

Hallándose don Wifredo en esta expectación, hizo un nuevo y peregrino conocimiento sin salir de la casa. Como ya se ha dicho, allí moraba una linajuda y triste señora que día y noche permanecía recluida en su aposento, sin dejarse ver más que de muy contados visitantes. En el comedor había oído el Bailío diferentes versiones acerca de la retraída y un tanto misteriosa dama: quién la consideraba mujer *de historia*, degenerada en *novela* de litigios denigrantes; quién deslizaba el innoble supuesto de que la bella sobrina, que compartía la triste existencia y reclusión de la señora mayor, no era tal sobrina, y sí una princesa de sangre real... El tontaina de la larga uña llegó a insinuar algo más grave, suponiéndola de sangre pontificia... Tales desatinos encendieron la ira de don Wifredo, y con la ira la curiosidad. Pero Dios quiso que esta quedara pronto satisfecha, porque una tarde llegose a él risueña y susurrante *doña Leche* con la encomienda de que la señora marquesa, sabedora de quién era don Wifredo y de su jerarquía y significación, le suplicaba que la honrase con su visita.

Acudió a la cita el caballero; recibiole la señora con amable finura, mostrando alegría y orgullo de verle en su cuarto; de un gabinete próximo salió la sobrina; sentose él, después de los obligados cumplidos, y frente al enigma pensaba que le sería fácil descifrarlo... La dama se dio el título de marquesa viuda de Subijana, que don Wifredo desconocía, aunque en su oído sonaba con eco alavés. Los apellidos eran Lecuona y del Socobio, y apenas enunciados añadió la marquesa que estuvo reñida con sus parientes de Madrid, Serafín del Socobio, y con la viuda de Saturnino, una tal Eufrasia, advenediza, que de aluvión bastante turbio había entrado en la familia. Oyendo estas cosas, pasó rápidamente don Wifredo por variables estados de ánimo. Tan pronto creía que hablaba con una farsante aventurera como con una víctima inocente de graves discordias domésticas. Al fin resultó que la marquesa viuda de Subijana sostenía en Madrid un rudo pleito con el Estado por la posesión de gran parte de las salinas de Añana, que el ministro de Hacienda de O'Donnell, señor Salaverría, vendió indebidamente años atrás.

En el curso de la exposición del litigio, pudo observar el sanjuanista la dicción perfecta que declaraba el alto abolengo; observó también la belleza de la sobrina, que era del tipo angélico, rubia, vaporosa, espiritual.

Diríase que sus brazos, honestamente recogidos, se iban a convertir en alas, y que todo lo que su modestia callaba lo diría remontando el vuelo por encima de las cabezas de la tía y el visitante. Una vez que la ilustre viuda explanó sus derechos, se metió en el campo político, declarándose ferviente partidaria de la Causa que el caballero defendía. No había otro Rey para España que el gallardo príncipe, hijo de don Juan y nieto de don Carlos María Isidro. A estas manifestaciones añadió el relato patético de sucesos presenciados por ella en los años 34 y 35; páginas palpitantes de la vida y desengaños del asendereado Carlos V, la verdadera Historia de España, según don Wifredo. Aunque se la sabía de memoria, oíala siempre con desmedido gusto. La otra Historia, la de la rama segunda, que a Isabel enaltecía llamándola reina y a su tío denigraba con el depresivo mote de *Pretendiente*, le atacaba los nervios: era una Historia suplantada, apócrifa y petardista.

IV

Embelesado prestó atención el buen Romarate a este relato fidedigno. «Yo, señor mío, seguí a don Carlos, a la reina doña Francisca y a sus hijos, con la princesa de Beira, en la persecución que sufrieron en Portugal, después de la derrota de los *miguelistas* por las tropas de Saldaña y Rodil, y embarqué en el *Donegal* con los Reyes y su séquito. Era yo camarista de mi señora doña Francisca, y constantemente al lado suyo en aquellos trances, pude admirar su grandeza de alma y su valor sublime ante la adversidad. Si don Carlos Isidro era la paciencia resignada, en doña Francisca había usted de ver la fortaleza desafiando al Destino. De don Carlos Luis puedo decir que no se ha conocido príncipe más inteligente, ni más simpático y resuelto. ¡Con su muerte, ¡ay!, perdió España un excelso Rey!»

Con cierta prevención escuchaba don Wifredo este exordio, sospechando que la tronada marquesa historiaba de oídas; y para salir de dudas, la interrogó bruscamente: «¿Recuerda usted, señora, el nombre del pueblecillo donde embarcaron?»

—Aldea-Gallega —replicó al instante la narradora—. ¿Cómo no he de acordarme si en mi vida he pasado mayor susto que en la angustiosa travesía de la playa al navío, que era inglés, como usted sabe? Lo que tal vez ignora es que el comandante se llamaba Pushave, y era hombre seco y de pocas palabras.

—Lo sabía, señora, y también que en el séquito de nuestros Reyes iban algunos generales.

—Sí, sí: Romagosa, González Moreno...

—Y Maroto, señora, y dos Mariscales de Campo.

—Abreu, Martínez: bien me acuerdo. El personaje que más abultaba por su hinchada jerarquía era el obispo de León, señor Abarca. También llevábamos al padre La Calle, confesor del Rey, y al padre Ríos, ayo de los príncipes, y otros padres, que no se mareaban y comían como buitres.

—No se olvidará usted del Gentilhombre señor conde de Villavicencio, pariente mío.

—No me olvido de ese, ni de mi tío materno el marqués de Obando. Llevábamos también al secretario Plazaola, al brigadier Soldevilla, a los médicos Llord y Villanueva, y al caballero francés Saint-Silvain.

—Veo que tiene usted una memoria felicísima —afirmó Romarate, sosegado ya de su recelo—. Me ha dicho usted que era camarista de Su Majestad la reina.

—Sí, señor. Mi esposo, caballerizo de Su Majestad, quedó en Portugal, encargado de traer con sigilo pliegos del Rey a Madrid y a las Provincias Vascongadas... Nuestro viaje fue pesadísimo por causa de las calmas. Doña Francisca, impaciente por llegar a Inglaterra, imprecaba con ardor a los vientos dormidos y al tiempo perezoso... Por fin ¡válgame Dios!, llegamos a Portsmouth, en cuyas aguas nos tuvieron fondeados dos días sin dejarnos desembarcar. ¡Qué ansiedad, qué amarguras las de aquellas horas! A bordo vinieron varias autoridades que, con preguntas irrespetuosas, indiscretas, aumentaban la desazón de la Familia Real. Al cabo llegó un inglesote con el escopetazo de que el Gobierno británico no reconocía los derechos de nuestro señor don Carlos al trono de España, y que no podía tributarle honores regios, ni tampoco honores de príncipe, como no renunciase previamente a lo que aquel bárbaro llamaba *derechos ilusorios* a la Corona. No podía, pues, el Gabinete inglés concederle mejor trato que el correspondiente a un simple particular.

—De entonces acá, señora mía —dijo sesudamente el caballero de San Juan—, ha cambiado mucho la opinión de la Inglaterra respecto a estos particulares, y no han tenido poca parte en esta mudanza los escándalos del reinado de esa pobre doña Isabel... Y no la llamo reina, porque no lo ha sido más que de hecho... El hecho contra el derecho claro y patente no tiene valor alguno. Esa Isabel, mal llamada *Segunda*, es para mí como una sombra que ha pasado por el Trono sin romperlo ni mancharlo... Siga usted, señora.

—El agravio de aquellos malditos ingleses nos encendió la sangre. Como no nos entendían, les insultábamos en nuestra lengua. Yo no podía contenerme: les dije todas las desvergüenzas que podía decir una señora, y algunas más... Saltamos en tierra... El Rey se mantenía en su paciencia taciturna: miraba al suelo y movía los labios como si rezara entre dientes. Doña Francisca, mujer poco sufrida, de sentimientos hondos, fácilmente inflamables, no disimuló la quemadura en el rostro que el bofetón inglés le había causado, y con fiera dignidad de reina ofendida protestaba del ultraje en formas iracundas. No había consuelo para ella. La negación, burla más bien, de sus derechos, les ponía en un grado de excitación cercano a la demencia... La familia no quiso residir en Portsmouth. En una quinta de las cercanías de Gosport se instalaron los Reyes con su inmediata servidumbre. De las camaristas, yo fui la única que permaneció junto a la reina doña Francisca, y puedo asegurar que ni una sola vez puso *la Señora* sus pies en la calle: tan grandes eran su tristeza y abatimiento.

Pausa larga y patética. Suspiró el caballero de San Juan, y su mirada melancólica, al vagar por la estancia como ave que busca su nido, se cruzó con la mirada igualmente desconsolada y errabunda de la señorita angélica, que figuraba en el mundanal catálogo como sobrina de la marquesa de Subijana. Chocaron las miradas un momento; la señorita recogiose de nuevo en sí, apretando contra el cuerpo sus alas, sin decidirse a volar; rasgó el silencio una tosecilla del caballero, y al poco rato lo cortó la voz bien entonada de la señora, que así reanudaba el hilo de sus graves historias:

«Triste era la existencia de las reales personas en la soledad de Gosport. Corrieron los días con la única distracción de proyectos de viaje y planes belicosos. En diarios consejos de magnates se trataba de los arbitrios para costear la campaña en el Norte de la Península, donde ya estaba encendida la guerra; tratábase asimismo de si la presencia del Rey era o no necesaria para inflamar los ánimos de la gente carlista. Un día de gran discusión en el consejo, se levantó fuerte altercado sobre esto, y el obispo Abarca y el francés Saint-Silvain opinaron porque el Rey se reservara, cuidando de no exponer su persona al riesgo de los combates. Presentose de improviso la reina en medio de la junta o concilio, y con acento de dignidad y enojo soltó un severo discurso terminado con esta frase: *Quien aspira a ceñirse una corona por la fuerza, no ha de mirar peligros, no ha de mirar más que a la posibilidad o certeza de lograr el triunfo.*

»No fue menester más para que todos se decidieran por la presencia inevitable de Carlos V en Navarra y Guipúzcoa... Poco después, el travieso Silvain se procuraba unos pasaportes falsos expedidos a favor de *Alfonso Sáez y Tomás Saubot, comerciantes en la isla de la Trinidad,* y al amparo de estos papeles, partió don Carlos de Londres, atravesó el Reino de Francia, y el 1.º de julio del 34 fue recibido en Elizondo por Zumalacárregui. *Un faccioso más* dijo el badulaque de Martínez de la Rosa al saber la noticia... El faccioso era el Rey, un leño más, un bosque de leña arrojado en el incendio de la guerra.

»—Incendio —afirmó prontamente el Bailío— que no quedó extinguido en Vergara, sino mal tapado entre cenizas.

»—Llego a lo más sensible, a la mayor amargura y desolación de la historia que me tocó presenciar, y fue la muerte de mi amada señora y reina doña María Francisca de Braganza. La proscripción, la estrechez de la vivienda, la negrura del cielo inglés, los desaires de aquel Gobierno hereje más inclemente que cielo, suelo y clima, la incertidumbre y ¿por qué no decirlo?, la pobreza, pues Su Majestad llegó a carecer de lo más preciso, destruyeron su salud. La grande heroína quedó desarmada para la tremenda lucha que sostenía... La veíamos desmerecer por meses, por semanas. Su lozanía degeneró en extrema flaqueza. Todo en ella moría lentamente; solo vivían en sus ojos la tristeza y la majestad. Su hermana doña Teresa y yo, únicas personas que la asistíamos con nuestro cariño y nuestros cuidados, vivíamos en constante alarma. La arrogancia, la tirantez de voluntad que sostenían, como armazón de hierro, aquella desmayada naturaleza, vinieron a tierra con dos golpes de adversidad que recibió en mayo de aquel año funesto. El uno fue las malas nuevas que recibió del Pirineo, confirmadas por una carta de don Carlos en que le decía que, sorprendido por las avanzadas cristinas, estuvo a dos dedos de caer prisionero. Se salvó de milagro gracias a un pastor llamado Esain que en hombros le sacó por entre peñas y precipicios horribles, ocultándole en una choza.»

—Fue la ocasión más crítica —dijo don Wifredo— en que se vio Su Majestad durante aquella guerra, y una de las que más claramente manifestaron la acción tutelar de la Providencia.

—Permítame usted, señor Bailío —dijo con cierto escepticismo de buen tono la marquesa historiadora—, que dude de las bondades de la Providencia en aquellos días tristísimos. Esa señora tutelar no se dignó evitar a doña Francisca el horrible notición de la escapatoria de Carlos V, llevado a la pela por un pastor, como si fuera una oveja descarriada. Y para mayor desdicha, sobrevino nuevo altercado con las autoridades inglesas por negarle estas a *la Señora* los honores que a su realeza correspondían... Ardiendo en indignación, doña Francisca no se mordió la lengua. «Mis pretensiones y derechos —les dijo— nacieron conmigo; tienen un origen tan remoto y respetable como mi propia existencia. Toda detentación de estos derechos será un atropello inicuo.» No se dieron por convencidos los ingleses... La infeliz reina, sintiendo que se hundía todo su tesón, cayó moralmente desplomada, y su espíritu no alentó ya más que para prepararse a un morir cristiano... ¡Ay, señor!, no podré contar a usted la muerte de mi amada Señora sin que mis ojos se llenen de lágrimas y el corazón se me despedace. Arrebatada Su Majestad de una fiebre violentísima, estuvo algunos días entre vida y muerte. La ciencia hizo esfuerzos desesperados, y al fin se retiró de la lucha, dejando a la enferma en manos de Dios. Nuestros cuidados fueron también ineficaces... La tribulación y congojas de los últimos días no podré olvidarlas si mil años viviera... Rodeada de su familia y servidumbre, con entero conocimiento, despidiéndose de todos en tierno lenguaje, que parecía descender del cielo, grandiosamente, santamente, entregó su alma al Señor a las once y treinta y cinco minutos de la mañana del 11 de junio.

Gimoteando terminó la noble dueña su página histórica, y la señorita angélica rompió a llorar amargamente.

«Esta niña —indicó la marquesa, tratando de contener su propia emoción— es tan sensible, que no puedo referir delante de ella los trances dolorosos de nuestra Causa sin que se deshaga en lágrimas, como usted ve. Hija del alma, sosiégate. Han pasado más de treinta años desde aquellos días tristes, y ahora esperamos días risueños.»

Ni con estas palabras afectuosas se le calmó a la sobrinita la congoja, que más parecía mal de corazón... Contagiose la tía, y por no ser menos, también se afectó dolorosamente don Wifredo, que hubo de llevarse a los ojos su pañuelo marcado con la cruz de San Juan de Jerusalén sobre las iniciales.

V

«No haga usted caso, señor Bailío —dijo la dama, limpiándose el mojado rostro—. Es que somos tan desgraciadas, y con tanta saña se ceba en nosotras el infortunio, que por cualquier cosa, por un triste recuerdo, por una palabra de ternura, nos convertimos en Magdalenas...»

El noble caballero, dominando la parte de emoción que le había tocado, empleó toda su elocuencia en sosegar a tía y sobrina, logrando al fin que se iniciara lo que en lenguaje clásico se llamaba *descordojo*, o sea, el alivio de la congoja y el dulce placer que sigue a las fuertes aflicciones. Por fin, a ratos condolido, a ratos consolado, los ojos de Romarate se embelesaban en la admiración de la señorita, cuya belleza no desmerecía con el llorar. Aunque la nariz se le había puesto muy colorada, y la boca se contraía con muequecillas poco estéticas, don Wifredo la consideraba tan bonita como los ángeles que acompañan en su duelo a Nuestra Señora de las Angustias.

Sosegadas tía y sobrina, entraron los tres en conversación de cosas positivas y tocantes a intereses, y el alavés pudo enterarse de que el bienestar de ambas señoras dependía de una resolución del Consejo de Estado. En Madrid tenía la marquesa conocimiento con personajes de los que la Revolución había puesto en candelero. Sin ningún escrúpulo solicitaba y obtenía el amparo de tales hombres, pues todo debía posponerlo al rescate de su hacienda. Semejante contubernio con los enemigos del Trono y el Altar no le parecía bien a Romarate; pero se calló por no tener aún confianza para contrariar a las señoras en puntos tan delicados...

La visita de aquel día fue demasiado larga para ser la primera. Cada vez que don Wifredo pedía venia para retirarse, le instaban a permanecer un poquito más; pero al fin dejáronle salir, sin agotar los variados temas que, unos tras otros, enredándose como cerezas, se suscitaban. Al retirarse caviloso a su estancia, el sanjuanista no veía los caracteres de la dama y damisela con claridad satisfactoria. Pensando más en ello, se dijo: «Pocos días, pocas horas quizás de conocimiento bastarán para disipar la neblina que las envuelve, a no ser que su disimulo sea más fuerte que mi penetración. Estate en guardia, Wifredo, que para ti está guardado este precioso enigma.»

En las visitas siguientes, las oscuridades, lejos de disiparse, aparecieron más espesas a los ojos del caballero. En una larga conversación que tuvo con la sobrina (cuyo nombre familiar era *Céfora*, elipsis de Nicéfora), revelose en la niña un conocimiento de cosas místicas y aun teológicas, que no por superficial dejaba de ser gracioso. Sin duda, su adolescencia precoz se apacentó en variadas lecturas; seguramente cayeron en sus manos, tras de las novelas sentimentales y enredosas, obras de literatura sagrada o de ejercicios devotos a la moderna, y en aquel feraz campo espigó ideas, hechos y conclusiones referentes a la vida inmortal.

Y cuando Céfora, después de pasearse un ratito por los *Lugares teológicos*, se declaraba horrorizada de la terrenal existencia y querenciosa de la paz del claustro, saltaba la marquesa con estas doloridas manifestaciones: «Han sido inútiles mis esfuerzos para desviarla de esos caminos... Buena es la inclinación hacia la verdad, excelente el estudio de cuanto conduce a Dios; mas para determinarse a encerrar la vida en el rigor y dureza de un monasterio, hace falta mayor reflexión. Verónica es una criatura, y su vocación no ha pasado por las pruebas que han de darle la debida consistencia. ¿No está conforme conmigo el señor Bailío?»

Sí que lo estuvo don Wifredo; y penetrado de que la señorita procedía con infantil precipitación y aturdimiento en sus anhelos de vida ascética, en tal sentido la sermoneó con palabra cortés y un poquito galante. Pero la niña defendía su criterio con tesón y eruditas razones, y un mover de sus ojos azules, y un accionar de manos y brazos, que al alma del Bailío llevaban más trastorno que convencimiento.

No acababa de convencerse el caballero de San Juan de la sinceridad de Céfora en aquel orden de ideas, y su confusión subió de punto una tarde oyéndola tratar materias muy distintas. Esquivando la disputa de temas religiosos, habló *de re* mundanal y suntuaria, de costumbres y devaneos cortesanos con un conocimiento, ¡ay, ay!, y con una picardía, que hicieron a don Wifredo el efecto de un tiro... Pero la gran sorpresa, más bien espanto, del ilustre alavés, fue al anochecer de aquel mismo día, cuando vio entrar de visita, con la desenvoltura y modos familiares de una firme amistad, al caballero andaluz don Juan de Urríes y Ponce de León.

El estupor dejó mudo a Romarate por algunos segundos. Don Juan tardó más de la cuenta en encontrar la fórmula de saludo. Pero recobrándose, como hombre muy corrido, disimuló lo desagradable de aquel encuentro. Alegre y cordial fue la salutación de las señoras, y en ellas se traslucía que el amigo había estado ausente un par de semanas. Con toda su agudeza no pudo evitar Urríes cierto embarazo en la conversación, y don Wifredo, de puro cortado, trabucaba los conceptos. Pero su confusión no le impidió advertir el extremado gozo de la señorita teóloga ante el gallardo sujeto recién venido.

Los ojos de Céfora brillaron: en ellos jugueteaba una luz que por convencionalismo seguiremos llamando celestial. Al buen alavés le parecieron más azules, más expresivos, húmedos de candorosa emoción. Corrían las miradas de la niña hacia la faz del caballero, como si quisieran sorprender sus pensamientos antes de que los expresara. Tan aturdido estaba el noble personaje carlista, que a ratos cerraba sus ojos para descansar de una visión que le resultaba odiosa. Sostuvo la conversación, no sin sutilezas de su mente, para evitar una retirada brusca, y al fin, en cuanto halló coyuntura de fácil salida, pidió la venia, y despidiéndose de Urríes y de las señoras con afectadas finezas, se puso en salvo.

Muy alterado estuvo el caballero de San Juan aquella noche. La ira prendió en su noble alma, y con la ira tomaron en ella mayor vuelo los sentimientos de hidalguía y caballerosidad. Paseándose en corto dentro de la brevedad de su aposento, encasquetado el sombrero de copa y sin quitarse los guantes que llevó a la visita, monologueaba de este modo: «Tan ángel es como mi abuela. ¿Y de aquellas teologías, de aquel llanto por la muerte de doña Francisca, ocurrida treinta años ha, qué debo pensar? O es loca de remate, o una consumada histrionisa... Bien he visto que Urríes le ha sorbido el seso... ¿Y cómo compaginamos amor de hombre y devoción del Santísimo Sacramento? ¡Oh corrompida sociedad; oh fruto venenoso de las doctrinas de la maldita Enciclopedia; oh burla de Dios y risotadas del diablo! ¡A lo que ha llegado esta pobre España, el país de las damas honestas, de los caballeros sin mancilla y de la exaltada fe religiosa! Aquí tenéis vuestra obra, revolucionarios; ved la sentina de vuestra *España con honra*.»

Quitábase los guantes y con furia los arrojaba en el velador; dejaba sobre la cómoda el sombrero con violento golpe que parecía indicar poca estimación de aquella noble prenda, y aguardando el aviso de *doña Leche* para la comida (que allí a la francesa se servía, con los garbanzos por la noche), daba más cuerda a sus alborotados pensamientos: «Ya veo claro que si la sobrina es una comedianta, la tía es el prototipo de la trapisonda. ¡Y quieren hacerme creer que son partidarias de los que defendemos a rajatabla el Trono y el Altar! Si así pensaran, ¿cómo habrían de andar en contubernios con los malditos *septembristas* y *alcoleístas*, valiéndose de ellos para negocios y enredos que han de ser de una suciedad apestosa? ¡Válgame Dios! ¡A lo que ha venido a parar la nobleza! Si no hubiera otros indicios para calar toda la malicia demagógica de esta pobre familia degenerada, lo que observé esta tarde me bastaría para formar juicio. Cuando llegué, la marquesa leía... Para recibirme y saludarme, dejó el libro en el velador cercano... De soslayo lo miré... ¿Qué libro era, Dios mío? Pues *Los miserables* de Víctor Hugo... Áteme usted esa mosca... Y dama aristocrática me soy... y ex camarista de la reina legítima. ¿Qué idea tendrá esta gente de la legitimidad, y de los sagrados derechos, y de la verdadera y única Religión?»

Después de comer con menguado apetito, salió como de costumbre a gustar las delicias de la fresca noche de Madrid, que es uno de los mejores recreos de esta villa, entonces descoronada. Solía don Wifredo dar unas vueltas, de nueve a diez, embozado en su capita, por la Calle del príncipe y Carrera de San Jerónimo. Su caballerosidad y catolicismo no le estorbaban para distraerse viendo las niñas guapas, y en seguimiento de ellas las acechaba para observarlas a su antojo al pasar ante el resplandor de los escaparates. Aquella noche no faltó a su rutina... Más desconsolado que nunca se retiró a su vivienda después del ojeo, y al acostarse le acometió de nuevo la fiebre del monólogo.

«Y ahora resulta —se dijo— que el don Juan de Urríes es un pillastre, un hombre sin conciencia, que desconoce las leyes elementales de la delicadeza y del honor... ¡Vive Dios!, no esperaba el muy ladrón que yo le sorprendiese en delito flagrante de infidelidad. ¡Oh, qué pensaría Fernanda si supiera que su prometido se entretiene en abrasar y derretir con amores, que a mí me parecen impuros, a esta dislocada mística rubia, a esta diablesa con ojos y cabello de serafines, blanca, modosa, tan pronto sentimental y llorona, como avispada y picaresca!... ¡Y qué diría de semejante canallada don Santiago Ibero, persona recta y pundonorosa, aunque progresista!... Ahora se me ocurre que yo, como amigo leal de aquella noble familia, debo tomar cartas en el asunto... ¡Sí...! ¿Somos acaso caballeros de relumbrón, o lo somos para sacar el pecho bravamente en defensa de los ultrajados y adelantarnos al castigo de los que olvidan las leyes del honor?... ¡Oh, Fernanda hermosa, la más arrogante, la más honesta y pulcra doncella que Dios ha puesto en el mundo!, ¿quién te había de decir que este Bailío de San Juan habría de ser mantenedor de tu inocencia, burlada por un libertino?... Por el nombre que llevo y el hábito que visto, no pasará el día de mañana sin que yo me plante frente al señor de Urríes y le exija reparación, y le amenace con los furores de mi justicia implacable, si no rinde su necia vanidad de seductor ante la belleza y honestidad de la sin par Fernanda Ibero...» Con estas belicosas ideas se durmió al fin el caballero de Jerusalén, abandonando su noble cabeza sobre la almohada hospederil.

VI

Al despertar a la siguiente mañana, lo primero que en sí notó el puntilloso Romarate fue una remisión notoria de la fiebre caballeresca. Saltó del lecho, y mientras se aseaba y acicalaba, reanudó sus cavilaciones, dándoles nuevo giro, por efecto del bálsamo de mansedumbre que el sueño había difundido en su alma. «La noche me ha dado serenidad bastante para ver que no siendo yo padre, ni hermano, ni tío siquiera, de la sin par Fernanda, no me corresponde pedirle cuentas a ese don Juan de los agravios hechos o por hacer a tan primorosa doncella. Si fuese huérfana o estuviese sola en el mundo, bien estaría mi metimiento en este negocio, y el exponer mi vida por la justicia y el honor.»

Poco después, hallándose en medio de la estancia, con sus escasos pelos mojados y tiesos, la cara enrojecida del frotar de la toalla, se decía: «Y has de tener muy en cuenta, Wifredo de mi alma, que si ese bergante de Urríes hace contigo el jaquetón y te arrastra a un duelo de verdad, has de verte apuradillo. Eres poco fuerte en toda clase de armas: en esgrima no pasas de discípulo chambón, y en el tiro de pistola pones la bala en todas partes menos en el blanco... Por una verdadera irrisión social, estos señoritos calaveras son espadachines y tiradores muy temibles. Maldita gracia tiene que Urríes te mande al otro mundo, por el desaire de una niña bonita que no ha sido tu novia ni cosa tal... Bien mirado, resulta absurdo y casi ridículo que sea yo caballero de la insigne y militar Orden de San Juan de Jerusalén, que pueda usar un largo y severo manto con cruz roja de ocho puntas, que me cubra con un birrete, y ciña espadín, y que con todos esos arreos carezca de la más elemental destreza en el manejo de las armas...» En su corto paseo matinal, camino de la peluquería donde se afeitaba, pensó también el Bailío que no debía poner el caso en conocimiento de la familia de Fernanda, pues no era compatible la dignidad de un caballero con la soplonería y el llevar y traer chismajos.

Aquella noche no visitó a la marquesa. No quería estorbar, ni tampoco ser impertinente o desairado testigo de la conversación y de los melindres, ojeadas y muequecillas que habrían de cruzarse entre los enamorados. Sabía que por las noches iban tía y sobrina a la parroquia de San Sebastián, donde a la sazón se celebraba solemne novena de los Dolores. A la hora que le pareció más oportuna, requirió don Wifredo el tapujo de su capita, y embozado a la picaresca se situó en la calle de Cañizares al acecho de las damas, por ver si el amigo las acompañaba a la novena. Al cuarto de hora de centinela, distinguió el alavés la figura talluda y airosa de don Juan de Urríes. Junto a él iba Céfora, picoteando; detrás la muchacha, que era una mostrenca de nariz roma y ademanes silvestres, llamada Sagrario. ¡La marquesa se había quedado en casa... Embebecida en *Los miserables* de Víctor Hugo!... La sorpresa que embargó el alma hidalga de Romarate, trocose prontamente en ira; apretó los dientes, imprecó al cielo con una mirada y al suelo con pataditas, masculló una frase corajuda, y dijo al fin con Jovellanos: *¡Oh vilipendio, oh siglo!*...

De aquel innoble desaguisado tenían la culpa la *Enciclopedia*, Voltaire, d'Alembert, Diderot, y toda la taifa precursora y actora de la infernal Revolución francesa... De aquella ciénaga desbordada venía la corrupción de las costumbres en esta pobre España. Por obra y gracia de los emigrados, importadores del vicio mental, y de los masones y revolucionarios, puros monos de imitación, habían quedado estos reinos limpios y rasos de sus tradicionales virtudes. Apenas quedaban ya damas verdaderas; apenas teníamos hombres de honor. Urgía restaurar la patria, empezando por sus quebrantados cimientos...

Las sospechas del alavés llegaron a lo más abominable. Determinó trasladar su punto de acecho desde la calle de Atocha a la de las Huertas, pues ya tenía noticia del fácil juego que ofrecen a los amantes en este Madrid las iglesias de dos puertas. Poco trecho medió entre lo sospechado y lo sucedido: a los cinco minutos de estar en el nuevo atisbadero, vio salir por el patio de San Sebastián a Urríes y Céfora, solitos, presurosos, escurriéndose con disimulo entre la multitud que entraba... Siguieron el galán y la niña calle abajo, arrimándose a las casas, como en requerimiento de la oscuridad; llevaban el paso ligero; ocultaba ella su rostro entre los pliegues de la mantilla, y él se alzaba el cuello del gabán, so color de poner reparo al fresco de la noche. El Bailío les siguió a distancia... les vio torcer a la derecha, metiéndose por una transversal... De la calle del León pasaron a la de San Juan... Adelante siempre los bultos recatados. Detrás, a distancia, el embozado espía...

Pasaron la niña y su amigo a otra calle que don Wifredo desconocía... Entró por ella y no vio nada. La escurridiza pareja se perdió, filtrándose por alguna pared, o sumiéndose por algún traicionero callejón o puerta disimulada. Quedó perplejo y muy dolido de su chasco el buen Bailío, y se abstuvo de proseguir su persecución indiscreta. No era de caballeros apurar el espionaje. Su mal humor fue expresado con patada violenta... Dio media vuelta brusca, como girando sobre un pivote, y marcó la retirada. Terribles cosas escupía su boca contra la felpa del embozo. «¡A qué ignominias ha llegado esta nación! Crea usted en purezas de niñas angelicales, en virtudes de marquesas tronadas y codiciosas, en palabras de galanes bien vestidos y dicharacheros!... ¿En dónde estoy?... Siento asco... Vuélvome a casa... ¿Dónde habrá personas decentes con quienes tú puedas hablar, Wifredo de mi alma?... Sin duda, todo Madrid es pestilencia...»

La retirada del caballero fue triste y no sin peripecias. Perdido en las calles, fue a salir frente al Congreso, cuya fachada le sirvió para orientarse. Y a la tarde siguiente (¡oh incongruencia bárbara de la sociedad matritense y de la nueva neurosis de que atacada estaba toda la nación!), le recibieron las de Subijana con las demostraciones más afectuosas. Urríes no apareció por allí: sin duda la sesión del Congreso era movidita y de bullanga. El angélico rostro de Céfora estaba triste como un día sin Sol. Creyendo el Bailío que el Sol que faltaba era don Juan de Urríes, hacia la persona de este derivó la conversación, tratando de sondear el pensamiento de las damas sobre aquel bergante de buen tono. Contra lo que esperaba, la viuda no fue muy benévola con el andaluz, cuya figura física y moral trazó con estas breves pinceladas: «Es un hombre agradabilísimo, fino y servicial como él solo; pero a poco que se le trate, se descubre, debajo de la frivolidad graciosa, el enorme vacío moral de estas generaciones. Estimándole yo mucho como amigo de los de puro ornamento social, no me fiaría de él en cosa alguna pertinente a las buenas costumbres, a la familia y a nuestra religión sacratísima.»

No queriendo negar ni asentir, el Bailío salió del paso con generalidades de las que a nada comprometen. En su interior afirmó que cada día entendía menos a la Subijana. O era una sutil hipócrita, o una inocente de esas que no ven más que la superficie de las flaquezas humanas... Carolina de Lecuona y del Socobio no revelaba en su noble rostro, de simpática belleza otoñal, inocencia ni gazmoñería. Había sido hermosa, y aun en aquella fecha lo sería sin el estrago que antes que el tiempo le causaron las pesadumbres, los quebrantos de salud y fortuna. Su cuerpo desbaratado por la obesidad y por la negligencia del estrecho vivir, contrastaba con su primorosa cabeza sesentona, en la cual la crítica estética más descontentadiza no encontraría ninguna vulgaridad. Hablaba con la pureza gramatical que observamos en las señoras de alto nacimiento y crianza exquisita. Su dicción y su acento encantaban; su lenguaje familiar reunía la llaneza castiza y el donaire sutil apenas perceptible, como los aromas delicados.

Súbitamente, sin que nadie le preguntara habló Céfora del ausente caballero andaluz. De su linda boca oyó el Bailío, maravillado y aturdido, estas peregrinas razones: «¡Ah!, ese pobre don Juan quiere ser listo, pasarse de listo, y lo que hace es pasarse de tonto. Ayer... ¿te acuerdas, tía?, nos reímos de él todo lo que quisimos. Por halagarnos se empeñó en hacernos creer que está desengañado del mundo; que no tiene novia, ni la busca; que si se decide a casarse, se casará con una lugareña... Sin ilusión, se entiende... por aquello de tener quién le cuide... Dijo que se siente viejo, muy viejo, y que desea vivir en un rincón, olvidado de todo el mundo. ¡Qué farsa, qué comedia tan mal representada! Nada me hastía como ver a estos hombres, que son todos mentira, así cuando dicen verdad como cuando la fingen... Total, que ni mentir saben. Verás, tía, cómo don Juan vuelve otra vez mañana con la cantinela de su desengaño del mundo... Y si le hablas de Dios, te dirá que no le entra la fe ni con escoplo y martillo... Espíritus muertos, ¿verdad, señor de Romarate?... Yo no puedo tomar en serio a este pobre don Juan...»

Largo rato duró el reír nervioso, entre jovial y dolorido, de la niña angélica. Carolina le decía: «Basta, hija: por cualquier cosa se dispara la carretilla de tus nervios...» El Bailío permanecía mudo, pensando que Céfora era tonta rematada o un monstruo de cinismo precoz... Retirose luego la joven a una estancia próxima, y la marquesa dijo a su amigo: «Habrá usted observado que esta chiquilla tiene mucho talento... un talento desmedido y que no cabe en su delicada persona. Quisiérala yo menos avisada y con menos luces en la mollera; quisiérala yo un poco tonta, señor Bailío, más acomodada al tipo común de señoritas en el estado social presente; me convendría que fuese más vulgar, de pasta blanda, que fácilmente se dejara modelar... Así haría yo de ella una mujer definitiva para el mundo, o para la religión.»

No habían concluido la dama y el caballero de parafrasear esta idea, cuando reapareció Céfora, no ya riendo, sino compungida y llorosa. Viéndola su tía tan bruscamente cambiada del reír a las lágrimas, la reprendió cariñosa, incitándola al reposo y a la ecuanimidad, a lo que replicó la sobrina con humilde acento: «Perdóneme, tía; perdóneme también el señor Bailío. Es que me había propuesto confesar y comulgar hoy... pues no lo he hecho desde el jueves... No encontré en Santo Tomás a mi confesor, padre Codes... Por esperarlo se me pasó el tiempo. ¿Verdad que debí confesar con don Matías?... Lo que importa es la confesión, no los confesores.»

—Sí, hija mía —dijo Carolina con amable corrección—; pero... Se llora por un motivo serio, no por escrúpulos tontos y sin sustancia.

—Cada cual aprecia, según su sensibilidad, los móviles de la conciencia... Yo me entiendo, tía... Déjeme usted.

Y más dolorida, la mano en el rostro, con lento paso se metió en la cercana estancia, mientras su tía sacaba un suspiro del hondísimo pozo de su pecho, y Romarate se hacía cruces mentalmente, diciendo para su sayo: «Si no está loca de remate, es la más desvergonzada embustera del mundo.»

VII

El primer encuentro del caballero de Jerusalén, después del ojeo nocturno que referido queda, fue en la Plaza de las Cortes, volviendo el uno de su paseo, camino el otro del Congreso. Saludáronse con formas de etiqueta, como personas que no se estiman y están obligadas a respetarse. Algo cohibido, Urríes se puso en guardia, esperando del alavés alguna desagradable insinuación. Así fue, en efecto. Preguntole Romarate si seguía recibiendo noticias diarias de La Guardia... luego, dejándose caer, le dijo: «Ya le he visto a usted atrozmente derretido con la rubita candorosa de Subijana.» Indeciso entre la expresión seria y la jovial, dando a conocer que le había escocido la indirecta, don Juan respondió con frivolidades evasivas, y para su capote dijo: «Este tío mamarracho llevará o mandará cuentos y chismes a los Iberos y a las momias de la casa de Landázuri.» El temor de la chismografía maliciosa le indujo a tratar al Bailío con exageradas finezas y lisonjas. «Ya sé... lo he sabido por Gabino Tejado —indicó atenuando la intención guasona y palmoteándole en el hombro—. No me lo niegue... Es usted el diplomático del carlismo. No tardarán en enviarle las instrucciones para tratar con las Cortes extranjeras.»

Quedó atónito el alavés, y como precisamente se hallaba en gran desasosiego por la tardanza de las credenciales que le anunciaron Tejado y Villoslada, no bien llegó a su nariz el tufo del incienso, se hinchó de vanidad, y su actitud y ademanes fueron como los del pavo en el momento de hacer la rueda.

«Por Dios, don Juan —murmuró con cierto misterio, a estilo masónico—; esas cosas, cuando se saben sin deber saberlas, se callan... ¡Qué indiscreto ha sido el amigo Tejado!... Me compromete usted, querido Urríes, divulgando lo que debe ser secreto impenetrable.»

Ya el andaluz le tenía por suyo. Para mejor asegurarle, echó sobre él cuantos halagos y adulaciones le sugería su extraordinaria viveza. Véase la muestra: «No me cansaré de decir a usted, ilustre amigo, que hace mal, pero muy mal, en no frecuentar el Congreso. Hoy mismo le mandaré un pase para el interior, y allí tendrá papeletas para la tribuna de Orden... Y no salgamos ahora con que es usted antiparlamentario furibundo, incorruptible... Mayor motivo para que trate de conocer bien aquella casa...

Entre paréntesis, es un herradero. Allí se aprende mucho. Se aprende a venerar, a odiar el régimen... Según el humor de cada cual. Allí se ve día por día la marcha y paso que lleva la procesión política, el alza y baja de los candidatos al Trono, que hemos sacado a subasta o concurso... Créame usted: hay tarde en que aquello parece una casa de locos. Tendré yo el gusto de presentarle a muchos diputados amigos míos... ¡Y qué sesiones tan brillantes y de tanta emoción podrá usted ver, oír y gozar!... Ahora se discute la cuestión peliaguda, *alias* religiosa.»

Quedó el señor de Romarate convencido, y mientras el andaluz expresaba su pensamiento con gracia y ardor, dirigía miradas benévolas a los leones del Congreso. Había presenciado ya, desde la tribuna, dos o tres sesiones. Ciertamente, lo que allí oyera no dejó en su ánimo impresión grata, ni atenuó su repugnancia del parlamentarismo. Su propósito de no volver fue quebrantado por el artificio mañoso de Urríes, que supo deslumbrarle excitando en él la vanidad. ¿No era el Bailío figura culminante del carlismo? Pues por estudio, ya que no por gusto, debía conocer y tratar de cerca a los llamados prohombres, respirar el caldeado ambiente de la intriga, ver, en fin, la farándula de telón adentro, desnuda y sin careta.

A la tarde siguiente, vierais al caballero de San Juan peripuesto de levita y chistera, guantes, botita de charol y un bastón muy majo con puño de marfil, penetrar en el Congreso por la puerta de Floridablanca, harto pequeña para ingreso de casa tan concurrida. Presentó su pase; saludáronle gravemente los porteros, y pronto dio con su estirada persona en el pasillo. A los pocos pasos hubo de quedar preso entre la muchedumbre que allí rebullía. El cuerpo del Bailío avanzaba, chocando ahora con codos, ahora con espaldas; la cháchara de tantas bocas le aturdía; la estrechez y escasa ventilación le sofocaban. Un ratito anduvo el hombre como atontado, buscando entre los cuerpos un hueco por donde avanzar corto espacio. Hablaban los diputados familiarmente, en algunos grupos con cierta vehemencia, en otros con inflexiones humorísticas. Aquí estallaban risotadas, allí susurraba el secreteo. La mayor sorpresa del buen señor fue ver confundidos en aquella grillera los padres de la patria de distintos partidos, bandos y fracciones, y oír que conversaban en tonos de tolerancia y amistad los que públicamente se argüían con dureza.

Por aquel callejón prolongado, que es paso para el Salón de sesiones, para las escaleras, escritorio, *buffet* y otras piezas; colector y partidor, en fin, de todas las actividades de la casa, se fue colando trabajosamente el Bailío. Deslizándose entre los grupos, ganó la puerta del Salón llamado de conferencias, por la cual no podrían entrar juntos dos hombres de buenas carnes. Al penetrar allí, vio don Wifredo un espacio rectangular con cuatro puertas y ninguna ventana, cuatro chimeneas, alfombra rica y mesa central sostenida por cuatro quimeras. Avanzando, pudo apreciar las proporciones, holgura y simetría del local, la altura del techo, la luz amarillenta que por la claraboya de este se filtraba. El decorado y su pátina de oro viejo le hizo un efecto semejante al de los antiguos altares del renacimiento; los santos eran allí unos señores graves pintados en altos medallones. Muchos de estos aún no tenían santo... En el cuadrado salón había también tropel de diputados, tropel de gente, pues entre tantos individuos ceñudos o risueños, serios o locuaces, el buen alavés no distinguía los padres de los hermanos, sobrinos y yernos de la Patria... Con menos estrechez estaban allí que en el pasillo; algunos en movibles grupos paseaban de chimenea a chimenea; otros platicaban con indolencia en los divanes rojos.

Esparcía don Wifredo sus miradas buscando algún rostro conocido, cuando de un pelotón próximo a la mesa central se destacó el don Juan... Saludáronse con fingido afecto. Momentos después, el Bailío era presentado al *pollo antequerano*, don Francisco Romero Robledo. El encogimiento y la cortesía ceremoniosa del caballero alavés contrastaban con la soltura y gracia del andaluz, así como la talla corta del primero, malamente agrandada por los tacones y la bimba, quedaba deslucida por la hermosa figura del segundo, y por su arrogante juventud, el rostro animado de picardías, la palabra erizada de agudezas. No tardaron en hablar de política, asunto que abordaba con desenfado el de Antequera en todos los terrenos.

«No harán ustedes nada sin Cabrera —indicó Romero—, y Cabrera, según me ha dicho hoy un amigo que acaba de llegar de Londres, no está dispuesto a meterse en historias. Los aires de Inglaterra han amansado al tigre...»

—Con Cabrera o sin Cabrera —afirmó el alavés, que obligado se creyó a mostrar optimismo y resolución—, iremos al cumplimiento de nuestro deber para con Dios y para con la Patria... Usted, señor Romero, será de los que no quieren confesar que don Carlos es el único Rey posible en España.

—Lo que confieso y declaro es que le tengo por el único Rey imposible.

—Permítame que le diga que no es usted sincero...

—No se ofenda, señor mío, si afirmo que viven ustedes en un mundo de ilusiones engañosas... —y añadió con gracejo—: «livianas como el placer.»

—Natural es, señor don Francisco, que usted y yo nos mantengamos en nuestras respectivas torres, y en ellas nos tiremos a la cabeza nuestras opiniones inconciliables.

—Yo admiro a ustedes por su fe...

—Somos los grandes convencidos.

—Pronto serán los grandes desengañados.

Sonaron los timbres llamando a sesión. Era un estridor metálico que tintinaba en diferentes partes del edificio, como el canto de un sin fin de chicharras que a la vez agitaran sus vibrantes elictros. Los diputados se dirigían hacia el Salón; algunos quedaban en el pasillo; otros entraban, subían a los escaños, a la Presidencia, o permanecían formando corros bajo las barandillas del hemiciclo. La sesión comenzaba perezosa; el secretario rezongaba el texto del acta como una letanía. En el Salón de conferencias, observó don Wifredo que la muchedumbre política se rarificaba; vio a Romero Ortiz y Ruiz Zorrilla que pasaron presurosos con escolta de amigos locuaces; vio también a un joven de buen año que, cargado de papeles, llevaba el mismo camino (después supo que era Coronel y Ortiz); poco a poco se fue quedando solo; con aire de hastío, tan pronto miraba el reloj colocado sobre la puerta, como las figuras alegóricas pintadas en la escocia, y en esto vio entrar por la puerta del escritorio a su amigo el diputado carlista Vinader. Era un señor regordete, con larga perilla, anteojos, expresión seria, aire de actividad, como hombre abrumado de ocupaciones.

«Querido Romarate —le dijo en el tono expeditivo que en él era habitual—, supongo que irá usted a la tribuna. Suba, suba... No se entretenga, que voy a hablar enseguida... ¡Qué Gobierno! ¡Bonita está la Libertad! En mi distrito han emprendido una persecución horrorosa. Creen que podrán someternos desterrando curas y prendiendo veteranos de la otra guerra... Ya le contaré lindas cosas.»

—Celebro esta ocasión de oír a usted... Pero tenga la bondad de indicarme el camino, que aún no conozco las subidas y bajadas de este *establecimiento*... Como dijo el diputado y obrero catalán.

Cogiéndole del brazo, le llevó al pasillo y a una de las escaleras, no sin que en aquel breve tránsito hablaran de la Causa. «¿Qué hay, amigo Vinader? ¿Tenemos alguna novedad?» «Poca cosa, y esa no muy buena. El empréstito no cuaja. Los banqueros Cramer y Breda no dan lumbre sino en condiciones horribles.» «¿Y el conde de Chambord?» «Nada entre dos platos. El duque de Módena no suelta una peseta... En fin, ya hablaremos. Suba, suba.»

Indicándole la ruta que había de seguir, partió como una flecha hacia el Salón. Momentos después, el Bailío entraba en una tribuna junto a la diplomática, y tomaba sitio en la grada tercera; la primera y segunda estaban ocupadas por señoras elegantes... Un mediano rato empleó en contemplar el ancho y vistoso local, la Presidencia, las ringleras de diputados... Luego recogió sus miradas para examinar la sociedad de ambos sexos que inmediatamente le rodeaba. Abarcado todo el conjunto, lo distante y lo próximo, fijose en Vinader, que había empezado su perorata, gesticulando debajo del reloj, un poco hacia la izquierda. El sanjuanista no veía de su amigo más que la calva lustrosa, y la larga perilla que marcaba con nervioso sube y baja el ritmo de la indignación del orador. De lo que este dijo no pudo enterarse. En los escaños y en las tribunas, un murmurar hondo, como zumbido de abejorros, ponía sordina a los discursos. Diputados y público se distraían, se impacientaban...

Con ojos y oídos aplicó Romarate toda su atención a dos damas que picoteaban en la tribuna, separadas de él tan solo por una grada. Eran la Villares de Tajo y la Campo Fresco, ambas privadas ya de toda frescura en la tez, pero conservándola en el ingenio y la palabra. No eran jóvenes, pero aún tenían ese atractivo emanado de la distinción y de la buena ropa, especie de hermosura convencional que hace las veces de la verdadera, y aun de la misma juventud. Era don Wifredo muy devoto del mujerío, aunque en las más de las ocasiones lo disimulaba, por obediencia al buen parecer y al rigor dogmático de la moral que su significación política le imponía; y entre todos los tipos femeninos, gustábale singularmente el de aquellas damas, ajadas ya, pero siempre seductoras por el prestigio heráldico y social.

Algo daría el personaje alavés por tener coyuntura de entablar conversación con las aristócratas picoteras; pero entre ellas y él había una grada donde varias señoras y señoritas provincianas y un caballero enteco hacían comentarios sobre la gallardía de los maceros, o trataban de interpretar el simbolismo histórico de las frías pinturas del techo.

El señor enclenque, con vanagloria de cicerone parlamentario, iba designando a las provincianas los diputados de más viso: «Aquel de larguísima barba blanca, el vivo retrato de Abraham o Moisés, es Montero Telinge, gallego él y progresista; y aquel jovenzuelo gordo y lucido de carnes es Coronel y Ortiz, entenado de Becerra... Muy cerca veréis al mismo Becerra. Más allá está Moncasi, el gran progresista aragonés. Frente por frente tenéis a Muñiz, aquel de las patillas negras; junto a él, Damato... Más arriba, mi amigo Álvaro Gil Sanz, y en la fila más baja del redondel, veis a Moreno Benítez, a Milans del Bosch, a Paúl y Angulo, a *Frasco* Monteverde..., los mejores amigos de Prim. Mirad ahora por aquí abajo, tirando a la izquierda. Ahí tenéis a Cánovas, que según dicen es un gran talento: ¡lástima que no sea progresista!... Los republicanos, los que despiertan más curiosidad en Madrid... y en provincias no se diga... No puedo enseñároslos bien. Están aquí, debajo de nosotros. Si os ponéis en pie, podréis ver sus calvas; sus rostros, no. En lo más bajo, García López y el valiente Fernando Garrido; arriba Figueras y el marqués de Albaida; Castelar un poquito más abajo... Arriba también, y arrimado a la derecha, se sienta Sánchez Ruano. Lástima que no hable hoy, porque había de gustaros por lo desahogado que es y la gracia que tiene... García Ruiz entra en este momento... Vedle llegar a la escalerilla... Es ese de color de pez, y el peor vestido de las Cortes... Ya sube; tras él viene Díaz Quintero, otro que tal en cuestión de ropa... Toda esta parte la ocupan los republicanos; entre estos y los moderados, tenéis a los *carcundas*, Cruz Ochoa, Ortiz de Zárate y el Vinader ese, que nos está *vinaderizando* hace media hora y no lleva trazas de acabar.»

Muy mal le sentó al caballero de San Juan este modo irrespetuoso y burlesco de designar a los hombres de su partido y al digno diputado tradicionalista que rompía lanzas por Dios y por el Rey... No pudo contenerse: dirigió al descortés sujeto desconocido una mirada furibunda... El otro se dio por enterado, y fue más discreto en lo restante de sus informaciones, que recordaban el retablo de Maese Pedro. Tanto molestaban a don Wifredo la charla y el desenfado de aquella gente, que hizo propósito de marcharse; mas por fortuna los otros le dieron mejor solución, porque una de las señoritas se sintió sofocada del calor y pidió retirada. Verdaderamente, de Cortes y diputados tenían ya bastante, y el resto de la tarde podían emplearlo en dar otra vuelta por el Retiro. Al Bailío le vino Dios a ver cuando salieron las provincianas y el caballero enteco, no solo porque se libraba de vecinos fastidiosos, sino porque, al quedar vacía la segunda grada, podía descender a ella y estar pegadito a las damas elegantes... Saltó, hizo el paso de un banco a otro con juvenil ligereza, y en su nuevo sitio sentía gozo indecible aspirando el sutil perfume que las aristocráticas prójimas exhalaban.

VIII

Ansioso el hombre de ser notado, tomaba las posturas más propias para caer dentro del campo de visión de sus nobles vecinas cuando volvían la cabeza. Toda exclamación de ellas, ya fuese de alabanza o de burla, la repetía y celebraba, agregándole algún fino comentario. Y tan embargado tuvo su espíritu en este juego de coquetería, que apenas se dio cuenta de que hablaba Sagasta contestando al difuso Vinader. Vagamente fijó sus miradas en el banco azul: vio los ademanes graciosos y elegantes del ministro de la Gobernación, y oyó sus giros familiares y sus argumentos socarrones. Fue una visión rápida, porque don Práxedes se sentó pronto. La Cámara reía: don Wifredo no sabía por qué.

Inútiles eran las insinuaciones galantes del sanjuanista para enganchar la atención de las señoronas. Sonrisas, miradas, muestras de conformidad y aquiescencia, todo resultaba como pólvora mojada. Él apuntaba; pero el tiro no salía. En esto, presentose un ujier con cartuchos de caramelos que a las damas enviaba el señor Romero Robledo. Pensó el caballero alavés que sus vecinas le convidarían; pero se equivocó en este cálculo risueño. Sin percatarse de ello, también él era un poco provinciano, pues las damas no eran de esas que convidan a un desconocido, como suele acontecer en los coches de un ferrocarril ocupados por gente del montón. Observó que una y otra señora criticaban acerbamente todo lo que oían a los oradores republicanos y progresistas. Sin duda eran *moderadas*, de las viejas cepas de Narváez o Sartorius. Primero hablaron pestes de Montpensier, por si vendía o no vendía las naranjas de San Telmo. Luego cogieron por su cuenta a don Fernando de Portugal, un Coburgo viudo, casado después morganáticamente con una bailarina. Tembló el Bailío, sospechando que la emprenderían después contra don Carlos; pero con gran sorpresa y deleite oyó decir a la Campo Fresco: «Que no le den vueltas. El único Rey posible es don Carlos.» Alguna objeción hizo la otra; pero al punto tuvo réplica categórica y contundente: «O lo aceptan trayéndole con pomada, o España le traerá con sangre. Que escojan.»

Encantado de lo que oía, Romarate estuvo a punto de quebrantar la etiqueta, presentándose a sí mismo con sus títulos heráldicos y el dictado de carlista de acción, emisario probable del Rey en las Cortes extranjeras.

Pero no había medio de llevar a la ejecución el atrevido pensamiento, porque las señoras, cuando él se insinuaba con ademán de romper el capullo de su timidez, volvían la cara, dejándole cortado y suspenso. Creyó notar que en una de estas cuchicheaban, se reían... El rostro de don Wifredo echaba llamas. «O son —pensó— de las que solo tienen de damas el nombre y el traje, o también en las personas de alto abolengo se debilita, se pierde la buena crianza. Voy viendo que en este corrompido Madrid para nada existe ya la seriedad. Todo es reír, bromear, sacar chistes a cada paso, y para las cosas más graves le sueltan a usted un chascarrillo indecente.»

Por fin las señoras, fatigadas ya de una sesión que les ofrecía poco interés, se levantaron para salir. En aquel momento tan propicio para una cortés aproximación, fue también desgraciado el Bailío, porque cuando alargaba su mano para ofrecer apoyo a la más próxima, vio que un brazo negro avanzó con el mismo objeto. Era brazo y mano de un cura que estaba en la tercera fila y que debía de conocer a las damas, porque algo les dijo a que ellas contestaron *con sonriso*... La otra recibió apoyo de un oficial de Caballería que acababa de entrar en la tribuna. «Debí acudir más pronto —se dijo don Wifredo pesaroso—. Para otra vez he de procurar ser algo atrevido, pues ya veo que este Madrid liberalesco y corrupto es de los desaprensivos, tirando un poco a desvergonzados.»

A la tarde siguiente fue don Wifredo más venturoso, porque desde que entró en la tribuna le sonrió la suerte por la linda boca y ojos de una señora que le tocó por vecina. Era jamona, risueña, larga de lengua y opulenta de pechuga, corta de resuello por las apreturas del corsé, el rostro harto retocado de afeites, tan cargadita de buenas joyas como aliviada de cortedad. Su desembarazo era tal, que apenas vio a su lado a Romarate, trabó conversación con él: «Caballero, váyame diciendo... ¿quién es el que habla? ¿Y aquellos de enfrente son los ministros?... ¡Oh!, sí, ya distingo a Prim: le conozco por los retratos... El que ahora entra es Topete... Dispénseme; pero soy de Cáceres; nunca he visto esto: hoy vengo aquí por vez primera... Estaremos aquí un mes, ni un día más... Pero no faltaremos a ninguna sesión... Esto es precioso... Lo que queremos es oír discursos de esos que levantan ampolla...»

Hablaba en plural, porque acompañada iba de otra jamona, flácida, desvaída y fulastre de vestimenta, con trazas de parienta pobre. Derritiéndose de cortesía, respondió don Wifredo al atropellado interrogar de la señora cacerense, y viendo la fácil llaneza con que esta se insinuaba y su airoso desprecio de toda discreción, entendió que el cielo aquella tarde le deparaba conquista segura, y se dispuso a proseguirla y rematarla del modo más gallardo. No necesitaba ser atrevido, porque la dama le había tomado la delantera en las audacias, y su alma, saliéndosele por ojos y boca, buscaba el alma del caballero. En la finura, este se quebraba de puro sutil.

«Mi deber de informante, señora —le dijo—, me obliga a prevenir a usted que ese a quien ahora se concede la palabra es don José María Orense, marqués de Albaida. Aquí le tiene usted, debajo de esta tribuna, en el escaño más alto.» Atendió la dama gorda, y viendo que el orador era de edad madura, salió con este donoso comentario: «Caballero, usted comprenderá que no viene una de Cáceres a oír a los oradores viejos, sino a los jóvenes.» Celebró la gracia el alavés, y ambos escucharon al orador, que explanaba una idea conforme con el dicho de la gordinflona; pedía que al llegar a los veinte años adquiriesen todos los españoles el derecho de sufragio.

«Este buen señor —dijo el Bailío— es hombre agudo, franco, noblote, y de los que expresan su opinión sin rodeos. Por su llaneza me gusta, por su honradez es digno de admiración; pero a mí no hay quien me quite de la cabeza que en la suya faltan algunos tornillos de los más necesarios para el buen discernimiento. Yo pregunto: ¿cómo es que este señor marqués, aristócrata de raza, milita en los ejércitos del loco republicanismo?» Y la vecina frescachona, que sin duda era filósofa sin saberlo, respondió con cierta gracia ordinaria: «El mundo va caminando ahora *cacia* la variedad... Todo es *de otra manera*... ¿No lo entiende? Pues hasta en mi pueblo lo entendemos.»

El buen castellano viejo, con ribetes de manchego por su lógica refranesca y su diáfano estilo, defendía la juventud, y con gracejo hablaba de *santones* y *santoncitos*, acusando a los viejos de que en sus manos se desacreditaban los movimientos populares. Le respondió Sagasta, imitándole en el razonar marrullero y en los tópicos aforísticos. Ambos hicieron reír con sus donaires al ilustrado concurso, y la cuestión entre jóvenes y viejos pasó, no a la Historia, sino al Limbo de una Comisión parlamentaria y somnífera. Entrose luego en lo que llaman *Orden del día*, que era el proyecto de Constitución en su totalidad, y dieron la palabra a un orador joven que se sentaba en el banco de la Comisión, detrás del de los ministros... A la preguntona de Cáceres no supo contestar el sanjuanista. Había visto al orador en el Salón de conferencias: de él había oído que era uno de los jóvenes que más alto picaban en la predicación política; pero no se acordaba de su nombre. Felizmente, uno de la tribuna, con voz alegre, lo soltó en la grada más alta, y pronto corrió de boca en boca: «Es Moret... Ese Moret, Segismundo...» «¡Ah!, sí, Moret y Prendergast.»

Apenas empezó el orador, supo cautivar al auditorio. La dama cacereña, con sus gemelos chiquitos de teatro, hizo de él un examen atento. «¡Qué guapo es! —dijo sin poner frenos a su admiración; y pasando los gemelitos a la pariente pobre, agregó: «Mira, Jesusa, qué hombre más guapo.» Luego le tocó el turno a don Wifredo en el uso del óptico instrumento. Ver *de cerca* al orador y oír los encomios de la señora, era todo uno. «¿Verdad que es guapísimo? ¡Y qué cuerpo tan gallardo, qué actitudes y qué mover de brazos!» No tuvo el Bailío más remedio que asentir a cuanto se le decía, pues la urbanidad y sus designios de conquistador así se lo ordenaban.

Reconocía el ilustre alavés, en su fuero interno, que Moret hablaba con perfección: dominaba las ideas, y con arte supremo las iba presentando engarzadas; dominaba el lenguaje, que era en su boca un esclavo sumiso y servidor diligente. Pero con todo esto y su airosa figura, el orador le encocoraba, porque defendía el proyecto del Gobierno, y para don Wifredo nadie que patrocinase las ideas *septembristas* podía ser de su agrado y devoción. Además, los elogios desmedidos de la señora, flores con que a cada párrafo y a cada triquitraque adornaba la persona del caballero parlante, fueron parte a que el de San Juan le tomase ojeriza. ¡Vaya con los hombres guapos! Cuando tuviera más confianza con la cacereña, le diría que otras cualidades, más que la pulidez del rostro y la buena caída de ojos, deben ser estimadas en el hombre.

La simplicidad de la dama era realmente encantadora: con igual candor colmaba de elogios al joven por su gentileza, y declaraba después que no había entendido ni jota del discurso. Y no era que Moret fuese oscuro; al contrario, su verbo resplandecía de claridad. Pero la extremeña era absolutamente indocta en aquellas materias, y no sabía más sino que el orador *hilaba bien* sus razones. A pesar de esto, el discurso le parecía largo. ¿Por qué no acababa ya? ¿Por qué no *cogía* otro la palabra?...

Viéndola con trazas de aburrimiento, el conquistador creyó llegada la ocasión de encaminarse resueltamente a su negocio, y comenzó a disponer sus artilugios de amor fino, que eran, en verdad, harto anticuados y candorosos. Preguntitas, manifestaciones de gustos y preferencias, un discreto lamentar de la suerte por no encontrar las personas dignas de confianza y afecto... todo fue saliendo quedito y con delicadeza de los labios del caballero de San Juan... Tenía él vivos deseos de ir a Cáceres. Debía de ser un pueblo muy hermoso, de aspecto noble, como residencia de nobles familias... ¡Lástima que la señora iay!, no estuviera más tiempo en Madrid! ¿Por qué no quedarse siquiera hasta San Isidro?... Él había simpatizado atrozmente con la señora, cuyo nombre aún ignoraba... La señora iay!, era de esas personas que con solo una palabra, un suspiro, dejan traslucir un alma hermosísima... Él era hombre que siempre ponía por encima de todo las dotes del alma... Por nacimiento, por educación y por pertenecer a una de las más venerables Órdenes de Caballería, *su línea de conducta* frente al bello sexo era la de una consumada delicadeza...

Y al cabo de estos requilorios del manido formulario del año 43, hizo la extremeña nuevos derroches de simplicidad. «Mi esposo —dijo— es también muy caballero... ha sido militar... Pronto le verá usted... Abajo está conferenciando con los diputados de Cáceres, señor conde de Torre Orgaz y don Vicente Hernández... Quedó en subir a recogerme... Hilarión ha sido militar, como digo... Sirvió con Espartero, que le quería como a un hijo... Es hombre de muy mal genio y de pocos amigos... pero en el fondo, un ángel... Como usted, es delicado con las señoras, *verbigracia*, conmigo, pues para él no hay más bello sexo que yo... Y si para mí es de rosas, para todos es ortiga, y no tiene más ley ni más roque que el puntillo de honor.»

Como gotas de hielo cayeron estas cláusulas bobas sobre el arrebatado corazón del sanjuanista. Y aún tuvo que oír mayores candideces de la dama extremeña. Era natural de Coria, hija única de padres muy ricos, que no aprobaban la boda con Hilarión. Este la depositó contra viento y marea. Era un hombre terrible. Toda Coria se alborotó... Hilarión tuvo seis desafíos... Iba al campo del honor como quien va a beberse un vaso de agua...

No hubo de esperar Romarate largo tiempo para conocer al truculento esposo de la dama frescachona... Aún no había terminado Segismundo su bella oración; aún se regocijaban los oyentes de abajo y arriba con la admirable ilación discursiva, cuando don Wifredo vio aparecer en la primera grada de la tribuna la procesora estampa de un caballero. Era él; era el Hilarión, el Perseo de la fábula cauriense. Su esposa, su Andrómeda, desde la grada inferior, le dio a conocer por las miradas que entre uno y otra se cruzaron. El Bailío clavó en él los ojos, y obligado fue a retirarlos al punto, pues los del sujeto no admitían persistencia de extraña mirada.

Lo culminante del rostro terrible de don Hilarión era un bigote tan grande, que con él podrían hacerse hasta una docena, de regulares proporciones para hombres bien barbados o bigotudos. Más que bigotes eran dos cortinas que arrancaban del labio superior, y con pelo de la cara hábilmente dispuesto se prolongaban hasta los hombros. El color negro, retinto, abetunado, hacía más terroríficas las magníficas excrecencias capilares, obra de los años y de un cultivo esmeradísimo. El hombre las alisaba y repartía a un lado y otro con suaves pases de su mano, como diciendo: «Aquí hay un león que tiene por melenas estos signos de virilidad, y con ellos cita y emplaza a cuantos varones andan por el mundo armados de ordinarios bigotes.»

Concluían la figura del respetable don Hilarión dos ojos fulgurantes, que eran pregoneros de la marcialidad y guapeza del negro aparato bigotil, y más arriba lucía la bóveda de una lustrosa calva. En la nítida y bien planchada pechera ostentaba el hombre un grueso brillante, cuyos destellos eran el adorno retórico de aquella firmísima provocación caballeresca o matonil. Don Wifredo, dentro de su sayo, tembló y soltó la risa.

Puso punto final Moret en su gallarda peroración, recibiendo aplausos y felicitaciones de los circunstantes, y en aquella coyuntura o paréntesis levantose la extremeña para subir hacia su marido, que con bigotudos signos (que en él las miradas eran también mostachos espeluznantes) la llamaba. Por distracción sin duda, que a otra cosa no puede achacarse la falta, la señora no se despidió del galán su amable vecino; no tuvo para él un movimiento de cabeza ni una sonrisa de las que a los guapos oradores prodigaba. Al subir de grada en grada, su corpulencia y anchuras lozanas fueron gran molestia para los asistentes a la tribuna. Todo lo recogió el fantasmón de los bigotes, dueño indiscutible de aquellos ricos tocinos extremeños. El último detalle fue que si la dama gorda no hizo al salir ningún aprecio del desconsolado caballero de Jerusalén, en cambio la otra señora o mujer, la que don Wifredo calificó de parienta pobre, le agració con una sonrisa y una mirada... Del año 43. Y el Bailío de Nueve Villas, aunque la tal no era bella ni joven, lo agradeció cumplidamente, porque el mirar delicado y el lánguido sonreír respondían a sus arcaicas artes de amor, encastilladas en la tradición y refractarias al progreso.

IX

La siguiente tarde, que era la del 9 de abril, la pasó don Wifredo en el Salón de conferencias más que en la tribuna. Hizo conocimiento con Vallín, hermano del que fusilaron en Montoro; con José Luis Albareda y con Augusto Ulloa. De lo poco que les oyó hablar, dedujo que eran *orleanistas*, y no fue preciso más para mirarles con recelo y antipatía. Después vio al pomposo don Salustiano con sus amigos Pardo Bazán y Montero Telinge: eran el núcleo del bando que patrocinaba la candidatura de don Fernando de Portugal. Creía el noble alavés que los tales, así como los de Montpensier, estaban locos, o que se habían vendido al oro extranjero. Esto mismo pensaba y decía Cruz Ochoa, por quien el Bailío sintió vivos estímulos de amistad apenas le hubo tratado. Era joven, esbelto, rubio como las espigas, y sus palabras despedían esa fragancia de las convicciones que con nada puede confundirse. Había sido guardia civil, y con el uniforme de este Cuerpo se le vio años antes en las aulas de la Universidad estudiando la carrera de Derecho. Los carlistas de Pamplona le dieron sus votos para las Constituyentes. Cumplió en ellas como soldado parlamentario de la Monarquía que llamaban legítima. Después se hizo cura, estado a que le llamaban sus ideas, cierta testarudez del ánimo, nacida del trato con cabecillas veteranos y clérigos levantiscos. Contribuyó a encender la guerra civil con su palabra, no con el ejemplo de lanzarse al campo ungido por la Iglesia, trocando la estola por el fusil.

Con otro constituyente simpatizaba don Wifredo, saltando por encima del ancho foso que entre ellos abría la política. Era Sánchez Ruano, el ático ingenio salmantino. Admiraba en él la juventud, la gracia, la oratoria impulsiva y pendenciera, en la que armonizaba la virilidad del luchador republicano con las sales del humanista. Debe añadirse que el caballeresco Romarate sentía menos aversión de los republicanos que de los monárquicos llamados constitucionales. Entre aquellos los había dignos de simpatía y aun de amistad; los otros, hombres sin fe religiosa ni política, no merecían más que desprecio. Los que, hartos de recibir honores de la reina Isabel, la destronaron groseramente, y andaban luego pidiendo prestado un Rey a las naciones extranjeras, le parecían seres descoyuntados, políticos de circo ecuestre, cuatreros con puntas de rufianes. Al pensar así, don Wifredo no era más que un lorito repetidor de la opinión de su partido.

Un momento subió a la tribuna por ver qué ocurría. De la pena de muerte y de la necesidad de su abolición, hablaba un orador progresista tiernamente compadecido de los asesinos y ladrones. ¡Horror! A la descarriada *España con honra* no le faltaba ya más que *honrar el delito* y repartir a los delincuentes chocolate de Astorga... Escapó de la tribuna cuando empezaba la votación de proyecto tan desatinado, y en el Salón de conferencias, donde platicaban sosegadamente no pocos escépticos de la pena de muerte y de otras penas y glorias, agregose a la trinca de Romero Robledo. Le agradaba el antequerano por su alegría, por el tijereteo de su sátira, y por su ropa, que resultaba en él de una perfecta elegancia personal, aun contraviniendo los cánones indumentales para hombres públicos. Usaba comúnmente *chaquet*, pantalón y chaleco de colores distintos, corbata un tanto chillona. Con estas prendas, que en otro habrían sido demasiado pintorescas, resultaba el *rubiales* de Antequera muy bien. Así lo entendía don Wifredo, y más de una vez le contempló con idea de imitarle; pero pronto se hizo cargo de que la imitación era imposible. Lo que debía buscar el Bailío era una originalidad propia, huyendo del plagio, más peligroso en esto que en literatura...

Rodeado de amigos, entre ellos Barca, León y Llerena, Bermúdez reina, Urríes y otros, el *pollo antequerano* picaba en todos los asuntos del día, en las personas más que en las ideas. Desenfadado, locuaz, gratísimo a las damas, poseía cuanto es menester para una brillante carrera política, y él la iniciaba con el arte instintivo, netamente español, de dejarse querer. Lo primero que aprendió fue a enguatar su ambición de modo que no lastimase a nadie. Fumaba cigarrillos con pinzas de plata para no manchar sus dedos pulcros... Fue a las Constituyentes como satélite de Ayala, y desempeñaba en derredor de este la Subsecretaría de Ultramar. En el arte en que había de ser un águila andando el tiempo, el arte de hacer amigos, despuntaba ya entonces con genial precocidad. Cuentan que Ayala le decía: «Ya me duele la mano de tanto firmar credenciales para tus protegidos de Antequera... y de media España.»

Un ratito figuró don Wifredo, aunque con muy escaso brillo, en la constelación de habladores presidida por Romero. De allí le llevó Urríes al pasillo largo que une las estancias de los dos presidentes, de la Cámara y del Consejo, y paseo arriba, paseo abajo, trabaron palique con diferentes sujetos que asiduamente concurrían a la casa: periodistas, algún ex-diputado, algún ex-gobernador del Bienio en expectación de destino, aspirantes unos, sobreros otros de la política. Allí, como en el Salón, había hombres arcaicos junto a otros que eran plantas nuevas acabadas de traer de la almáciga; los había también que confundían en sus rostros los signos de la antigüedad con los de la juventud. Entre estos individuos, uno con particular interés fue presentado a don Wifredo por Urríes, para lo cual misteriosamente los arrimó a un rincón, encareciéndoles la conveniencia y oportunidad de que fuesen amigos. El desconocido y presentado lo fue con el nombre de Celestino Tapia y con filiación tradicionalista. «Es de los empedernidos», había dicho Urríes.

El tal Tapia lo mismo podía pasar por joven revejido que por anciano remozado: diríase una vida desligada del fuero del tiempo. Tenía cara de vieja; su labio superior ostentaba un bigotillo más poblado que el que decora la faz de algunas mujeres. El color era moreno, como pasta de higos; la nariz trompuda, los ojuelos chispos y maliciosos, la boca rasgada y pícara, conductora de un verbo ceceoso, sazonado con donaires. Desagradable a primera vista, dejaba de serlo cuando la palabra fácil y entretenida animaba el corcho de aquellas facciones... Del cuerpo, nada malo se podía decir: era esbelto y flexible en su mediana talla, y de añadidura correctamente vestido según la moda del día. Esto cautivó a don Wifredo, admirador de los figurines vivos. Pero no tenía el sanjuanista bastante mundo para distinguir la verdadera elegancia de la de aluvión, adquirida en pocas lecciones con el texto de un buen maestro sastre. Tanto o más que el lujo y propiedad del vestir, agradó al Bailío el santo amor a la Causa, manifestado por el Tapia desde las primeras conversaciones. Cierto que también esta cualidad era de acarreo; mas el ciego fanatismo del señor de Romarate no podía como tal apreciarla.

Después de cambiar sus cortesanías, subieron los dos amigos a la tribuna. Lo primero que hizo don Wifredo fue pasar revista al mujerío, y a este propósito le dijo Tapia: «Estamos en el mejor campo para conquistas, señor de Romarate. En los días que llevan discutiendo la totalidad del proyecto de Constitución, yo he hecho tres... y no malas.» Admirado y dolido de tales venturas, don Wifredo pidió a su amigo que le revelase el secreto de sus rápidos triunfos. «Aquí no hay más que citar con los ojos —dijo Celestino—. Enseguida *toman varas...* Vienen a lo platónico y a lo que no lo es... Elija usted luego.» Replicó el Bailío que él, por su condición de representante de los principios de Religión y Monarquía tradicional, no podía traspasar los límites de la moral cristiana. «Ya hablaremos de ello —dijo el otro—, y oigamos los discursos de estos bandoleros, que tienen secuestrada a la pobre España, y la venderán al extranjero si los dejamos... Paréceme que la función de esta tarde será de las que hacen época en la historia del aburrimiento... Si a usted le parece, dejemos este beaterio y vámonos a batir calles y a ver chicas guapas.»

Así lo hicieron, y la tarde y prima noche pasaron sin sentirlo, charlando en Recoletos y en el café Universal. Comieron en la fonda de Barcelona, donde vivía Tapia, y prolongaron la sobremesa parloteando hasta más de las doce. Nunca había gustado tan intensamente don Wifredo el placer puro de la charla, hablar por hablar, picando en todos los asuntos desde el político más alto al chismográfico más rastrero. Algo sabía el alavés de historias cortesanas; pero Tapia, que era viviente archivo de lo verídico y de lo falso, colmó la medida de la curiosidad de su amigo. De innumerables personajes o fantasmones en candelero hizo Tapia disección cruel, rajando sin piedad y sacándoles al aire las entrañas. A las mujeres de algunos puso mentalmente en la picota, aligerándolas de ropa para poder azotarlas más en lo vivo, refiriendo sus vicios, engaños y trapisondas, que movían a indignación y risa. El bendito don Wifredo estaba horrorizado.

Derivó la conversación hacia la pura política, y el desvergonzado Tapia hizo, con trazo gordo y chafarrinones espesos, retratos de hombres y partidos, esmerándose en pisotearlos y ennegrecerlos. Véase la muestra: «Esos pobres progresistas son un hato de borregos, que no saben ni balar; los de la Unión, zorros que vienen al robo de gallinas y huyen al menor ruido; los demócratas, papagayos disecados, que con un mecanismo dan los tres golpes de *Libertad, Igualdad, Fraternidad.* Ni entre todos valen tres pepinos, ni son capaces de hacer nada. Desaparecerían de un soplo si no tuvieran a su frente a ese hombrecillo desmedrado y lívido, a ese Prim, monstruo que parece un arrapiezo, saco de malicias, vaso de bilis... Su perversidad es tan grande como su inteligencia... Y ahí le tiene usted: es el amo... ha cogido a España y se la ha metido en el bolsillo... ¿Quién es el guapo que se atreve con él? Créame, señor don Wifredo: Prim es el estorbo insuperable, la rémora, el atasco...»

Quedaron los dos un instante pensativos, y luego mordieron en otro tema. Era viernes; el sábado también lo pasaron juntos; el domingo, no. Tapia tuvo que ir a Aranjuez, y el Bailío empleó el día en visitas: quería exponer al joven Olazábal y al viejo Aparisi su situación equívoca y desairada en el partido. El lunes 12 de abril, conforme a la cita que se habían dado, reuniéronse a primera hora en el Congreso para presenciar juntos la sesión, que había de ser interesante: hablaría Manterola. Puntuales y madrugadores acudieron a la tribuna, resignándose a las apreturas y al largo plantón con tal de tener sitio. Casi todas las delanteras estaban ya ocupadas cuando Tapia y Romarate llegaron. Las señoras eran las más impacientes, las más ávidas de obtener lugar, y explotando el fuero de galantería, desalojaban a los caballeros de los sitios preferentes para ocuparlos ellas. Con gran trabajo lograron los dos amigos un par de puestos en primera fila, arrimados a una columna: hallábanse en situación contraria a la que otras tardes ocuparon, es decir, a la derecha del presidente, costado de la Epístola, aunque sea mala comparación. Tenían debajo a los ministros y a la Comisión; veían de frente a las minorías o izquierdas, que caen siempre del lado del Evangelio, comparando mal.

Largo rato hubieron de esperar viendo la Presidencia desamparada, los grandes semicírculos rojos como enormes mandíbulas bostezantes. Don Wifredo engañaba su hastío mirando al techo y al abanico de cristales que se abre o se cierra para templar el aire del Salón; miraba las pinturas frías, cual estampas iluminadas y desteñidas por la luz, representando reyes aburridos y alegóricas figuras de las Artes y las Ciencias, que también gemían bajo el imperio de simbólico fastidio. De allí, por buscar el consuelo de la variedad, abatió sus miradas sobre la curva fila de las tribunas, y desfloró gozoso la ringlera de señoras que en aquel *cuerno de oro* brillaban. Movidos por el calor, aleteaban los abanicos; movidos de la curiosidad y del tedio expectante, mariposeaban los ojos. Colorines de sombreros salpicaban de temblorosos puntos todo el circuito...

A poco de comenzar la mujeril requisa, don Wifredo vio en la tribuna de los diplomáticos a las dos orgullosas damas que una tarde le mostraron un desvío mortificante. En otra tribuna frontera vio a la señora cacereña que por breve rato fue su amiga. A la derecha estaba el tremendo marido de los bigotes espantables; a la izquierda, la pariente pobre, cuya mirada recogió la del sanjuanista, y ambas quedaron enzarzadas y como en simpática trabazón una con otra... Creyó el alavés que al correr de los minutos, los ojos de la dama pobre variarían de objetivo; pero no fue así. Continuaban fijos en el caballero, sin hartarse de su contemplación. Indudablemente, era una mirada del año 43, toda fe, ternura y constancia; mirada que decía: «Quiero un amor puro... y eterno.»

X

No se le escapó el juego al maligno Tapia, que así dijo a su compañero: «Amigo, conquista tenemos... y esta es de las que vienen con prisa... Allí hay unos ojos que se lo comen a usted. Supongo que esto no es nuevo, pues no se empieza con tanto furor...»

—Cierto que no es nuevo —murmuró el Bailío dándose tono lo más discretamente posible—. Ello *data* de hace días... Es una señora que adopta formas humildes; es persona que sufre; un ejemplo más de grandezas caídas, que no quieren contaminarse de la farsa reinante... Como aquella otra que ve usted a su lado... una gordura cerdosa, imagen del siglo, ¿verdad?... La que me mira pertenece a la primera nobleza de Cáceres... Algo ajada está de tanto llorar, de tanto sufrir humillaciones...

En estos y otros decires y comentarios se fue animando el Salón. Llegaban diputados; aparecían los maceros precediendo a los señores de la Mesa; comenzaba el run-run del secretario en la tribuna. Ya ocupaba Rivero el alto sitial. Su figura recia, tozuda y ciclópea, llenaba la Presidencia. Ladeado en el sillón, hablaba con ministros y diputados que a saludarle subían. Como todos los días, el principio de la jornada parlamentaria era un diluvio de exposiciones con miles de firmas pidiendo la unidad católica.

Los ministros, andando de lado como los cangrejos, iban poblando el banco azul. Ya estaban en su sitio todas las celebridades: enfrente, Castelar, Orense, Figueras... Debajo del reloj, Cánovas; más a la izquierda, Ríos Rosas. Don Wifredo y Tapia vieron los solideos de Manterola y Monescillo, sentados bajo ellos, no lejos del banco de la Comisión. Un escaño más arriba veíase la roja vestimenta del cardenal Cuesta. La orden del día no se hizo esperar. Empezó Cánovas rectificando, y a pesar de su fama, no obtuvo la atención de don Wifredo. Tratábase de contestar a conceptos de Ríos Rosas en la sesión última. Más que esto, le importaba al Bailío cerciorarse del mirar persistente de su conquista, la cual, en su expresión amorosa, a juicio del caballero, no pasaba ni un día más acá de la caída de Espartero, y con sus ardientes y febriles ojos decía: «Tu amor o la muerte.» Era como un alarido del romanticismo que quería volver de ultratumba.

Recreándose en los ideales románticos, y acariciando a cada instante con su expresión caballeresca el mirar dolorido que de la tribuna frontera venía, el alavés no paraba mientes en los discursos. Ni le interesaba la oratoria viril y membruda del gran Ríos, ni menos la de Cánovas, en quien no vio más que uno de tantos constitucionales que en la España sin Rey iban a su negocio, llevando por señera el nombre de cualquier candidato de los averiados e imposibles... Prendido estuvo el espíritu del sanjuanista como una mosca en la red de miradas que tejía desde enfrente la dama melancólica y pobre, hasta que don Nicolás María Rivero, con su voz ciclópea, dijo: «El señor Manterola tiene la palabra.»

A este sí había que oírle. Era la Monarquía legítima, era la Religión, era la Verdad, voz augusta que pronto habría de desvanecer y dispersar las gárrulas mentiras. Púsose en pie Manterola, requirió su manteo, desembarazó su garganta con ligera tosecilla y empezó su perorata con ademán grave y modesto, con palabra llana, fácil, sin otro defecto que una leve guturalización de las erres. De él se había dicho que era más tribuno que predicador, y que sus éxitos en el Congreso habrían de superar a los obtenidos en el púlpito. Y era verdad: Manterola se revelaba como un parlamentario hecho y derecho. ¡Con qué habilidad tocaba la delicada cuestión de creencias, sin herir las creencias o incredulidades del contrario! ¡Y qué arte puso en disimular la pesadez de la erudición eclesiástica!

«¡Lo que habrá leído este hombre!» dijo don Wifredo al oído de Tapia... Y este replicó: «Sabe demasiado. No es menester atracarse de lecturas malignas para traer aquí la sana y sencilla verdad.» Esta idea era reflejo de una opinión muy extendida en el país vasco navarro con respecto a Manterola. Creían por allá que para combatir la herejía y su derivación liberal, bastaban la fe y un conocimiento somero de la cuestión. Los creyentes habrían querido a Manterola más burdo, más elemental, quizás un poco zote, ayuno y limpio de exóticas filosofías. De tal absurdo protestó así el alavés: «Necesitamos venir al combate armados de todas armas, y con pertrechos y material de guerra semejantes a los que traen nuestros enemigos. He aquí un adalid que con cuatro mandobles no tardará en merendarse a toda esta caterva de sofistas y desvergonzados masones. Usted lo verá: aguárdese un poco. Vea con qué atención le oyen; note las caras de sorpresa y terror. Claro: no esperaban esto. Creían que los digní-simos sacerdotes se venían acá con los Gozos de San José y la Letanía

Lauretana. Y ahora les sale la criada respondona... y ahora este coloso de la dialéctica y la palabra los vuelve locos, los aniquila, los aplasta.»

Admirable y completo, dentro de la corrección o etiqueta parlamentaria, fue el largo discurso del cura Manterola; más admirable aún y de grande eficacia dentro del estricto criterio católico. Dijo con excelente lógica y persuasivo estilo cuanto había que decir: de la Teología y de la Historia sacó y expuso cuantos argumentos había menester para robustecer su tesis; tuvo sus rasgos de alta retórica para mover a la pura y noble emoción; y cuando hubo terminado y se sentó a descansar, como Dios después de haber hecho el mundo, con calurosos plácemes y apretones de manos le felicitaron los dos obispos sentados a su vera, y otros conspicuos tradicionalistas que no lejos de aquel lugar tenían su puesto. Mientras recibía el buen presbítero tantos y tan valiosos parabienes, en los escaños altos de enfrente se levantaba un hombre regordete, calvo y bigotudo.

Al verle, don Wifredo, que había llorado de emoción oyendo los elocuentes conceptos finales de Manterola, no pudo reprimir su enojo, y limpiándose las lágrimas que humedecían el rostro caballeresco, dijo a su compinche: «¿Pero este majadero de Castelar se atreve...? Saldrá con alguna canción... Con alguna de esas coplas que debemos recomendar a los ciegos...» Y hablando así, buscaba las miradas de la dama de enfrente, que constante en su apasionado ensueño le decía: «Amor puro, amor eterno en el seno de nuestra Madre dulcísima la Iglesia católica...»

Descendían sobre el salón las sombras de la tarde. Apenas distinguía don Wifredo la faz de la señora enamorada y pobre... Poco tardó en verla con claridad... Hablaba ya Castelar cuando se encendieron las luces. En las cristalinas bombas que encerraban los mecheros, detonaba el gas con alegre *bum-bum* al contacto del fuego. Cada bocanada aumentaba una luz, y la suma de ellas, difundiendo intensa claridad, ponía el color y la vida en los rostros de los constituyentes y en el pintoresco semicírculo de las tribunas. Todo renacía; todo se llenaba de matices y resplandores, con los cuales poco a poco se fundía el resplandor mágico del verbo castelarino.

El maestro de la elocuencia no atacó la fe: tuvo la extraordinaria habilidad de rodear de veneración y respeto lo fundamental del Catolicismo. Su táctica era describir los inmensos males ocasionados por la intolerancia religiosa. Gran estratega, sabía llevar al enemigo al terreno en que fácilmente pudiera destrozarlo. En esta maniobra avanzaba despacio, midiendo las cláusulas, graduando los efectos, graduando también las fuerzas que una tras otra al combate lanzaba. A medida que desarrollaba su plan, se iba creciendo; su voz ganaba en sonoridad rotunda, su actitud en desembarazo majestuoso... El interés y la atención del auditorio crecían de igual manera. Don Wifredo lo veía en las caras, lo respiraba en el aire, por el cual pasó una corriente ciclónica, y la corriente giraba y pasaba de nuevo, aumentando en intensidad a cada vuelta.

De pronto oyó el sanjuanista un rumor lejano... que rápidamente se aproximaba. Era el profundo son subterráneo que precede a los terremotos, o el rodar de la nube antes de descargar el granizo... Castelar se había crecido enormemente, y con voz que no parecía de este mundo exclamó: «Grande es Dios en el Sinaí; el trueno le precede; el rayo le acompaña; la luz le envuelve; la tierra tiembla; los montes se desgajan... Pero hay un Dios más grande, más grande todavía, que no es el majestuoso Dios del Sinaí, sino el humilde Dios del Calvario, clavado en una cruz, herido, yerto, coronado de espinas, con la hiel en los labios, y diciendo: —Padre mío, perdónalos; perdona a mis verdugos, perdona a mis perseguidores porque no saben lo que se hacen...»

Al Bailío se le iba la cabeza, se le nublaron los ojos... El suelo de la tribuna se estremecía; el soplo ciclónico pasó velocísimo, sacudiendo el cuerpo y el alma del caballero... Este miró al techo, creyendo por un instante que tan alto llegaba la cabeza del orador. Y Castelar, como si con letras de fuego escribiera en los aires lo que decía, prosiguió así: «Grande es la religión del poder; pero es más grande la religión del amor. Grande es la religión de la justicia implacable; pero es más grande la religión del perdón misericordioso; y yo, en nombre de esta religión, en nombre del Evangelio, vengo aquí a pediros que escribáis al frente de vuestro Código fundamental la libertad religiosa, es decir, Libertad, Fraternidad, Igualdad entre todos los hombres.»

Quedó el alavés sin resuello, viendo que la Cámara ardía, que todos gritaban. Los aplausos en escaños y tribunas, el golpe y sacudida de miles de manos derechas contra miles de manos izquierdas, daban la impresión de innumerables aves que aleteaban queriendo levantar el vuelo. ¿Qué pasaba? ¿Era una tempestad de entusiasmo ardiente, o un espasmo colectivo de terror? Sacando las palabras del pecho con dificultad, dijo a Celestino: «Hágame el favor de darme algunas palmadas en la espalda... No sé lo que me pasa... No puedo respirar.» Hizo el amigo lo que se le pedía, y el señor de Romarate pudo echar de su boca estos conceptos: «¿¿Qué quiere ese hombre? ¿Libertad de cultos? Yo digo: matarle, matarle... Pero habla bien; me ha conmovido... Sin quererlo, se siente uno magnetizado... Esto es un abuso, amigo: no hay derecho a magnetizar... Eso no vale, no vale... Es como darle a uno cloroformo para dormirle y robarle... Sacándole del bolsillo el dinero, o del corazón la Unidad Católica... No, no mil veces. Atrás magnetismo, atrás gotitas de cloroformo... ¡Castelar, fuera de aquí!... Oradores que le sustraen a uno con engaño la Unidad Católica, ¡a la cárcel, a la cárcel!...»

Completamente tranquilo, veía Tapia con ojos escépticos la calurosa ovación que a Castelar hacían los diputados de aquende y allende. Contemplaba el hecho, el fenómeno, como quien lee una página histórica, y reservaba su juicio para mejor ocasión. Don Wifredo, con avinagrado talante, propuso la retirada. Se asfixiaba en aquel recinto, viendo flotar junto a sí en jirones dispersos la Unidad Católica... Veía los cadáveres de Manterola y de los reverendos obispos tendidos en el suelo. Quiso salir, pero no podía. El público desalojaba la tribuna con lentitud; las señoras tardaban un siglo en franquear la última grada... En estas apreturas, el caballero miró a la tribuna de enfrente, y advirtió con pena que su dama del año 43 ya se había retirado. Como ella y él habían de bajar por escaleras distintas, ya no era fácil aproximarse a la incógnita y enamorada señora...

¡Nueva desilusión, nueva trastada de un Destino adverso y cruel, que no permitía el cuaje de la más inocente conquista! Como formulara esta queja al traspasar con gran trabajo la puerta de la tribuna, el amigo se apresuró a sosegarle, diciéndole que por la galería interior podían pasar de las escaleras del Florín a las que descargan en Floridablanca. Pero don Wifredo se encontraba imposibilitado de acelerar el paso: sus piernas flaqueaban; tenía que arrimarse a las paredes. El gentío le mareaba, y el largo tiempo de quietud en la tribuna le había entumecido. En tal situación, andando a empellones, Tapia se encontró a un amigo, con quien trabó conversación. Separáronse inadvertidamente Celestino y don Wifredo: este quedó como perdido...

Cuando se encontraron con feliz coincidencia a la salida por Floridablanca, Tapia, risueño y burlón, cogió del brazo al sanjuanista para socorrerle en su premiosa y divagante andadura. «He visto a la familia cacereña —le dijo—. Hace un momento desapareció por la calle del Sordo. El señor de los bigotes es, en efecto, un terrible espantajo, muy propio para Carnaval; la señora gorda es una linda tarasca que podría servir como anuncio del género de Candelario y Almorchón; y en cuanto a la conquista de usted, mi querido don Wifredo... he de decirle que... la pobre anda con mucha dificultad. ¡Lástima que no saliese usted y le ofreciera el brazo para llevarla hasta su casa! ¿No entiende, o se hace el mal entendedor? Pues la he visto bien de cerca. Está en estado interesante... tan interesante que... vamos, debe de haber entrado ya en el octavo mes... ¿Qué dice? ¿Duda del embarazo? Pues yo, que he visto a la dama, no dudo... y digo más: creo que es de usted...»

—Señor De Tapia —replicó don Wifredo plantándose en actitud y tonos de la más genuina al par que correcta caballería—. Yo me permito decir a usted que si es broma puede pasar... pero que en el caso presente, y tratándose de personas de absoluta moralidad y principios, no debo tolerar chanzas de tan mal gusto... Como le aprecio a usted, siento mucho verme precisado a emplear este lenguaje...

Con explicaciones afectuosas de Tapia se restableció la concordia, y el paladín de Jerusalén envainó el temido acero.

XI

Las tristezas que agobiaban el alma del Bailío se ennegrecieron en los días subsiguientes a la portentosa oración de Castelar. Ya se ha dicho que salió el hombre del Congreso, en aquella memorable tarde, atontado y desvanecido. El discurso fue para él como un golpe de maza en el cráneo. A la impresión producida por el sublime estruendo y los fulgores de aquella tormenta oratoria, se unía, para desconcertarle más, la consternación que le causara el ver al orador republicano aplaudido y aclamado por tan diversa gente. Los diputados todos, casi sin excepción, corrieron a felicitarle; en las tribunas fue terrible el entusiasmo; hasta las nobles señoronas *moderadas* batían palmas, y otras de peor pelaje chillaban como rabaneras... Castelar era un gran magnetizador de gentes, y por tanto, un inmenso peligro para la paz pública.

Pero aún tenía el caballero de San Juan otros motivos de desazón que personalmente le afectaban, y era que corrían días, semanas, meses, sin que le llegaran instrucciones ni avisos de aquella misión diplomática que le anunciaron Villoslada y Tejado. ¿Qué ocurría? ¿Por qué se le descartaba de toda intervención en los trabajos del partido? ¿Acaso había encontrado don Carlos de Borbón y de Este hombres que le sirvieran con más solicitud, lealtad y abnegación? Estas incertidumbres y resquemores le amargaban la vida. Dos o tres veces visitó al señor Aparisi y Guijarro; pero ni el insigne letrado carlista ni el joven áulico don Tirso Olázabal arrojaron luz sobre el giro que llevaban las cosas... Ambos le dijeron que no se le preteria ni se le olvidaba; que los trabajos estaban paralizados, y no habrían de ser emprendidos con brío hasta que cesaran las vacilaciones de Cabrera y se resolviese la cuestión madre y batallona, que era el empréstito. «Tenemos hombres de sobra —decían—; pero para salvar a España necesitamos dinero, dinero... Sin dinero no se salva nada.»

Algo calmado con tales explicaciones, recobró en parte don Wifredo su tranquilidad, pero no su alegría. Felizmente acudió a distraerle el picaresco Tapia, invitándole al teatro, a largos paseos en coche, o a comer en cafés y restaurantes, a todo lo cual proveía el amigo con el metal de su repleta bolsa. Del desaire de no pagar nunca protestaba orgulloso el Bailío; pero Tapia, con risueña y cordial contra-protesta, le decía: «Déjese querer, señor de Romarate. ¿Cuándo volveré yo a tener ocasión de obsequiar a un tan ilustrado y cumplido caballero?... Pues aguárdese un poco: para esta noche le tengo preparado un divertimiento que ha de ser la mejor medicina de esas murrias que usted padece. Iremos a un colmado, donde comeremos muy bien, y de sobremesa... quizás entre plato y plato, nos servirán unas muchachas muy lindas... Mejor dicho, se servirán ellas a sí propias, como la sal o el ajilimójili de nuestra comida.»

Rechazó don Wifredo la tentación con remilgados escrúpulos de orden moral; mas el otro pudo al fin doblegar la rígida conciencia del caballero, haciéndole ver que el *elemento femenino* ha sido siempre el mejor calmante de nuestras penas, y un seguro alivio de preocupaciones y quebraderos de cabeza. La sociedad autoriza esta clase de recreos, y la Iglesia misma los mira como desliantes sin importancia, sabedora de que tales funciones terminan siempre con un lindo epílogo de arrepentimiento.

Movido de estas y de otras razones, don Wifredo fue, o se dejó llevar, a un *colmado* que algunos autores designan en la calle de la Visitación, otros en la del Lobo; y como la exactitud del lugar importa poco, dejamos el esclarecimiento de este punto a la erudición ociosa, y atenderemos solo al indubitable suceso. Entraron por una tienda, cuyo mostrador ostentaba innumerables viandas crudas, otras condimentadas ya, fiambres suculentos, mariscos, frutas, repostería y cuanto apetecer pudieran los más refinados comilones, amén del sin fin de botellas que con los abigarrados signos de sus etiquetas pregonaban licores y vinos así de España como de *extranjis*. De la tienda pasaron a un corredor, en cuya banda izquierda se veían compartimientos separados por tabiques que no llegaban al techo, de lo que resultaban al modo de establos o pesebres con mesas. En uno de estos pesebres se metieron, y allí les llevó el mozo el servicio y la lista de comistraje, y para empezar o hacer boca gran copia de chucherías, mariscos, menudencias picantes o saladas...

El hostelero y mozos saludaron a Celestino sin ninguna ceremonia, como a parroquiano casi familiar. Romarate, que entró con recelo, mostrándose inapetente, hizo a la comida los debidos honores; bebió un poco del vinillo blanco que Tapia le escanciaba, y sus melancolías empezaron a disiparse. Hablaba y reía, celebraba chascarrillos que el amigo refería con gracia.

A media comida, serían las diez y media de la noche, oyeron bullanga de voces, risas y guitarreo en un departamento cercano, al término del pasillo. Tapia dijo al mozo: «Advierte a esos que no alboroten, que hay aquí esta noche personas de respeto...» A poco de enviar este recado, coláronse sin previo aviso, en el departamento o establo donde los dos amigos comían, dos mozas de insolente hermosura, bravas, jocundas y desfachatadas. Al verlas llegar alborotando, arrimarse a la mesa metiendo ruido con platos y cubiertos, pedir langostinos, salsa tártara y manzanilla, lo primero que chocó a don Wifredo fue que hablaban con muy mala gramática. La una sazonaba su lenguaje con dengues andaluces, la otra con rudezas baturras.

Ambas mozas se mostraron desde el primer instante amabilísimas, con todos los pérfidos arrullos propios de su liviana condición. La que parecía baturra era de estatura mediana, carnosa, pegadiza y mareante, por la grande agilidad de su juego de ojos, de su charla suelta como el chorro de un grifo imposible de cerrar, por las ondulaciones pisciformes de su cuerpo bonito. La otra, de lucida talla y esbeltez admirable, morena, de gitanos ojos, tenía dos toques fisonómicos que le daban singular encanto; eran: una dentadura ideal por su corrección y blancura, y unas patillitas que limitaban su bello rostro con dulce sombra de terciopelo. Resultó que no era andaluza, sino de Ceuta, y respondía por Paca, reservando su verdadero nombre, *África*, por respeto a la Virgen de su pueblo. Fácilmente perdonó don Wifredo a la gentil africana sus faltas gramaticales, que por esto no desmerecía su linda boca; antes bien la incorrección era un garabato gracioso.

Al principio, el insigne alavés estaba hecho un pánfilo: no sabía qué decirles ni cómo tratarlas. Empezó con galanteo sentimental del tiempo del *Triste Chactas*; mas pronto supo acomodarse a la condición anárquica de las alegres pelanduscas. En tanto, la bullanga crecía en el cercano pesebre, y cuando Tapia y la baturra transmitían por el mozo órdenes de atenuar el escándalo, dijo don Wifredo: «Dejarles; ¿qué más da que chillen? Aquí hemos perdido todos la vergüenza. Cada sitio tiene su moral, y cada moral su lenguaje propio. Discútase si debemos venir a estos lugares; pero una vez en ellos, adelante con la ignominia...»

Poco a poco, el escrupuloso paladar de don Wifredo se iba *jaciendo* a la medicina preceptuada por el sabio doctor Tapia, para remisión de la fiebre política y alivio de pesadumbres. Al cuarto de hora de tener a *Paca la africana* junto a sí, gustaba de ella y de las patillas, que sombreaban su tez morena y limpia, de los ojos como luceros negros y de la ringlera de perlas de su dentadura maravillosa; a la hora, ya creía que el separarse de la moza era un golpe mortal, y a las dos horas pensaba el hombre que la Paca *valía una misa*, entendiendo por misa el soslayar a ratos el decoro, la representación social y toda la caballería andante o sedente.

Al llegar a este punto, las incompletas crónicas de donde se ha entresacado esta historia recatan con discreto silencio los actos del *Bailío de Nueve Villas*. Por respeto a tan digno personaje, ponemos sobre él la capa del silencio, y solo se hacen públicos algunos incidentes y diálogos que al través de los agujeros de dicha capa se traslucen. Estos huequecillos, abiertos sin duda por mano aleve, dejan ver retazos de alguna escena interesante, en local muy distinto del colmado ya descrito. Era sin duda una casa donde tenía sus recepciones la gentil *africana*; la cual, consecuente con su ardorosa naturaleza, estaba ligerita de ropa. Don Wifredo, reclinado a su vera en sofá de gastados muelles que gemían al peso, la contemplaba con tiernos ojos. Languidecía la conversación, caída de los tonos vehementes a la frialdad del coloquio fragmentario. En la estancia, decorada con un lujo chillón y barato, había muebles de algún valor; otros, sin que nadie se lo preguntara, declaraban haber venido de *las Américas*. Láminas picantes, retratos de mujeres bonitas y de hombres achulados, se daban de bofetones con grandes cromos de Santos y Vírgenes.

La mujer de las patillitas y los febeos ojos habló así, con dejo de indolencia: «Me ha dicho Tapia que eres caballero.»

—Naturalmente. ¿Pues qué querías que fuese?

—No me explico... Quiero decir que eres caballero de esos que están cruzados o llevan cruz...

Resistiose don Wifredo a entablar tal conversación en lugar profano; pero tanto se obstinó la moza, que al fin hubo de responderle que, en efecto, era caballero de la Real, Militar y Hospitalaria Orden de San Juan de Jerusalén, la más antigua, la más noble de cuantas existen.

«¿Y eso para qué sirve?»

—Tú no puedes entender —dijo el Bailío en tono agridulce— estas cosas del honor, de las instituciones históricas y de la...

—¡Pues no estás poco tonto! —replicó *la africana* cortándole la palabra—. Esa cruz te la dio la pobre doña Isabel II.

—No, hija, no digas disparates. Soy caballero por decisión del Capítulo de la misma Orden de San Juan.

—Pero el capítulo ese ha de ser cosa del Rey o reina. Déjame a mí de historias. Eres caballero porque la reina fundó para pasar el rato esas caballerías... ¿Qué quería ella más que caballeros?

—Con tu permiso, bella Paca —dijo el alavés entre severo y acaramelado—, mi Orden viene de tiempos muy remotos, pues la fundó Balduino I, hermano de Godofredo de Bouillon. ¿Sabes tú algo de Balduino I?

—No sé nada de ese señor —dijo *la africana* echándose una falda—. Pero a Godofredo sí le he conocido. Era un cochero francés de la marquesa de Itálica, que tenía sus cocheras hace un año en el bajo de esta casa. Por cierto que me hizo el amor y quería llevarme a Francia. ¡Pues no nos hemos reído poco del tal Godofredo y de su modo de hablar, lo mismo que el de los amoladores!

Riose el Bailío de esta humorada, y como solo estaba calzado de la bota izquierda, porque la derecha le apretaba, se calzó esta con protesta de sus callos, disponiéndose a recobrar su eclipsada prestancia. Desvanecida la primera vergüenza de hablar de la Orden en sitio tan contrario a los históricos prestigios, quiso dar a su amiga un sumario conocimiento de aquel venerando instituto. «Fuimos fundados —le dijo— con un fin hospitalario y guerrero. Residíamos primero en Jerusalén, después en Tolemaida, luego en Chipre, en Rodas, por fin en Malta...»

—¿Y en todos esos puntos has vivido de paseante en Corte?... —replicó la moza estirándose las medias por encima de las rodillas—. ¡Pobrecillo! Vele ahí por qué estás tan encanijado. Si hubieras sido labrador, como San Isidro, estarías más robusto y con buen color... Lo que te digo es que tienes que traerme tu cruz para que yo la vea, y harías bien en dejármela poner un día y salir con ella a la calle... No, no me pongas esa cara de ave fría desconsolada... También me ha dicho Tapia que tienes un manto de gran cola, y que no lo sacas más que el Viernes Santo. ¿Vas con ese manto a la *Cara e Dios*, como voy yo con mi mantón de Manila?

Calló don Wifredo, y sintiéndose de nuevo avergonzado, se atacó el pantalón y abrochó sus bragas, añadiendo al cuerpo la doma y suspensorio de los tirantes. Aplicó después al talle un cinturón de cuero que hacía veces de corsé para enderezarle y cincharle el desbaratado cuerpo, y en este pergenio volvió a sentarse, requiriendo a la moza para cambiar con ella delicadas caricias. Dejando a un lado los escrúpulos de su noble alma, se sentía vivamente enamorado de *la africana*, y esclavo de su linda figura, de sus ojos asesinos, de sus patillas terciopelosas, y de su blanco, finísimo y uniforme dentamen.

La verdad sea dicha: tan enamorado como compadecido de la bella criatura, acariciaba la idea de redimirla, hidalga y generosa intención. Pero al propio tiempo veía en su mente las dificultades de tal empresa. No hallaba medio de aplicar a esta la calidad hospitalaria y militar de su Orden, y temía que solo el propósito de redención le precipitase en abismos de escándalo. En fin, la idea, no por difícil, debía ser desechada, y ya volvería sobre ella más adelante... Sigamos, pues, la historia, sin más datos informativos que lo que se trasluce por los agujeros de aquella capa de silencio, que cubre los actos del buen Romarate en esta parte de su azarosa vida. Sépase que en otro aposento de la misma casa donde se ha localizado la anterior escena, tuvo lugar otra de mayor interés y mucho más pintoresca y bulliciosa.

En comedor o sala, que los heteróclitos muebles no decían claramente el destino de la estancia, hubo aquella noche (tampoco consta la fecha exacta) una regocijada francachela. Asistieron, a más de Paca y la baturra, dos mujeres de trapío y una matrona fofa y empalada dentro de un corsé, más pintada que un retablo. De hombres estaban Tapia y don Wifredo; dos militares, Navascués y Pulpis, y dos sujetos más, bien conocidos en Madrid por sus hípicas aficiones, y que reclaman y obtienen el anónimo. ¿Celebraba su santo la dueña de la casa? Tal vez. Se ignora su nombre. Pero escarbando la historia, aparece la tal con quince años de antelación y el picaresco mote de *María Meneos*.

Cenaron, bebieron, alborotaron y se divirtieron como demonios. Conservó su noble gravedad don Wifredo hasta muy adelantada la cena.

Al aceptar la invitación, habíase propuesto observar en el festín actitud semejante a la que le impondría su buena educación en un banquete de personas regulares. Era hombre de poco mundo, criado en el reino de la simplicidad. Así, mientras todos reían y bromeaban, manteníase el caballero en una desaborida y tétrica corrección; aumentaba el bullicio, pasaban del desorden a la desvergüenza, y él haciendo la triste figura de San Antonio, vencedor de las demoniacas tentaciones.

La africana por un lado y Tapia por otro le incitaban a doblar el palo de su tiesura ante las expansiones del alegre cotarro. Debemos quebrantar alguna vez la rígida observancia social, y sacudir el ánimo para que caigan de él las murrias que lo devoran. Paca le hacía beber, le demostraba con su enojo que un hombre tercamente encastillado en la templanza es indigno del amor de una mujer. Cedía don Wifredo a los halagos, a las burlas, a la lisonja, mañosamente empleadas por la hija de Ceuta; bebió al fin mucho más de lo que acostumbraba, y sus ojuelos empezaron a encandilarse. El ambiente, el ruido, la jácara de la orgía se le fueron metiendo en el alma... También él rompía risas por cualquier incidente baladí, y poco a poco se le iba pasando el finchado envaramiento de un decoro impropio del lugar y la ocasión. Poco tardó ya en zaherir a la *Meneos* por la prodigalidad de sus postizos lunares; se metió con Navascués, porque este habló de *la africana* con poco respeto, llamándola hermosura *de presidio*, y cantó un responso a la candidatura de Montpensier, coplas a la de Espartero...

Con gran regocijo celebraron los comensales el trastorno del sanjuanista, y para llevarlo a la extrema irradiación de chispas del ingenio, le dio la maligna Paca un infernal brebaje, mixtura de coñac, aguardiente de Chinchón y no sé qué más... Apenas lo hubo tragado el pobre Bailío, sobrevino la rápida y monstruosa transformación: ya no era el mismo hombre; ya era un grotesco maniquí, hecho con los despojos del atildado caballero de San Juan. Su buen talante y compostura desaparecieron como por arte del demonio; con manotazos iracundos se desabrochó levitín y chaleco, se deshizo el lazo de la corbata; su comedido lenguaje se desbarató en carcajadas insolentes, como un cristal que en mil pedazos se rompe; sobre la reunión, que no quería más que divertirse, arrojó dicterios y miradas provocativas. «¿Quién es el que ha dicho que yo soy el bastardo de don

Godofredo de Borbón?... —gritaba—. Que lo repita en mi cara, y lo suicidaré al instante... Señoras de la aristocracia de Ceuta, no hagáis caso de estos borrachos que os quieren introducir la libertad de cultos... Oídme a mí, que os traigo la verdad de mis convicciones superlativas... ¿Queréis oírme, sí o no? Yo vengo de Tolemaida o de Cocentaina, que es lo mismo, como apóstol de gentes de mal vivir... Oídme, oídme.»

Empujáronle para que subiese a una silla y hablar pudiera desde lugar alto. El pobre señor desembuchó, con voz a ratos atiplada, a ratos cavernosa, estos horribles disparates: «Grande, grandísimo es Dios en el Sinaí... El trueno le precede, la chispa le acompaña... la tierra se echa a temblar, los montes se ríen a carcajadas... Pero en mí tenéis un dios más grande, más bonito... ¿No me declaráis el más bonito de los dioses? Yo soy el amador de Paquita; yo bebo en sus ojos la idea espiritual de Chinchón, y vengo a predicaros la libertad de aquellos cultos que practicaron caldeos y macabeos, fenicios, egipcios y estropipcios... Por esa idea muero, perdonando a mis verdugos. Y por eso soy más grande que aquel Dios del Sinaí, mi particular amigo... Me río yo del Dios del poder y de la justicia implacable... Yo soy el dios del amor... Dígalo la celestial Paca... yo soy el dios del perdón misericordioso de la Magdalena y la *Meneos*... y por eso os digo que no hagáis caso del Señor ese del Sinaí, escupe truenos y vomita rayos, y vengo a pediros que en vuestro código fundamental... ¡ah, señores!, dejadme reír... que en vuestro código fundamental le mandéis memorias a la Unidad católica, y pongáis este letrero: *Liberté*, *qué sé yo qué*... y por último, *¡viva mi africana con honra!*...»

(Locos aplausos, berridos, pataleo, escándalo.) Lo que siguió apenas merece los honores de la narración. A las tres de la mañana sacaron a don Wifredo de debajo de la mesa, y entre Tapia y Pulpis le metieron en un coche, y como cuerpo muerto lleváronle a su casa.

XII

Dos días hubo de permanecer en cama el noble caballero y otros dos sin salir de su aposento: tan desquiciado le dejó la estúpida broma de aquella noche infausta. Los huesos le dolían como si se los hubieran quebrantado en bárbara paliza; su cerebro era como abierta jaula, de la cual habían huido la memoria y el entendimiento... Hizo Tapia por consolarle, diciéndole que todo caballero había corrido alguna borrasca de mujeres y vino, y que hasta los hombres más sesudos y escrupulosos tenían anotada en su vida una borrachera, como tributo pagado a la virilidad. Ni admitía ni rechazaba Romarate estas ideas, pues su ánimo se estancaba en un fondo cenagoso de idiotez y marasmo. Casi a la fuerza, Celestino le obligó a vestirse; le sacó a la calle, y después de pasearle en coche por la Castellana, le condujo a un café donde almorzaron; y cumplida esta elemental obligación para con la máquina corporal, se fueron al Congreso.

Era el 26 de abril. Ya se había discutido la cuestión religiosa en la totalidad del proyecto de Constitución. Faltaba examinar los artículos 20 y 21, en que se concedía de una manera farisaica y meticulosa la tolerancia de cultos. Aunque mucho se había dicho de tan grave materia, mucho y bueno quedaba por decir. La expectación era grande; las tribunas estaban llenas antes de empezar la sesión. Propuso don Wifredo a su amigo quedarse en el Salón de conferencias, donde no faltarían ociosos con quienes engañar las horas en dulce charla. Pero anhelando Tapia para sí y para el Bailío las fuertes emociones, a remolque le llevó arriba, y se colaron en la tribuna de periodistas, donde aquel gran entrometido tenía vara alta.

Viose, pues, el ilustre hijo de Álava en un mundo nuevo y desconocido, el mundo de la Prensa, formado por personal de diferentes castas y procedencias, por hijos de diversas madres políticas, amamantados antes con unas leches, ahora con otras. Lo que a primera vista le causó más sorpresa, fue ver confundidos en cháchara compañeril a los que seguían las inspiraciones de don Pedro la Hoz y a los que las recibían de Castelar o Rivero. «¿De modo —se dijo— que en este coro angélico se practica la libertad de cultos?» Nueva sorpresa fue para él que los foliculares de Dios y los de Luzbel aparecieran también unidos para ofrecerle en aquel beaterio sitio de preferencia donde pudiese ver y oír cómodamente.

Ya empezada la sesión, pudo observar el alavés que algunos de aquellos pícaros le miraban con cierta malicia, y apartados murmuraban risueños. Por Tapia, que entre ellos se sentaba y con todos alegremente departía, sabían el nombre y condición social del caballero. El que a su lado estaba, como los demás prevenido de lápiz y papel para extractar los discursos, le ofreció caramelos, y entrando en conversación con él sobre si estorbaba o no en aquel sitio, le dijo: «Usted no estorba en ninguna parte, y para nosotros es un honor tener en nuestra compañía al señor don *Gaiferos*.»

Al pronto, tuvo el Bailío por irrespetuosa la alteración de su nombre de pila, y poco le faltó para corregir airadamente al picaresco escritorcillo; pero luego reflexionó que el *Gaiferos* no era más que la castellanización castiza del gótico nombre, como está escrito en los libros de caballería y en los romances de gesta. No había, pues, motivo para enfadarse por un rasgo de erudición. En esto, había empezado a discursear un orador republicano de lucida estatura y semblante un poquito diabólico, rostro largo y huesudo, frente ancha, ojos vivos, pelos negros y erizados en tres mechones, uno por arriba y dos en las regiones temporales; barba en la forma que llaman de candado, también negra, partida como cola de pez mitológico; figura, en suma, semejante a la que se ve en la parte inferior de algunos retablos. El periodista dijo así a su vecino: «Este es Suñer y Capdevila, diputado federalista, y ateo él *gracias a Dios*.» Y a poco de oír el nombre, oyó don Wifredo de boca del orador esta frase sintética: «Ni el Gobierno ni la Comisión han comprendido bien la *idea nueva*, y voy a decírselo. La *idea caduca* es la fe; el cielo, Dios. La *idea nueva* es la ciencia, la tierra, el hombre.»

Sorprendió a don Wifredo la idea; mas no levantó en él indignación. Se sentía caído, amilanado; yacía su alma en un pantano de indiferencia o cobardía, en el cual dormitaba la perezosa voluntad. Las graves cuestiones de conciencia no tenían fuerza para sacarle de allí, y pasaban sobre él como aves errabundas, dejando caer la vana elocuencia de sus cantos o graznidos. No pudo confiar su impresión al vecino más próximo en la tribuna, porque el diligente cronista transcribía con rápida mano las palabras del ateo... Este la emprendió luego con Jesucristo y la Virgen María, en forma tan irreverente, que toda la Cámara y las tribunas respondieron con murmullos... Romarate estaba perplejo; no sabía qué pensar. El orador dijo: «Jesús, señores diputados, fue un judío, del cual todos los católicos, y sobre todo las católicas, tienen una idea equivocadísima... Jesús fue hijo de un carpintero... Según San Mateo, siendo María desposada con José, antes que vivieran juntos se halló haber concebido del Espíritu santo...» El Bailío, cada vez más lelo, buscaba en los rostros circunstantes el efecto de aquellas palabras. Oyó claramente la voz de Tapia, exclamando: «¡Bárbaro!... ¡fuera!» Otras voces oyó, que por un momento ahogaron la voz del orador.

«¿Qué ha dicho?» preguntó don Wifredo al periodista.

—Que San José... No sé... que no conoció a María... que esta tuvo otros hijos, a más del primogénito... Ese tío está loco... Aquí no se pueden decir ciertas cosas...

Trató la campanilla presidencial de atajar al impío; este, con diabólica impavidez, hablaba del sentido que debemos dar a la palabra bíblica *conocer*. Quería demostrar que María tuvo más de un hijo, y que Jesús no provenía del Espíritu santo... Rivero, haciendo de San Miguel, ponía el pie sobre Suñer, aunque aparentemente los golpes caían sobre la mesa... Pero Suñer no se daba por entendido. Su calma y la feroz tranquilidad de su acerba crítica podrían tener expresión propia cuando el lenguaje paradójico nos consintiese hablar de la frialdad del Infierno. «No debe olvidar Su Señoría —decía el presidente furioso, descargando la espada ondeada sobre la testa dura de Suñer— que no discutimos aquí la religión, sino la forma política que debemos dar a la religión en España.» Y el Belcebuth parlamentario devolvía la admonición con este zarpazo y coletazo de tente tieso: «Mi enmienda abraza dos partes: primera, que los españoles tengan libertad de profesar cualquier religión; segunda, que estén en libertad de no tener ninguna... He indicado que sería una ventaja para los españoles el estar limpios de toda religión...»

Oyendo estas cosas, don Wifredo vacilaba entre la risa y el enojo. El periodista su vecino le dijo con marcada socarronería: «Gracias a Dios que oímos aquí a un hombre de fe... ¿No cree usted que este Suñer es el evangelista del porvenir, y que su ateísmo es obra de la gracia divina?» Sin comprender el burdo humorismo de esta frase, Romarate asintió con sonrisa y cabezadas. Y luego, para su chaleco se dijo: «Estoy degradado.

Busco en mí mis opiniones, y no las encuentro... Efecto de la embriaguez y de andar entre Magdalenas que no quieren arrepentirse.» Sus ojos buscaron a Tapia, el cual alarmado le miraba, temiendo que las horrendas herejías del orador afectaran al puntilloso paladín católico, y que este se disparase a una protesta ruidosa en plena tribuna. Pero Romarate parecía tranquilo y como aletargado. A las preguntas que por señas le hacía Celestino, contestó a media voz... «No oigo nada... Estoy sordo.» Poco después de declarar el Bailío su sordera, Suñer y Capdevila soltaba nuevas y más detonantes bombas. Véanse algunas de estas: «La ciencia debe sustituir a la fe, el hombre a Dios...» «La moral se deriva directamente del hombre...» «El hombre no será hombre mientras Dios sea Dios...»

Por último, entre la Presidencia, que quiere cerrar a todo trance la boca del diablo republicano, y este y sus amigos co-diablos, que afirman ruidosamente su atea libertad de pensamiento y de palabra, se entabla un vivo diálogo. La Cámara, salvo el cotarro de la izquierda, apoya con calurosas excitaciones al presidente; el orador sucumbe al fin a los golpes de los innumerables San Migueles que surgen de los escaños. Todos creen, todos envainan su indiferentismo práctico, para blandir el ondulado acero religioso que les ayuda a conservar sus posiciones políticas... El Satán parlamentario, acusado de una parte y otra por las voces que le motejan y las manos que le presentan cruces, repliega su cola erizada de escamas, esconde sus uñas, y con amargura flemática dice que no puede continuar apoyando su enmienda. Se sienta... Don Wifredo alarga su cabeza... ve desaparecer los cuernos del ateo entre las cabezas de los cachidiablos que le felicitan.

La necesidad de respirar aire no tan impuro como el de la Cámara, puede más que el entumecimiento perezoso del señor de Romarate. Se levanta; salta trabajosamente de la grada inferior a las superiores; su vecino le ayuda... Tropieza en unos y otros. Pide perdón, y una voz dice: «Tiene ángel este don *Gaiferos*.» Suénale a burla el *Gaiferos*; pero le faltan alientos para protestar... Al fin, sus manos encuentran las del amigo Tapia, que le ayuda a salvar los últimos obstáculos para salir al pasillo. Tras de sí, en la cavidad rojiza y negra de la Cámara, deja un vago rumor de tempestad que gradualmente se apacigua, y una como neblina o tenue polvareda, producto de las retóricas emanaciones. «¿De veras está usted sordo?» le dice Tapia cariñoso. «Sordo del espíritu —replica el alavés—, impedido del pensamiento. No sé razonar, no sé juzgar. Me encuentro acorchado, o algodonado... Es atroz... No sé qué me pasa.»

El portero le ofreció una silla en la antesala de la tribuna para que descansara. Dábase aire el Bailío con un pañuelo. A su lado, algunos periodistas disputaban. «Eso no puede decirse en un Parlamento...» «En un Parlamento se dice cuanto es menester para fundamentar la opinión que se profesa...» «¿Pero qué tiene que ver la Sagrada Familia con la libertad de cultos?...» «¿Pues no ha de tener que ver? El Estado me manda que adore a San José, y yo, en uso de un derecho indiscutible, me niego a ello...» «No es eso... por Dios, no es eso...» «Suñer no predica el ateísmo; no hace más que proclamar el derecho a no creer en nada.» Uno de ellos, no de los más jóvenes, se dirigió a Romarate con frase afable y benévola: «Habrá usted pasado un rato amarguísimo. No debe venir aquí el que no pueda dejarse las creencias en la calle de Floridablanca.»

A esta y otras indicaciones de los que a su lado bullían, contestaba don Wifredo indistintamente, abanicándose, *sí sí*, o *no no*, sin saber a qué ideas asentía ni cuáles reprobaba. Un amigo de Celestino tomó la defensa del diablo Suñer, encareciendo así sus virtudes privadas, las únicas que tal nombre merecen: «Es un hombre honradísimo, excelente padre de familia, cumplidor exacto de sus deberes en todos los terrenos. No ha necesitado extraer del catecismo su moral... y es benigno, generoso, indulgente... Ensalza a los buenos y detesta a los malos, sin preguntarles a qué religión pertenecen. Ama la ciencia, y la practica como médico. Respeta la fe... La fe suya arranca de la Naturaleza. No hace mal a nadie. Don Juan Prim, que le conoce bien, le ha retratado en pocas palabras: *un santo que no cree en Dios*.»

Despidiéndose del grupo de periodistas con un solo saludo para todos, don Wifredo se agarró al brazo de Tapia, y con trémula voz le dijo: «Lléveme usted hasta la calle... No sé qué tengo...» Bajaron la escalera entre un gentío bullicioso que comentaba la crudeza brutal del enviado de Pero Botero. Alarmado Celestino por la palidez y temblor del Bailío, quiso levantar su ánimo con palabras lisonjeras: «También hoy había mujeres bonitas en las tribunas... ¿No ha reparado usted?»

—Sí, no... No sé... Algo sordo... También un poco ciego... Yo miré... Sobre las tribunas flotaba una niebla... Las caras de las mujeres, confusas, borradas... Abajo, lo mismo... Yo no veía claro más que el testuz cabrío y el corpacho peludo de ese Capdevila... Estoy trastornado, ¿verdad?... Pues en las tribunas de enfrente vi a *Paca la africana*, que no quitaba de mí sus ojos.

—Ilusión, fantasmagoría —dijo Tapia riendo—. *Esas* no vienen a las tribunas del Congreso.

—Alucinación, burla de mis sentidos... Como la llevo en el alma, la veo donde no está.

Suspiró con ansia el caballero, y al llegar a la calle requirió a su amigo para que hasta la de Atocha le acompañara. Temía perderse, tropezar con los transeúntes, caer al suelo... Se sentía muy mal. Accedió el otro condolido y atento, y en aquel triste camino rompió de nuevo el silencio el buen Romarate para franquear al compañero las singulares anomalías de su espíritu. «Esa mujer, esa *africana* —dijo parándose para tomar aliento—, me tiene loco; se ha metido en mí... y con ella dentro de mí, yo soy otro hombre: ya no soy aquel, aquel...» Asintió el adlátere, temiendo que la contradicción acreciera el desvarío, y entreteniéndole con frases amenas, le llevó hasta su casa.

Subieron. Opinó Celestino que al instante debía meterse en cama, y prevenida *doña Leche* para disponer lo necesario, pronto quedó entre sábanas el atribulado sanjuanista. La vicepatrona se apresuró a traer un tazón de tila bien caliente. Con la pócima se templó y sosegó el enfermo... No hacía falta más que reposo y descargar la cabeza de pensamientos vanos. De esto hablaban, cuando el cruzado de Jerusalén con brusco ademán mandó salir a *doña Leche*; atrajo a sí al amigo con otro gesto menos autoritario, y señalándole una silla próxima al lecho, amplificó y aclaró los conceptos expresados en la calle.

«Sí, señor de Tapia, soy otro hombre... Ya no soy aquel Frey don Wifredo de Romarate que vino de Vitoria dos meses ha con el cura Pipaón. Madrid me ha embrujado, o para decirlo más claro, me ha endemoniado... ¡Oh noche aciaga, oh infaustas horas, oh vilipendio! Y yo me digo: ¿No es lógico suponer que en aquellas tomas de aguardientes venenosos, bebí alguna droga de maleficio?... Si no, ¿cómo me explicaría usted, señor de Tapia, que desde aquella hora se encendiera en mí con tal furia el amor de Paca, llegando mi locura al punto de que la imagen de ella no se aparta ya un instante de mi pensamiento?... Yo sé de muchos casos en que el jugo de ciertas hierbas y la sustancia de ciertas alquimias enardecen la ilusión en el hombre, y le ponen más enamorado... hasta morir de incendio de amor. Esto es un hecho... Y yo miro a mi interior, y digo que con la pasión ha entrado en mí una villana condescendencia con la demagogia y las ideas anárquicas.»

Tomando resuello, prosiguió así el caballero sin ventura: «Se me han metido en el alma uno o varios demonios, que a este paso pronto harán mangas y capirotes de mi nobleza, de mi honradez pura y hasta de mi santo temor de Dios... Ya no me asusto de oír menospreciar a Jesucristo. Agravian a la Virgen Santísima, injurian al bendito San José, y me quedo tan fresco... ¿Es esto lo que llaman meta... Metamorfosis, o qué demontres es? Dígamelo, por los clavos de Cristo. Para que vea usted cómo estoy, sepa que a ratos tengo a Castelar por el primer orador entre los nacidos... Hay dos Dioses: el del Sinaí y el otro... Oigo ruidos extraños... la demagogia patalea dentro de mí... Siento pasos... la incredulidad y el ateísmo llegan a la calladita y me acechan en un rincón del cerebro... Divertido es esto, como hay Dios... Y para concluir, señor y amigo particular, tráigame a mi *africana*; que si ella me ha ocasionado con sus gracias hechiceras este turris-burris, ella sola podrá quitármelo... Vaya usted; cuéntele lo que me pasa... vuelva pronto con ella.»

Inquieto y locuaz estuvo don Wifredo buena parte de la noche. Tapia no se separó de él hasta dejarle sosegado y vencido del sueño, bajo la custodia de las sirvientes de la casa.

XIII

Al siguiente día, fue llamado un médico. Con los antiespasmódicos y la gradual alimentación nutritiva, se obtuvo una mejoría franca. El pobre señor a los cuatro días del acceso, parecía totalmente reparado; hablaba poco y sin desvariar; pero su debilidad no le permitía salir del aposento. Visitábale a menudo la marquesa de Subijana, acompañándole cariñosa... Una prima noche hablaban los dos tranquilamente de cosas gratas, extrañas a la política, y de pronto el alavés, sin venir a cuento, salió por este desatinado registro: «Yo, señora, iría de buen grado a pasar una temporadita en el campo, si no me retuvieran en este maldito Madrid mi obligación y compromiso de redimir a una gentil persona que por sus cualidades y su belleza no merece la vida miserable a que está condenada... Si usted, señora mía, se viera en esa esclavitud del trato con diferentes hombres, ¿no solicitaría el auxilio de un honrado caballero redentor?»

Asustada de verle camino del despeñadero, Carolina torció la conversación hacia otro tema... En aquellos días regresó de su viaje a la Mancha don Cristóbal de Pipaón, el cual, enterado de la dolencia del amigo y de sus causas, creyó confortar el espíritu de este leyéndole una pindárica y palmípeda oda que en Daimiel había compuesto en elogio y defensa de la Unidad católica, tan combatida en aquellos días por los energúmenos parlamentarios. La composición había sido inspirada por el soez insulto de un diputado (García Ruiz) que llamó *monserga* a la Santísima Trinidad, y por la fervorosa protesta que contra blasfemia tan horrible formularon el cardenal Cuesta y el obispo Monescillo... Empezaba el poeta implorando el auxilio de la Musa o Numen, que en aquel caso tenía que ser el Espíritu santo, y ya con el soplo de la Divinidad sobre su frente, rompía en apóstrofes trompeteros contra los impíos y desvergonzados, diciéndoles que venían del *Báratro*, que traían marcadas en la frente la garra de *Astaroth* y la uña de *Baal*; tronaba en hinchadas voces contra la *infanda cohorte*; luego se volvía lisonjero hacia los defensores de la fe, hablaba del *pío arrebato* con que proclamaron la verdad, y terminaba invocando el auxilio y pronta venida del generoso príncipe y enviado de Dios, que había de redimir a España de la esclavitud del error...

Apenas concluyó, díjole el Bailío que lo del redimir era la parte más inspirada de la canción, por la forma y por la idea. «Lo demás —agregó—, permíteme la franqueza, paréceme harto frío y oscuro. Si una lengua infernal llamó *monserga* a la Santísima Trinidad, también tus versos tienen algo de monserga por lo ininteligibles y enrevesados... y no te enfades, Cristóbal, por este juicio de tu leal amigo.»

Pidiole después don Wifredo noticias del giro que llevaba en la Mancha el negocio carlista, y Pipaón, lastimado aún por el poco aprecio que el Bailío hiciera de su oda, contestó que todo iba mal en el país manchego, que los carlistas aguerridos y fieles no querían echarse al campo mientras no se les diera con qué sostenerse. Soflamas y ojalaterías no valían para nada. No había dinero. Las pocas y desmandadas partidas del Campo de Calatrava no eran carlistas más que de nombre, pues alentaban y comían con dinero de Montpensier. Terminó don Cristóbal su informe con estas graves palabras: «Así me lo han asegurado, y mil pormenores he visto que lo confirman. Por esto he decidido retirarme, y acudir a París, o a donde esté el *Señor*, y plantear la cuestión en estos términos: O se procura metálico abundante para que nuestros hombres no tengan que tomar el de ese tío maulón, o arrollemos nuestra bandera, y envainemos la espada de nuestra fe, hasta que Dios nos depare un maná o tesoro militar... Harto saben las tres personas de la Santísima Trinidad que sin dinero no se mueve el carro de la guerra entre los hombres. Lo de que la fe lleva de aquí para allá las montañas, está dicho en un sentido espiritual.»

Absorto quedó Romarate con estas opiniones y noticias, y cuando rompió el silencio fue para decir que él había barruntado que las partidas carlistas de la Mancha y tierra de Burgos se alimentaban con dinero masónico. «Hay que ver en este Madrid el pujo de los candidatos, para comprender que ese maldito duque lleva la mejor parte. Él es rico, y ricos son sus partidarios. Si Prim, que es el amo, por él se decide, ten por cierto que será Rey. Prim dispone de los caudales de la nación... Así estamos... Y yo te digo: Cristóbal, aconséjale al *Señor* que se entienda con Prim... ¿Cómo?... A mí me parece que antes se entregará por ambición que por codicia, antes por honores que por moneda sonante. ¿Por qué no le ofrecen la soberanía de un pequeño reino? ¿No habrá por ahí una isla, o algún pedacito de tierra firme...?»

—No creas, también yo había pensado en eso... Hagámosle Rey... por ejemplo, de la República de Andorra.

—O aunque sea de la República de las Batuecas... Lo aceptará, sí, a cambio de abrir el camino al *Señor*... Y si no aceptara, los de Montpensier se encargarán de matarle... Esto he pensado yo... que lo maten los de Montpensier. Así lo he visto en mis delirios. He soñado; por mi magín han pasado mil extravagancias que pueden resultar la pura realidad...

Callaron, meditaron. Poco después, don Cristóbal, confinado en su aposento, escribía cartas en cifra conforme a clave. Una de las epístolas iba dirigida al señor Labandero, ministro de Hacienda de don Carlos; otra era para Homedes, que llevaba y traía mensajes entre don Ramón Cabrera y *el Señor*. Los conocedores de las interioridades del Destino y de las revueltas de la Historia, sabían que en cuanto recibía Cabrera los cifrados escritos de Pipaón, los hacía trizas sin leerlos y los arrojaba al cesto de los papeles rotos.

Como la noticia del malestar y chifladura del buen Romarate cundió entre los amigos, menudearon las visitas, singularmente de alaveses. Ninguna fue tan agradable para el enfermo como la de Demetria y su esposo don Fernando, que ya se disponían para regresar con sus hijos a La Guardia, o a cuarteles de primavera. El gozo de ver a personas tan entrañablemente estimadas serenó y templó de tal modo los espíritus del pobre caballero, que en el curso de la larga visita no dejó caer de sus labios las tonterías y sinrazones, fruto morboso de su destornillado caletre.

Hablaron algo de Madrid, mucho más de Vitoria; consagraron recuerdos cariñosos al venerable Matusalén don Alonso, y a todas las innúmeras personas de aquella patriarcal familia, desde las más vetustas y momificadas a las más frescas y juveniles. Ningún Trapinedo, ni Tirgo, ni Landázuri quedó sin mención afectuosa, y especialmente recargaron la cordialidad de sus buenas ausencias en los presuntos Marqueses de Gauna, don Luis y doña María, y en su lucida prole. Fácilmente pasaron de esta familia a la de Gracia y Santiago Ibero, que eran la propia familia de los visitantes. Al llegar a este punto y al tema de Fernanda y de su presupuesto matrimonio, le faltó a don Wifredo la discreción que hasta entonces había gallardamente manifestado... Sin ningún atenuante, se dejó decir que si consentían en el casamiento de su sobrina con Urríes, haríanla desgraciada para toda la vida, porque el don Juan era un calavera libertino y voluble que a diferentes mujeres entretenía y engañaba. Disparado en sus airadas revelaciones, contó el caso bien cercano y palpitante de Céfora, una joven mística y pérfida, una diablesa rubia, que en aquella misma casa tenía su escondrijo.

Oyendo esto, los señores de Calpena quedaron confusos y desconcertados. No se determinaban a creer lo dicho por Romarate, y pensaron que este, tan juicioso en toda la visita, desbarraba lastimosamente al término de ella. No obstante esta consideración de la chifladura del alavés, al retirarse no iban tranquilos. Recordaba Demetria que su hermana, en carta del mes anterior, le había encargado que se informase discretamente de la conducta de don Juan de Urríes y de la vida que llevaba en Madrid. No hizo caso: harto sabía que Gracia era excesivamente cavilosa y suspicaz... El día mismo de su partida para La Guardia hablaron del caso con don Cristóbal de Pipaón, el cual, llevándose a la sien el dedo índice, habló así:

«No hagan caso de Wifredo, que está... un poco ido... El hombre parece otro... Y por lo que toca al Urríes, no puedo decir de él nada bueno. Es *montpensierista*, y con esto se dice todo. Hay más: me han asegurado que ese andaluz pinturero y otros farsantes como él, valiéndose de agentes astutos o de falsos tradicionalistas, promueven y pagan el levantamiento de partidas, ora carlistas, ora republicanas, para que alboroten, escandalicen y atropellen. El intríngulis de esto bien claro se ve: que España se aburra, que España se desespere y a gritos pida la conclusión de esto que llaman *Interinidad*. España padece este grave mal, y es forzoso curarla, *desinterinizarla*: el *desinterinizador* que la *desinterinice* no puede ser otro que ese franchute avariento y ruin, a quien yo llamo *Antonio Igualdad*, amamantado como su padre y su abuelo a los pechos de la Revolución francesa...» Partieron Demetria y Fernando para La Guardia, llevando entre sus alegrías la tristeza de un enigma.

Las visitas del caballerete de la uña larga, su compañero de hospedaje, entretenían al Bailío; pero no aprovechaban a su salud, porque oyendo hablar de política, teatros, mujeres y otros mundanos asuntos, tornaba el pobre señor a sus insanas manías. García Junco se llamaba el tal, y era del lugar de La Felipa, cerca de Albacete. Habíanle mandado sus padres a estudiar Derecho, y él lo estudiaba torcido, dedicando las más de sus horas a pasear y divertirse. Fuera de aquel extravagante capricho de la uña crecida y cultivada, era un buen chico, con más frivolidad que malicia. A don Wifredo solía contarle sus aventuras en el paraíso del Teatro Real, y escenas en las casas de *damas de las camelias* (así lo decía buscando la distinción del lenguaje), donde apurar solía las horas de la noche.

Refirió también García Junco que por el padrinazgo del señor don Manuel León Moncasi, famoso progresista, diputado por Albacete y por Huesca, disfrutaba de un destinillo en Hacienda; pero que no iba a la oficina más que a cobrar. En cambio, su compañero y amigo íntimo el *culotador* de boquillas, Pepe Tinoco, natural de Concentaina, andaba todavía pereciendo tras del destino que le había ofrecido don Emigdio Santamaría, sin que llegase el momento de ver el rostro bonito de la credencial. Estudiaba Tinoco para notario. Aunque ambos eran de familia bien acomodada, pedían al Estado que subviniese a lo superfluo, teatros y placeres, pues no bastaba para esto lo que recibían de sus padres, ni lo que las madres a escondidas de estos les enviaban. Divertíase don Wifredo con la viva historia referida por los muchachos, y encarecidamente les recomendaba que fundasen o promoviesen la nueva Orden de Galanes de la Merced, o *Redención de Cautivas*.

Por fin, un visitante tuvo don Wifredo que le llevó gran provecho espiritual, serenando su turbado entendimiento con palabra docta y cristiana. Era don Pedro Vela y Carbajo, capellán de las Descalzas Reales, el amigo que le había recomendado la honesta casa en que el buen alavés vivía. Pues en cuanto se enteró del trastorno y de sus aparentes causas, fue allá y sin rodeos le planteó la cuestión de conciencia. «Ea, caballero Romarate, para que la cabeza rija como es debido, hay que limpiar el corazón de las porquerías que se han metido en él... ¿Qué ha sido ello? Que por no parecer gazmoño o por alternar con viciosos, se dejó usted llevar, y anduvo en malos pasos... que en esos pasos trató y conoció a una moza guapa, con patillitas... ¡vaya por Dios! Reconozco que las patillitas, una sombra suave, como pelusa de melocotón que baja por delante de la oreja... Así... Son cosa de mucha gracia. Pero no es para que un hombre se disloque y quiera redimir, olvidando su calidad y posición política... ¡Magdalenas a mí...!»

Asentía don Wifredo con cabezadas y suspiros que mostraban su arrepentimiento, y el bravo capellán continuó así: «Dejémonos de pamplinas, y vamos por el camino derecho a la enmienda de estos graves errores. Lo primero es reconocer que una calaverada poco significa, si de esa callejuela indecente se sale con propósito firme de no volver a entrar en ella... Porque lo que yo digo: ante la dignidad de un caballero y la conciencia de un buen católico, nada significan unos dientecitos blancos y unos ojuelos pícaros... Ello es muy bonito, lo confieso; pero no tiene maldita gracia bajar a los profundos infiernos por demasiado amor a esas lindezas... Considere que pronto se las comen el tiempo y la muerte... Conque a salvarse tocan, Wifredo... Aunque tiene usted vida para muchos años, y Dios se la aumente, hágase cuenta de que llega la hora de liar el petate... ¿Está conforme? Ea, como médico del alma, le ordeno a usted que se prepare, que haga examen detenido de su conciencia... Todo, todo ha de salir a la colada...»

Penetrado Romarate de la rectitud del camino de vida y reparación que el capellán le trazaba, no acertó a expresar su reconocimiento. Poco le faltó para expresarlo con lágrimas... Por no excitar demasiado la sensibilidad del enfermo, don Pedro desvió la conversación hacia la política, evitando tocar el delicado punto de candidatos al trono, porque el buen clérigo guardaba fidelidad a la destronada doña Isabel, de quien había recibido el hábito de Alcántara y un pingüe destino eclesiástico, a más de la capellanía de las Descalzas. Con tesón y coraje a su protectora defendía de las ignominias que la maliciosa ingratitud le imputaba: para él, doña Isabel no había cesado de reinar; la situación creada por la *Gloriosa* era una sombra pasajera, un estado ficticio; no reconocía nada de lo existente; todo lo consideraba falso, postizo, provisional, y esperaba que las aguas de la vida pública tornaran pronto a su natural cauce.

Volviendo luego, por natural querencia de las ideas, al fundamental tema de la visita, dijo el capellán a su amigo y ya penitente que pensase en someter su vida a un régimen nuevo, y que si se sentía picado y cosquilleado del estímulo amoroso, debía pensar en poner fin a una soltería que dañaba su alma. Aún no era viejo; aún podía procurarse por la vía matrimonial una compañera y un hogar tranquilo y honesto, que fueran alivio de sus comezones. Mas no buscara esta consorte en Madrid, donde hay poco bueno en materia de bello sexo, sino en Álava: allí encontraría fácilmente una señora de peso, viuda, virtuosa y con algo de hacienda, que le resolvería de una vez los problemas del espíritu y de la materia.

Propuesta la sabia solución, retirose don Pedro Vela, y quedó el Bailío muy consolado. Los consejos del capellán se clavaron en su pensamiento, y toda la tarde y prima noche dio vueltas en el magín a la saludable receta del médico espiritual. Lo del casorio embargaba singularmente su ánimo. Por entonces solía tener don Wifredo sueños extravagantes; pero aquella noche, al dormirse con la idea de buscar esposa en la clase de viudas recatadas y pudientes, su sueño fue de lo más peregrino que puede imaginarse. Soñó, pues, que se casaba con *doña Leche*, y cuando angustiado y oprimido disponíase a consumar boda tan desigual, se le apareció en imagen clarísima la regidora de la casa... la vio revolver en un arcón, sacar papeles y llegarse a él diciéndole: «Si dudas de mi nobleza, Wifredo mío, aquí tienes la demostración de que puedo ser tu esposa. Desciendo en línea recta de Balduino II, hijo de Balduino I, fundador de tu Orden... Lee y lo verás. Mira mi árbol genealógico, y posa tus ojos en todas sus ramas. Mi nombre es Everarda; nací en Anatolia, en aquellas calendas... ¿te acuerdas?, cuando tomasteis a Jerusalén reinando Guido de Lusiñán. La envidia y los malos quereres me han traído a la baja condición de pupilera. Para ti estaba guardado el sacarme de este encantamiento, y arrebatar mi disfraz, volviéndome a mi prístino ser y regia condición... Toma, lee... *Tole et lege*, y verás que aún eres tú poco para mí...» Apretando con dulzura la blanca mano de *doña Leche*, despertó el Bailío, y un ratito tardó en convencerse de que todo había sido humo cerebral.

XIV

Las visitas de Urríes al sanjuanista fueron breves y de pura fórmula. Al salir del aposento de la Subijana, llegábase al del vecino, y en él permanecía unos minutos, o bien, limitándose a preguntar a *doña Leche* «¿Cómo está el señor *Baldío*?», se iba sin poner interés en la respuesta... Corrían ya los primeros días de mayo; en uno de estos, despidiose de Urríes su amigo Tapia, que partió a Barcelona, para de allí salir a cacería de incautos en la montaña de Cataluña. El objeto de tales correrías no consta en los archivos de donde se ha sacado el meollo documental de estas historias, y para conocerlo se ha de esperar a que las hablillas del vulgo (que asimismo son documento y manantial de históricas verdades) se concreten en hechos positivos. Partió el mozo viejo, en quien se confundían las dos naturalezas de carlista y demagogo, dejando un pequeño vacío en los afectos de Urríes. Este consagraba parte de su tiempo a la política, y al Congreso asistía con la puntualidad de los que allí laboran por sus intereses o apetitos, despojados de todo ideal; otra parte, la mayor quizás de sus horas, dedicaba al mujeril enredo, que era en él conveniencia tanto como diversión o deporte.

El hermano de don Juan, marqués de Ben Alí, era también diputado; pero no había venido al Congreso más que para jurar, y en su pueblo de la provincia de Córdoba permanecía gobernando y feudalizando con los instrumentos de tortura o dominación administrativa. La connivencia entre los dos hermanos era completa, y ambos se daban maña para fortificar la torre del cacicato y hacerla inexpugnable. Con esto queda dicho que don Juan sostenía correspondencia larga y prolija; carteo constante, entreverando los amores con la politiqueja local. Levantábase el hombre a medio día, y desde que almorzaba hasta la noche tiraba de pluma con verdadero frenesí. Cartas empezadas en su casa concluía en el Congreso, y algunos días no paraba hasta la noche, viéndose privado del recreo de la conversación.

Viéraisle una tarde abandonar el escritorio y acudir al Salón, dejar el cigarro en el pedestal de la estatua de Isabel la Católica, colocada en el rincón de la derecha; ocupar su asiento junto a una de las escalerillas de la banda ministerial, y allí, solicitado su espíritu de la necesidad epistolar que en muchos casos era obligación de caballero, levantar el pupitre y escribir, aislando su atención del interés de la Cámara o compartiéndola con él. Así resultaba en sus escritos, no pocas veces, una incongruencia de ideas y un anarquismo gramatical que le obligaban a pedir indulgencia. Aquella tarde puso en garabatos esta graciosa coletilla: «Perdóname las faltas. Escribo en el Salón, en medio de un espantoso barullo, oyendo a un loco que nos habla de la Virgen María, y añade que no *quiso ofenderla ni presentarla como esposa infiel*... Este bruto es el Suñer que habló la semana pasada... Aquí te pongo su retrato...» Y con cuatro rayas y borrones trazaba la silueta infernal del ateo.

No le bastaba esto, y poco después añadió a la postdata otra igualmente garabatosa: «Para que te rías. Ha dicho este bárbaro que los que se han escandalizado de sus blasfemias *son cuatro beatas, cuatro sacristanes y muchos hipócritas*. Aplícate el cuento... También nos ha contado historias de ídolos chinos, de una diosa de buen ver que se llamaba *Ton-Pao*, y que con solo mirar a una estrella tuvo un hijo, a quien pusieron el nombre de *To-Hi*... Te aseguro que es muy divertido oír estas cosas... Y todavía no hay quien le dé una patada a este tío... Adiós; hasta mañana... Adorándote...»

Al día siguiente, en su casa, escribió a la misma, contestando la inesperada y alarmante carta de ella. «Ciertamente —le decía—, es grave contratiempo que mi señora doña Carolina haya pronunciado el *lo sé todo*, que prepara el desenlace en las comedias de enredo... "¿Y ahora qué?" dices tú. Y yo contesto: "Ahora, lo mismo...". Tú niegas; yo no temo a tu tía, ni he de temblar, como crees, cuando me presente ante ella. Alegre y sereno le notificaré dentro de dos días, tres a lo sumo, la resolución favorable del asunto de las salinas. ¿Te parece que soltando esta bomba sin dar tiempo para hablar de otra cosa, seré mal recibido?... Y lo que te digo no es cuento. Mañana tendremos la sentencia del Consejo de Estado. Váyase lo uno por lo otro. Carolina se amansará; es mujer de talento; ha padecido escaseces; ha luchado buscando el apoyo de personas de todos los partidos; en su corazón ha entrado la indulgencia, y de allí no puede arrojarla... No puede...»

A estas razones, trazadas con tendida escritura y desordenado estilo, añadió el andaluz las ternezas de amor, planes de próximas secretas entrevistas, y otras menudencias espirituales entreveradas con conceptos eróticos. Terminada su epístola, que iba llena de borrones y tachaduras, la cerró y envió a su destino por una recadista que para estos tráficos tenía... Almorzó deprisa y corriendo, y en los escritorios del Congreso reanudó su tarea de Sísifo. Y no había medio de aplazarla, pues en deuda de carta estaba con la mujer a quien debía mayor respeto... Deuda de tres días, que gravitaba en la conciencia del galán, anunciándole serias complicaciones. Apenas empezó, tuvo que pasar al Salón. Puesto el cigarro con cierta reverencia en el pedestal de la Católica Isabel para que esta lo custodiase, subió a su escaño, levantó el pupitre, y aprovechando el rato destinado a preguntas e interpelaciones, fue despachando el delicado introito hasta entrar en materia... Leed, amigos, estos fragmentos especiosos.

«Me duele mucho que creas esos disparates, y que no tengas bastante serenidad para ver en ellos una fábula grosera. O la inventó la envidia, o es obra inconsciente de algún cazador de mosquitos. Yo sospecho que a ti y a los tuyos ha llevado estos cuentos el *señor Baldío*, en quien debemos ver más simplicidad que malicia. Es un pobre mentecato que no conoce el mundo; el hombre me gasta una moral estrecha, cortada por la regla de San Benito, y con ella convierte los actos inocentes en crímenes merecedores del Diluvio Universal... Te advierto que el *Baldío* está loco rematado, a consecuencia del naufragio de su virtud entre una turca y una africana. Corramos un velo...»

Y más adelante escribía: «No te niego que conozco a esa Céfora, sobrina de una marquesa de Subijana que acá vino no sé cuándo. La tía es persona distinguida y tronada. De tonta no tiene un pelo, ni de inocente tampoco. Se rodea de sombras para darse lustre novelesco; se titula *ex-camarista de la reina doña Francisca*; cuenta historias muy viejas, con pormenores que nadie puede rectificarle... Pleitea por las salinas de Añana, que dice son suyas... En cuanto a Céfora, buena falta le hace la salazón, porque hembra más desaborida y sin gracia no ha nacido de madre. Es rubia desteñida, de ojos azules que nada expresan. No sabe hablar más que de los milagros que hicieron estas o las otras Vírgenes; figura en Santo Tomás como una de las beatas más empedernidas; viste como una percha de colgar ropa, y tira al monjío como la cabra al monte... Quedan con esta leal explicación disipados tus recelos; y no digo *celos*, porque lo que esta palabra significa es vela demasiado grande para llevada a un entierro tan chico... Amor de mi vida, no volverás tus ojos a ninguna parte sin encontrar mi lealtad y el sagrario de mis promesas...» Al llegar aquí, el andaluz dejó la pluma. Cuando se escribe entre mucha gente, más interrumpe el silencio que el ruido. Englobada su atención en la atención de la Cámara, bajó don Juan el pupitre, y con propósito de terminar después su carta, ojos y oídos puso en la persona del orador, que hablaba detrás del banco azul.

«Este Echegaray —dijo una voz junto a Urríes— me parece más científico que político, y más poeta que científico. Tiene el don singular de vestir sus ideas con imágenes tomadas de la astronomía y de la geología, y sobre estas figuras físicas sabe poner las humanas.» Esto lo decía Moreno Nieto. El andaluz, lego en tales materias, como en todo lo que no fuera el arte de amar, aplicó de lleno su sensibilidad al orador, un hombre de algo más de treinta años, flaco, espiritual, barbudo y con anteojos, de dicción fácil y razonar persuasivo. Le agradó sobremanera esta idea con tanta galanura expresada: «La ciencia ama la religión, solo que la ama a su manera; no se encierra en ella, no se ahoga en ella; es como el águila que ama las montañas, que pasa de unas a otras, que se posa un momento en la más elevada, pero que después tiende su vuelo, sube a las nubes, se pierde en el espacio, y las montañas allí se quedan, inmóviles, gigantescas, colosales.» La imagen empleada por el matemático poeta para exponer la idea democrática, el doble proceso cósmico desde la nebulosa hasta el planeta, y desde la unidad al individuo, impresionó al frívolo caballero, individualista impenitente en cuestiones de moral y de amor.

Echegaray, de quien pudo decirse que poseía el secreto de la inspiración científica, alumbraba con potentes resplandores las cuestiones más distantes de la poesía. Tratando el punto harto prosaico de las relaciones entre la fe y las leyes humanas, trazaba con tonos dramáticos el cuadro de la teocracia y de su abusivo poder despótico en épocas remotas. Combatía la Unidad Católica como el más apropiado ambiente para que aquel poder tiránico pudiese atormentar a la humanidad; y al describir el quemadero del llamado irónicamente *Santo Oficio*, cuyos vestigios fueron desenterrados en aquellos días, puso en su acento toda la humana ira y las maldiciones más elocuentes. Por esto le gustó a Urríes, por la pasión del intento y el fuego de la palabra.

Admirable fue la reconstrucción que hizo el orador del lugar siniestro en que tostábamos a los herejes. En el corte del terreno veía como un libro cuyas negras páginas declaraban la infamia de aquel tribunal, que afrentó a la justicia divina con sus atroces crímenes. De las capas de terreno extraía residuos calcinados o a medio quemar, y con ellos daba teatral realismo a los actos inquisitoriales; a su conjuro resurgían los verdugos fieros, las piras crepitantes, el chasquido de las carnes lamidas por el fuego y la blasfema imprecación de las víctimas, que en el paroxismo del dolor pedían al Cielo que se desplomase sobre tanta iniquidad. Por este y otros inspirados pasajes, Echegaray tuvo un éxito ardoroso. Urríes aplaudió a rabiar. Moreno Nieto dijo: «Lo que hemos oído es hermoso y dramático.» Y al bajar a felicitarle, completó así su pensamiento: «Muy bien, muy bien, Echegaray. Lástima que no sea usted dramaturgo.»

Y no fue Urríes el último de los que colmaron de sinceras alabanzas al orador. Después, apremiado por la obligación y urgencia de escribir, recogió su cigarro del pedestal de la reina Católica y se fue al escritorio. La carta debía salir necesariamente aquella misma tarde, aunque fuera menester mandarla a la estación. Como se hallaba bajo la impresión del discurso de Echegaray, y aún le ardían en el oído las palabras de fuego del gran plasmador de la belleza científica, el resto de la carta *le salió* harto imaginativo y apasionado: «Si yo tuviera el convencimiento de que tú dudabas de mi amor, pondría término a mi existencia... Créeme, Fernanda: tus dudas son para mí como una *nebulosa*... No, no, que de la nebulosa sale todo el Universo. Lo que quiero decir es que eres el Sol, y tu amor es la atracción, la suprema ley que rige los orbes; yo, un pobre cuerpo que gira en derredor tuyo y no puede salir de su órbita sin correr a desmoronarse en el vacío...»

Muy satisfecho de este párrafo, lo releyó y en él hizo enmiendas, retocando lo de la nebulosa. En los finales de la carta, los conceptos del galán revelaban contagio de la tensión dramática que puso en su brillante arenga el insigne sabio y poeta: «Ausente de ti, mi vida es como la del condenado a destierro. Momentos hay en que la desesperación me sobrecoge, me sacude, me irrita. Y si calumniadores infames me privaran de tu amor y de tu fe, mi único consuelo sería la venganza; mi gozo único, condenar a los infames verdugos de mi felicidad a tormentos semejantes a los de la Inquisición, y que ellos y yo pereciéramos juntos en las llamas. El espectáculo de los autos de fe y mi propia extinción en la hoguera son mi idea fija cuando pienso que me niegas tu amor y me condenas al olvido... Olvido no; antes muerte, infierno...» Con apasionadas ternezas, y el anuncio de que muy pronto las obligaciones parlamentarias le permitirían *volar a su lado*, echó la firma... Cerrada la carta, la mandó a la estación.

Cumplido el apremiante deber epistolar, descansó el caballero, y con libre espíritu entregose a su recreo nocturno. Comió con Constantino Vallín en Lhardy; estuvo un rato en el Príncipe; el resto de la noche lo pasó en la tertulia de la duquesa de la Torre y en el Casino. Pero no fue completo su descanso mental, porque le atormentaba la idea de una olvidada carta que debió escribir y aún estaba pendiente... ¿Quién es, quién era ella? Pues una viuda rica (veinticinco años, agradable palmito, ilustre nombre), a quien había conocido y tratado en Córdoba antes de emprender su viaje electoral... Por hoy solo se añade que en la mañana siguiente, por mi cuenta la del 6 de mayo, escribió don Juan con singular esmero una extensa carta... No conoce el historiador más que el sobre, que así decía: «Excelentísima señora doña Mariana de Pedroche y Vaca de Guzmán, marquesa de Aldemuz. Priego.»

XV

Conforme a los saludables requerimientos de don Pedro Vela y Carbajo, que a menudo le visitaba como cura de almas y como amigo, dedicose aquellos días el caballero de San Juan al arreglo de su conciencia. Del menudo análisis y honda meditación resultó un admirable resumen que hubo de dividir en dos partes, apresurándose a escribirlo para que las interesantes conclusiones no se le fueran de la memoria. La primera parte de aquel registro de conciencia lleva el epígrafe de *Pecados*, la segunda el de *Tristezas*, ambos rótulos puestos en latín para mayor claridad. Conviene dar a conocer los dos índices trazados por la honrada mano del noble y cristianísimo alavés.

«*PECATA*. 1.º Error mío gravísimo y primer paso hacia la ignominia fue dejarme llevar al colmado por el maligno Tapia. Debo considerar como pecado mortal la cenita o comistraje en que Celestino y el demonio confabulados me entregaron a las hechicerías de la *africana*. Si yo no hubiera ido al colmado, mi pureza no habría sufrido menor detrimento.

»2.º Con solo mencionar la flaqueza y el arrebato impúdico que me arrastraron hasta caer en el cieno, declaro mi pecado más horrendo, y de él me acuso. Mi arrepentimiento no empece para que yo admire una de las más bellas obras de Dios, a saber: los ojos negros y rasgados, el marfil de los dientes, el terciopelo de las patillas... y *ainda mais*, de la diablesa.

»3.º En el tercer artículo de mi afrenta pongo la descomunal borrachera que cogí aquella noche después de echarme al coleto un infernal bebedizo. Pecado repugnante fue la turbación a que damos el nombre de *papalina*, y los bárbaros despropósitos y suciedades del discurso que pronuncié subido en la silla. Parodiando a Castelar, más que a este, ridiculicé al Dios del Sinaí y del Calvario.

»4.º Culpa execrable fue haber admirado a Castelar, aunque por breves momentos y velando con escrúpulos mi admiración. Pequé asimismo cuando deseaba que Dios me concediese un poder oratorio semejante al de aquel vocinglero disolvente.

»5.º Pecado fue la cobardía que paralizó mi voluntad cuando de labios del moderno Moloch, Suñer y Capdevila, oí desvergonzados ultrajes a la Virgen Santísima y al glorioso Patriarca San José. Y no me disculpa la presunción o el hecho de que en aquel instante tuviera yo dentro de mi cuerpo unos diablillos irónicos y picarescos. Esto no me vale. Yo debí vomitar mis diablos sobre el hemiciclo, y protestar furiosamente contra el blasfemo.

»6.º El odio que de algún tiempo acá he sentido contra don Juan de Urríes y Ponce de León es un sentimiento notoriamente pecaminoso. Acúsome también de haber deseado la muerte de este sujeto, sin que me disculpe su perversidad. Abomino de mis pensamientos homicidas. Durante muchos días y noches me recreó y entusiasmó la idea de que pereciese en un desafío con espadachín más diestro que él. Quería yo ver reproducido en Urríes el caso de Celestino Olózaga, que por acometer airada y ciegamente se clavó en el sable de su contrario.

»7.º Pecado de tontería, no por menos grave, es la confianza y amistad que, por sugestión astuta de Urríes, concedí a esa serpiente llamada Tapia. Pequé de obcecación, de inocencia; falté a la lealtad que debo a mi Dios y a mi Rey, abriendo mi corazón a un traidorzuelo que con máscara carlista es correveidile de Montpensier y miserable instrumento de sus intrigas. Así me lo han asegurado personas de tanto crédito como don Pedro Vela, don Cristóbal de Pipaón y el bendito don Cruz Ochoa.»

Reproducido el índice de los Siete Pecados del sanjuanista, sigue aquí el de sus Siete Tristezas.

«*TRISTITIÆ.* 1.º Amor platónico y purísimo, sin ninguna esperanza, sentía yo por Fernanda Ibero cuando tan cerca de mí la veía diariamente en casa de mi tío el marqués de Gauna. Indómitos celos me quemaron el alma cuando la vi arrebatada de amor por ese danzante de Urríes. El dolor de esta quemadura me durará tanto como la vida.

»2.º Conocí a Céfora; gusté de su dulce y blanda belleza dorada. Antes de que yo la desechase por extravagante y neurótica, me fue arrebatada por el atrevido pillastre don Juan de Urríes, a quien Dios pone siempre en mi camino para enturbiar glorias de amor. Yo habría conquistado a Céfora, enmendando con paciencia y saliva sus histéricas explosiones de risa y llanto... Luego he visto que tía y sobrina no son trigo limpio... Urríes se come la breva, y yo masco mi amargura.

»3.º Entrome *la africanita* por el ojo derecho; sus gracias me subyugaron. Ya he reconocido como pecado grave la pasión inspirada por una Magdalena no arrepentida. Pero la idea de redimirla no quiere abandonarme. Puesto que mi director espiritual no consiente que me meta en líos de redención, obedezco, y consigno aquí mi desconsuelo, no sin hacer constar que la doctrina de Cristo no nos veda que redimamos a quien lo ha menester, ni menos que lo hagamos por los medios y resortes del amor. Dolida está mi alma de no poder salvar la de una mujer bella y descarriada, diciéndole: "Tú, que has amado mucho, vendrás conmigo al Paraíso".

»4.º No disimules, corazón mío, tu aflicción por el desaire que te hicieron los propios agentes de la causa de Dios y del Rey. Ofrecieron mandarte a negociar con las Cortes extranjeras, y después nadie te dijo *por ahí te pudras*, *diplomático*. ¿Quién tiene bastante grandeza de alma para no sentir ni lamentar este vacío de la promesa no cumplida? ¿Hay otros más dignos de tan noble misión? Pues díganlo. Yo no soy ángel; yo me quejo de lo que considero doble bofetón a mi dignidad y a la Orden de caballería que profeso.

»5.º Y como no me duelen prendas, también diré que estoy dolorido por haber hablado con *la africana* de la sacra Orden de San Juan de Jerusalén. Tuve la debilidad de darle pormenores de la fundación y de las reglas de honor a que los caballeros estamos sometidos. Esto no debí hacerlo hasta no tener el alma de Paca bien metida en las vías redentoras.

»6.º Una de las tristezas que más lúgubremente agobian mi alma, es haber admitido socorros de dinero de ese maldecido Tapia. Verdad que este oprobio vino a mí de soslayo. ¡Perfidias de mi destino adverso! Mandome el sastre la cuenta. Yo, contra mi costumbre, diferí el pago, esperando que de Vitoria me remitieran fondos. *El Celestino*, que presente estaba, dijo que no me apurase. Yo, enfermo y turbado, me entristecí, suspiré... ¿Qué hizo él? Pues pagarme la ropa... Después vino con el requilorio de que ya arreglaremos cuentas. Se declaró mi administrador. ¡Canalla!

»7.º Me duele haber querido competir en vestimenta con ese silbante de Romero Robledo; me horripila deber dinero a Tapia; me amarga la idea de que, con lo que ha de venir de Vitoria, no tendré para el médico y para la quincena de casa. Heme aquí perturbado en mi admirable orden, y sacado del carril de mi método... ¿Qué es esto? ¿Es anuncio de mi próxima muerte? Si es así, acójame el Señor en su santo seno.»

Así acababan las Tristezas del Bailío, que jamás contento con lo que había escrito, rehacía diariamente sus conclusiones. Por último, a fin de mayo o principios de junio, que en la fecha no hay claridad, viendo don Pedro Vela que el amigo se hallaba ya restablecido de sus achaquillos cerebrales y bien preparado de conciencia, determinó que no se dilatase más el acto de confesión. De acuerdo ambos en el lugar y la hora, fue don Pedro a buscar al Bailío una mañana, y juntos se llegaron a la próxima parroquia de San Sebastián. No faltó el ratito de parleta en la sacristía con el cura, el colector y otros clérigos que entraban o salían, algunos revestidos para la misa. Amigo de los más de ellos era don Pedro, y no escaseaban temas de conversación eclesiásticos y profanos. En esto, salió a la iglesia don Wifredo, con ánimo de arrodillarse en el primer confesonario que viese libre, según indicación del padre Vela; y al atravesar la nave paralela a la calle de Atocha, entre el barullo de gente que a diversos altares y misas acudía, fue atormentado por visiones que tomaban cariz terrorífico en la penumbra del templo.

Creyendo que su ánimo turbado era el forjador de tales fenómenos, avanzó don Wifredo en seguimiento de dos bultos que le parecieron Céfora y Urríes. No eran, no, fantasmas, sino reales y tangibles personas. La mística de Subijana y el guapo caballero andaluz iban hacia la puerta de la calle de Atocha silenciosos, como pedía la santidad del lugar. Fuerte coloración observó el alavés en las mejillas de Céfora, como de quien ha llorado, como de quien ha tenido excesos de pena o de alegría. El rostro del don Juan, por el contrario, era todo gravedad, decorada con palidez de buen tono. No daba Romarate crédito a sus ojos: buscando el testimonio del tacto, les cortó el paso, y poniendo su mano sobre el pecho de Urríes, dijo: «¡Ah!, ¿son ustedes?» El libertino respondió al instante: «Ha venido a confesar.» «¿Y usted?» «Yo no; ella.»

Miró Céfora con lástima a su vecino de habitación, y dijo: «En la capilla de los Dolores saldrá misa muy pronto. Nosotros nos retiramos ya.» Y sin aguardar respuesta, se fueron... El de Jerusalén les vio salir, después de tomar agua bendita... Era una visión en que hacían híbrida pareja el misticismo y el amor. Había pronunciado Céfora el *nosotros* con dulcísimo acento familiar y musical, que dejó una intensa vibración en el alma del pobre don

Wifredo. Este, cuando el andaluz y la rubia de Subijana salieron, se sintió en pavorosa soledad, sin que el ruido de pisadas y las caras del gentío que se agolpaba frente a los altares le aliviaran de tan ingrata sensación.

Como quien huye, atravesó la Iglesia en dirección de la salida por la calle de las Huertas, y junto a la capilla de la Novena vio un apiñado grupo con más mujeres que hombres. Acercose... Más propio será decir que el grupo le atrajo. Fue magnetismo, fue el efecto de una enorme irradiación vital. El grupo era una boda que esperaba la bendición, y en él estaba *Paca la africana* con otras mujeres, todas con mantón negro de largo fleco y flores en la cabeza. Al ver a su conquista, resplandeciente de hermosura, el sanjuanista estuvo a punto de perder el conocimiento. Luego se le achisparon los ojos; acercose más hasta enredar sus dedos en el fleco sedoso que dejaba traslucir la torneada mano de la hetaira, y articuló palabras balbucientes. «Sí, sí, *Gaifrido* —dijo la moza, que así solía llamarle—: venimos de boda... Pero no soy yo la que se casa, sino la Eloísa... ¿no te acuerdas? Tú la conoces... Estaba con nosotros aquella noche... Cuando cogiste la gran *mona*... Es buena chica, honrada en lo que cabe... Con mucho ángel...

—¿Y es casamiento de verdad... O...?

—¿Pues dónde estamos, *Gaifrido*, más que en la santa iglesia?... Ha tenido esta chica la gran sombra de encontrar un chico honrado y caballero... Mírale allí... José Cornejo, que sin hacer caso del *qué diréis lenguas*, la saca de vida esclava y la trae a un altar, pasándose el mundo por las narices... Ya ves... para que aprendas. Eso hacen los hombres de corazón. Cornejo es guarnicionero, y trabaja en los arneses de la caballería, por lo que también es caballero como tú... Ahí tienes un hombre.

—Redención —dijo el alavés anegando sus miradas en los negros y fúlgidos ojos de Paca, que a su parecer (al de Bailío) alumbraban la iglesia—. Redención... lo que yo pienso, lo que yo predico, y no me entienden... Solo que yo... No puedo... un cruzado de Jerusalén no puede, Paca... ¿Y la novia ha confesado? ¿Por qué no confiesas tú también, y limpias, barres y deshollinas tu conciencia? No hay otro camino... Yo he venido a eso... Te he visto. Estás guapísima. Tu hermosura es obra del Omnipotente, y esto se lo digo yo a don Pedro Vela y al Verbo divino. ¡Ay, Paca, Paca, yo estoy loco! ¿Cómo toco yo a redimir sin dejar de ser caballero... y cómo me pongo mi manto si redimo?... Que venga Dios y lo vea; que venga el Dios del Sinaí, mi particular amigo, y lo vea también... y que venga...

Alzando gradualmente la voz y descomponiéndose, llegó a promover alarma y tumulto en el santo recinto. La gente acudía escandalizada, las misas se quedaban sin oyentes. Perdida por completo la noción del lugar donde estaba y toda idea de comedimiento, avanzó don Wifredo hacia la nave principal, y allí, de cara al altar mayor, aterró a los fieles con sus gritos y sus descompasadas gesticulaciones... El primero que acudió a contenerle, echándole los brazos, fue don Víctor Ibraim, que salía ya para su casa. Después apareció consternado don Pedro Vela; tras él el párroco, y algunos otros clérigos, sacristanes y monaguillos. En tanto, el grupo de la boda entraba en la capilla donde los novios habían de recibir las santas bendiciones.

Fue don Pedro Vela el que primero logró imponer su autoridad al desdichado Bailío, haciéndole ver el escandaloso sacrilegio que cometía. Voces y músculos cedieron, agotada pronto la energía del pobre señor, y fácilmente le condujeron a su casa el mismo Vela y don Víctor Ibraim. Buena parte del día pasó el alavés sin que remitiera la exaltación. Por la tarde, al fin, quedó el hombre tranquilo; comió en su aposento; fueron a verle algunos amigos, y él se mantuvo correcto en la breve tertulia, más atento a sí propio que a las ajenas voces. No faltó aquella noche la de Subijana, mostrando tanta estimación como lástima del desdichado amigo, y mientras hubo con quien mover la sin hueso, allí se estuvo parloteando. Don Pedro Vela fue el que más tiempo devanó con ella el hilo de la conversación. Carolina desplegó aquella noche una locuacidad diluviana. El motivo de este desbordamiento no era otro que la venturosa solución del pleito de Salinas; que la felicidad engendra el optimismo, y este suelta las esclusas de la palabra.

«Al fin se me ha hecho justicia, señor don Pedro —dijo la dama—; al fin se me entrega el patrimonio de mi familia, y yo estoy loca de contento deseando volver a mi tierra.»

—A usted —replicó el capellán de las Descalzas— la llama el Norte; la llama el país de sus antepasados, de sus recuerdos. Desea respirar el aire de las montañas, y... Digámoslo de una vez... El aire carlista... Yo, señora, no la sigo a usted por ese camino: soy partidario acérrimo de la reina destronada, y no hay quien me saque de las casillas de mi lealtad.

Observando que don Wifredo, adormecido suavemente, abandonaba su cabeza en el respaldo del sillón, aguardó un instante, y en voz baja dio esta réplica al digno sacerdote:

«Ahora que nuestro buen amigo no se entera de lo que hablamos, señor don Pedro, puedo decir a usted que los partidarios del nieto de don Carlos María Isidro no harán otra cosa que perpetuar la *Dinastía de la Pretensión*... No sé si me explico.»

—Lo entiendo muy bien —dijo Vela—, y *abundo* en las ideas de usted. Será ese joven *Pretendiente III*, pues aquí no hay más reina efectiva que doña Isabel II.

—Y en todo caso, la *Señora* tiene un hijo que dentro de algunos años estará en edad de ceñir la corona.

—Es prematuro hablar de Alfonsito. Su madre, calumniada y escarnecida por los que se ensalzaron y se enriquecieron a su sombra, ha de volver al Trono, y una vez restaurada en él, abdicará o no abdicará... Ella es quien ha de decidirlo.

Dormía profundamente don Wifredo, la cabeza tendida hacia atrás, abierta la boca, por la cual respiraba con áspero ronquido, las manos cruzadas sobre el vientre. Del angélico sueño del Bailío, que era como un alejamiento a cien leguas de la realidad, se aprovechó Carolina para echar de sí las ideas ingeniosas que a continuación se expresan.

XVI

«Yo, señor Capellán, no puedo negar mi abolengo carlista: fui dama de honor de la primera esposa de don Carlos María Isidro en su emigración; en mis brazos expiró aquella digna señora; leal servidor de la Causa fue mi marido hasta su muerte, ocurrida en Italia. Deste entonces mi vida ha sido un *via-crucis* de contratiempos, privaciones y apuros, y a la hora presente, cuando me veo remediada de tantos males, me asalta y acaba por apoderarse de mí la idea de que la lealtad es tontería, ridículo amaneramiento que debemos desechar. ¿Qué debo yo al carlismo? Nada. ¿Por qué caminos me conducía la fidelidad? Por los de la miseria. ¿A quién debo mi reparación y estos alientos de vida? A la tan maldecida y execrada *Gloriosa*... Perdóneme usted si lastimo sus sentimientos. Contra doña Isabel no digo nada. Pero tampoco puedo negar que a los hombres que la destronaron debo yo la restitución de un bienestar perdido... A pesar de esto, no me gustan los delirios revolucionarios. Yo vería con gusto que este nudo se desatara con la abdicación de doña Isabel.»

—En el fondo, la idea de usted no es mala —dijo gravemente el señor Vela—; pero nada espere de esos elementos desencadenados que llaman aquí Cortes Constituyentes...

—Perdone usted, don Pedro, que le contradiga en este punto. No debemos hablar de estas Cortes con ira ni menos con desprecio. Yo he tenido la paciencia de leerme todo lo que han hablado en ellas los hombres de los diferentes bandos... Urríes me trae el *Diario de las Sesiones*, y allí me entero y formo mi juicio, equivocado tal vez; juicio de mujer, pero mío, y por él tengo que guiarme, mientras no me den otro que me parezca mejor... ¿Qué, se asombra usted de lo que digo? Pues espérese usted un poco. En las Cortes hay una suma de inteligencia que no encontraremos en ningún otro momento de la Historia de España en este siglo. Si de este foco de inteligencia no sale lo que debe salir, no es cuenta mía... ¿Qué tiene usted que decirme de los discursos que negros y blancos pronunciaron hace días sobre la forma de Gobierno? ¿Leyó usted el discurso de Figueras?... ¿y el de ese Pi y Margall que sabe por veinte?... ¿y lo que dijeron los de la otra cofradía, Ulloa, Silvela y Ríos Rosas?

Con breves palabras, acentuadas por gestos negativos, indicó don Pedro Vela que no perdía su tiempo en vanas lecturas. Prosiguió impertérrita Carolina con claridad y desenfado: «Yo, hallándome ya en edad que no admite fantasmagorías, veo la procesión histórica, y a ella me agrego, marchando detrás modestamente... ¿Quiere usted que le hable, señor cura, con absoluta sinceridad, como se habla al confesor? Pues allá voy: al recobrar mi hacienda, tengo que ser muy otra de lo que he sido en mi desgracia. Los bienes que poseo me dicen que la vida es buena, y que no debo derrocharla en quejas lastimosas del mal ajeno, ni comprometerla uniendo mi suerte a la de causas que yo no perdí, que se perdieron por sus propios errores o porque Dios así lo dispuso... Óigame hasta el fin, don Pedro, y no me juzgue mal. Yo veo la procesión histórica, y no soy tan tonta que me eche a andar en sentido contrario... No, señor: ando con ella, tras ella... porque soy rica... tengo al menos con qué vivir, y no se vive bien a contrapelo, señor mío...»

—Hasta cierto punto —dijo Vela reprimiendo una sonrisa—, tiene usted razón... Vivimos a pelo derecho; pero podemos pensar a contrapelo...

—No, señor, que el pensar de ese modo altera los humores, y amarga la existencia. Es más saludable y entretenido mirar las comitivas históricas y dejarse ir al compás de ellas... Respetemos los hechos y asistamos a su paso majestuoso, cualquiera que sea la música que vayan tocando... No maldigamos a esta gente hasta que veamos a dónde van a parar con sus musiquillas y sus estandartes. ¿Qué ocurre? Que han hecho una Constitución... Vayan con ella benditos de Dios... Por una Constitución más no hemos de reñir... Han votado la Monarquía... Muy bien. Esto nos gusta a usted y a mí... Adelante con ella. Ahora falta que encuentren Rey. Yo... que tengo para vivir... perdóneme que insista en mi argumento capital... yo, que soy modestamente rica, no debo apurarme porque el Rey se llame Juan o Perico... Ya lo veremos, ya le examinaremos de pies a cabeza cuando nos lo traigan... En tanto que se ponen de acuerdo sobre este particular, nos dan un poco de Regencia... y en este Trono de la Interinidad colocan al general Serrano. Muy bien, muy bien.

—Muy mal, horriblemente mal —dijo el capellán alborotándose—, y no se enfade si le contesto tan a contrapelo.

—No me enfado, señor Vela. Usted maldice a Serrano por lo que llama su ingratitud con la reina Isabel. Pues yo, dejando esta cuestión a un ladito, bendigo a Serrano, porque a él debo el remedio de mis abstinencias. Sí, señor mío: los amigos que me han ayudado en este negocio interesaron en favor mío al duque de la Torre, y este ha sido mi salvador. Por eso digo a voz en cuello que Serrano es el primer caballero de España y un Regente dignísimo. Comprenda usted, señor Vela, que vivimos bajo el imperio de la Fatalidad, y que el egoísmo es el gran constructor de caracteres. Yo debo enaltecer a los que me han devuelto mi posición. Las ideas caen desplomadas en cuanto tosen fuerte los intereses... Sea usted franco. ¿Por qué es usted furibundo isabelino? Porque doña Isabel le resolvió el problema de los garbanzos... ¿Qué? ¿se ríe? He llamado *garbanzos*, hablando en lenguaje popular, a la raíz de la existencia.

—Raíz... Está usted en lo firme; pero no es la única —dijo el capellán transigiendo benignamente—. El caso es que si arrancamos esa, todas las demás mueren al instante.

—Al fin me da usted la razón... Las circunstancias me han obligado a cambiar de ídolos... Así hemos de llamar a los figurones que dirigen las cosas públicas. La gratitud se parece mucho a la devoción religiosa. Por ella quito de mi altar los santones apolillados, y pongo un santirulico acabado de salir de la tienda, el duque de la Torre... A la derecha de esta imagen tengo que colocar la de la duquesa, que, por lo que me han dicho, fue quien hizo más para sacar a flote mi asunto... De Madrid no saldremos hasta que podamos visitar a esa señora. No hemos ido ya por... A usted puedo decírselo en confianza... porque este paso de la estrechez a la holgura nos ha cogido mal de ropa. De la modista depende que cumplamos pronto ese deber... Dicen que la duquesa es un prodigio de hermosura.

—Vaya usted, vaya bendita de Dios —dijo don Pedro con leve dejo humorístico—. Apostaría yo que ahora, en su nueva posición empingorotada, visitándose con la Regente y otras damas de rumbo, se aficionará usted más a la vida de Madrid y la tendremos aquí mucho tiempo.

—¡Oh, no, don Pedro!... Yo me voy a mi tierra; tengo que estar a la mira de mis intereses, mejorar la explotación de las salinas hasta duplicar su producto... Además, debo atender con la mayor solicitud al porvenir de Céfora.

—¿Y para casarla con Urríes tiene usted que ir tan lejos?

—No he hablado de Urríes; no he dicho tampoco que mi sobrina desee casarse... Es que Céfora no acaba de decidirse entre la vida religiosa y la matrimonial, y en mi país estoy en mejor terreno para elegir... yo, yo, no ella... lo que más convenga.

—Eso es puro despotismo. Veo, señora, que acabadita de hacerse constitucional, sigue usted tan carlista como antes.

Al pronunciar don Pedro Vela estas palabras, despertó súbitamente el Bailío, diciendo con fuerte voz: «Estoy conforme, absolutamente conforme...»

—¿Con qué, mi buen Wifredo?

—Con todo lo que ustedes han hablado, y con la conclusión, con la síntesis... *tan carlistas como antes.*

—¿Pero qué decíamos, señor Bailío de mi alma? —le preguntó afectuosamente Carolina, llegándose a él.

—No se me ha escapado una sílaba de la conversación de ustedes... Lo primero, que murió la pobre reina doña Francisca en Gosport... Suceso tristísimo que nos ha hecho derramar lágrimas, y que por poco cae don Carlos en poder de los cristinos... Gracias que un pastor le cogió en hombros, como a una oveja, y le puso en salvo... Después viene la noticia del día, la más sonada, la más gorda... Que han matado a Prim... Se cree que haya sido Tapia el matador... Conste que el tal Tapia no es carca, sino *montpensierista*... Pues muerto Prim, la Regente, duquesa de la Torre, resuelve la cuestión de Rey... ¿Cómo? Del modo más sencillo... Isabel II larga su abdicación, y casamos a don Carlos con Céfora... Digo, con la Infanta Isabel Francisca.

—No hay más inconveniente sino que la Infanta y don Carlos están casados ya.

—El Sumo Pontífice, Gregorio XVI o quien quiera que sea, casa o descasa cuando así conviene a las naciones... Y ahora, Carolina, no falta más que redimirla a usted... Tenga usted calma, que todo se andará. Hoy, sin ir más lejos, hemos visto en San Sebastián una redención por vía de matrimonio... No ha sido cosa mía, sino de un caballero guarnicionista que arregla las monturas del Apóstol Santiago... Espere usted una buena coyuntura, y digamos con el corazón: «Tan carlistas como antes.»

Con miradas tristes dijéronse la marquesa y el Capellán que Romarate no tenía remedio, y diputándole perdido totalmente de la cabeza, le recomendaron el reposo... Retirándose por el pasillo, la noble señora y don Pedro Vela convinieron en aplicar al sanjuanista el único remedio práctico, que era mandarle a Vitoria, donde el descanso y los aires del país nativo le repondrían del grave estropicio cerebral.

Llegaron por aquellos días a Madrid los presuntos Marqueses de Gauna, don Luis de Trapinedo y su esposa, parientes del buen Romarate, herederos del título y hacienda del casi centenario don Alonso. Como venían con propósito de pasar en Madrid un largo mes, esta era buena proporción para el traslado del Bailío, si otra más pronto no se presentaba. El marqués de Gauna, a quien todos daban el título antes de poseerlo por legal sucesión, era un caballero que física y moralmente llevaba consigo la simpatía, y aunque por tradición de familia militaba bajo las banderas de la legitimidad, la lectura y los viajes le habían modernizado. Y más que el viajar y el leer, influyó en esto su amistad íntima, casi fraternal, con Cánovas del Castillo. Tenían la misma edad, cuarenta y un años, en la época de esta historia; se habían conocido en Madrid, siendo ambos estudiantes; escribieron, no con criterio igual, en *La Patria*, fundada por Pacheco en 1849; juntos recibieron las inspiraciones y los consejos de Estébanez Calderón, y cuando Cánovas, a fines del 54, fue destinado a Roma como Encargado de Negocios y Agente general de Preces, allá se fue también Trapinedo, en viaje de novios, y poco menos de un año permaneció junto a su amigo, embebecido con él en la admiración y el estudio del arte clásico.

Las estrechas relaciones mantuviéronse luego en España con el carteo frecuente. El ministro de la Gobernación en el Gabinete Mon-Cánovas (1864), ministro de Ultramar con O'Donnell (1866), no olvidó en ninguna ocasión a su amigo. Este hizo un viaje a Madrid en 1867, expresamente para asistir a la recepción de Cánovas en la Academia Española. Claro es que la primera persona visitada por Trapinedo en su viaje del 69 fue el entonces solitario malagueño, que en las Constituyentes representaba una causa harto embrionaria y verde para ganar prosélitos. No estaba aún el horno para las empanadas alfonsinas. Cánovas, conforme en esto con la ingeniosa marquesa de Subijana, no pensó en andar a contrapelo de la procesión política: iba con ella muy a retaguardia, esperando la madurez y oportunidad de los fines que perseguía. Para redondear este párrafo de historia privada, que pública podía ser a poco que se escarbase en ella, dígase que la señora de Trapinedo, María Erro y Sureda, era muy amiga de la marquesa de Villares de Tajo, Eufrasia para los lectores de estas anécdotas que van cosidas con un hilo histórico robado del costurero de Clío.

Casi todas las tardes dejaba ver el marqués de Gauna en el Congreso su agradable persona. Allí departió con Urríes; allí se permitió recordarle el compromiso matrimonial con la hija de Ibero. Obligado por razones de lógica y de dignidad a ratificarse en lo dicho, ya que no implícitamente pactado, hízolo con expresiones de fina delicadeza. Noticias interesantes agregó el marqués. Que Fernanda estaba cada día más guapa (ya se lo imaginaba el novio)... Que la familia se había instalado por breve temporada en Bergüenda, donde Ibero había adquirido un monte que fue del Condado de Fontecha... Una y otra vez expresó Urríes su impaciencia por ir a La Guardia o a donde estuviese la sin par Fernandita; pero no podría zafarse del *herradero* hasta el mes de julio.

Apenas terminada esta conversación, corrió don Juan al escritorio, acordándose de que estaba en deuda epistolar. Con rauda escritura enjaretó una carta, de la cual se entresacan estos interesantes trozos: «Al hablar hoy con Luis, he sentido tan acerba la nostalgia, que me ha faltado poco para llorar. El tiempo vuela, y yo no puedo volar hacia mi cielo... A las razones que te dije en mi anterior, añado hoy otras, recomendándote el sigilo por tratarse de asunto muy delicado. Ya sabes que por mi buena o mala estrella, soy de los que trabajan la candidatura de Montpensier. No puedo decirte por escrito los medios que empleamos en esta secreta campaña. A su tiempo lo sabrás todo, vida mía.»

Reflexionó un instante, temeroso de correrse más de la cuenta en las revelaciones; y una vez pensada y medida la parte que la discreción podía ceder a la confianza, prosiguió así: «Por hoy te diré que entre un amigo y yo hemos catequizado a Becerra, el furibundo demócrata: ello se ha hecho ganando de antemano la voluntad de su mujer, una señora tan ilustrada como respetable, a quien llaman aquí *Madame Rolland*. Después de esto, he tenido yo solo un triunfo mayor. Asómbrate: he conquistado a Sagasta, el buen amigo de tu padre; Sagasta, ministro de la Gobernación. Ahora trato de conseguir que don Práxedes arrastre tras sí a la reata de sus amigos. Para ello cuento con Abascal, a quien he metido en el ajo... Es un antiguo progresista, hoy encargado de la administración y conservación de los bienes que fueron de la Corona. Palacio y los Sitios Reales están bajo su custodia. Pues verás: el que bien puedo llamar Intendente del Real Patrimonio, dará muy pronto un banquete a Sagasta y a los amigos que él quiera llevar. Sitio: el Escorial. Fecha: uno de los próximos días festivos...

»Espero que en esta comida traerá don Práxedes al campo del duque una buena parte del rebaño de Prim. Figúrate mi alegría si esto se logra. ¡Quererme tú, ver yo cumplidos mis deseos en la esfera de amor y en el terreno político!... ¿Qué mayor felicidad para un hombre? Ya tienes bien explicado el motivo de mi tardanza, y seguramente me autorizarás para detenerme aquí un par de semanas... Otra cosa tengo que decirte. Cuidado, Fernanda mía: de esto, ni una palabra a tu padre, que hace *fu* a toda candidatura que no sea la de Espartero. Amor de mi vida, espero ansioso tu carta con el perdón que solicito y la licencia para vivir lejos de ti unos diitas más...» Con veloz pluma trazó las últimas fórmulas de pasión, echó la firma, y ¡zas!, al correo.

XVII

En la Calle del príncipe encontró don Pedro Vela una tarde a la marquesa de Subijana, y al pronto no la conoció: tan bien apañada y compuesta iba, luciendo al exterior elegante traje y capota, por dentro atormentada de un tirano corsé, máquina ortopédica contra la obesidad y los cuerpos deformados. Unos días a pie, otros en coche, cultivaba la noble señora sus nuevas amistades refrescando las antiguas. A la duquesa de la Torre visitó más de una vez en la Inspección de Milicias (morada del Regente, como lo había sido de Espartero), y quedó muy prendada de su gracia y amabilidad.

Por cierto que en su reciente salida a las mundanas esferas, no era fácil clasificar a Carolina en uno u otro de los dos bandos sociales que a la sazón existían marcados con graciosos motes. En entrambos podía figurar, porque a los dos por igual concurría. A las esposas de los ministros y personajes que pertenecían a la situación presidida por Serrano con el nombre de Gobierno Provisional, pusieron las damas de la vieja cepa aristocrática el picante apodo de *señoras provisionales*. No se quedó corta la de la Torre en devolver la picazón a sus enemigas, y como estas tenían su conciliábulo de murmuraciones en un palacio de la Carrera de San Jerónimo, fueron así llamadas: *las señoras de la Carrera*. La de Subijana, por la promiscuidad de sus relaciones, era tan pronto de *la carrera* como *provisional*.

No debe el historiador dejar en el olvido un dato importante, y es que Céfora se negaba tercamente a acompañar a su tía, o lo que fuese, en el jubileo de visitas. Aunque no carecía ya de buena ropa, rara vez abandonaba su sencillo vestir. Más que de andar por el mundo, gustaba del visiteo de altares y de hociquear con curas y personas religiosas. Grandes altercados tuvo con ella Carolina; mas no pudiendo vencer su caprichuda modestia, al fin la dejó que hiciese su gusto. La probidad exige al narrador una declaración que arrojará, sin duda, sombras de sospecha y desdoro sobre la señorita; pero los hechos piden la verdad, y la verdad era que muchas tardes, dejando a la criada en la iglesia, Céfora se escapaba con Urríes de Santo Tomás o de San Sebastián para esconderse con él en ignorado asilo... Doloroso es decir esto: tal vez los mismos sucesos traigan, cuando menos se piense, justificación de cosa tan irregular.

Para que todo fuera misterioso en aquella singular mujer de angélicos y dulces ojos, su origen y estado civil no estaban claros. Por conceptos oscuros y equívocos escapados de la discreta boca de la Subijana, entendió don Juan que no era tía de Céfora. ¿Qué lazo de parentesco había entre las dos? ¿Acaso no existía ninguno? Si así era, ¿cómo explicar la proximidad o alianza de aquellas dos vidas? Por descifrar tan cerrado acertijo, ahondaba Urríes en el pensamiento de una y otra, partiendo de palabras, ademanes o silencios de ellas; pero no encontraba la solución. Conjeturas, hipótesis, leyendas, disparates mil devanaba en su caletre el caballero andaluz, con interminable voltear de infinitos hilos. Y lo más extraño, confinando con lo inverosímil, era que su secreta confianza con Céfora no le valía para esclarecer las tinieblas de aquella existencia. La vaporosa mujercita no sabía nada de sus progenitores, o no quería romper el sello que la dignidad, la vergüenza, el miedo quizás, habían puesto en sus labios.

Tan solo una vez habló la esfinge rubia. Hallábanse una tarde los enamorados en su retiro. Urríes estrechaba con preguntas apasionadas y capciosas a su amiga, y esta, arreglándose los cabellos de oro entre el galán y un espejo, dejó caer de sus labios pocas palabras melancólicas, desmayadas: «Lo único que sé y puedo decirte es... que fui bautizada en Roma, el 9 de febrero, día de San Nicéforo... Para que sepas mi edad, añadiré que fue el 47, segundo año del Pontificado de Pío IX... Conténtate con saber una fecha, el principio de una vida... Deténgase aquí tu curiosidad...»

Dicho esto, revistió Céfora su bello rostro de una fría severidad displicente, que lastimó al galán, llevando a su alma mayor confusión. Poco más hablaron aquella tarde. Céfora o Nicéfora no se dignó poner en su boca la flor de la sonrisa. Urríes, al separarse de ella en el portal de la casa, pensó que el carácter de la damisela incógnita estaba erizado de espinas. ¿Pero qué importaba si en la esfera física y sensual los encantos de ella se sobreponían al carácter y lo soslayaban y oscurecían?... A menudo dejaba ver la locuela de Subijana dos fases de su ser, absolutamente disconformes una con otra. La cara ardorosa, la cara de hielo, alternaban a las veces, sin que entre el frío y la llama mediara la más leve transición. Displicente, hinchaba las ventanillas de su nariz, y en sus azules ojos se eclipsaba todo lo angelical, dejando ver chispazos de ridícula fatuidad. Amorosa, volvía la luz del cielo a su mirada, y la faz recobraba su atractiva belleza...

Al entrar en su casa con la criada mostrenca, fue sorprendida de un bullicio de voces y carcajadas. Era que el pobre don Wifredo andaba por los pasillos en mangas de camisa, alborotado, protestando de graves injurias que en aquella tarde había recibido de personas de la casa y de otras que fueron a visitarle. Tras él iban risueños, calmándole con prudentes razones, *doña Leche* y el joven Tinoco, *el culotador* de pipas de fumar. Dos ataques a la dignidad soliviantaron al cruzado de Jerusalén: le habían llamado *señor Baldío*, poniendo en caricatura su honroso título, y habíanle dicho que un señor pariente suyo, el marqués de Gauna, le pagaba todos sus gastos. Gritaba el alavés protestando de tales insultos, y apeló a Céfora para que le apoyase. «¿Verdad, señorita, que es humillación intolerable que le paguen a uno casa y comida, un triste cocido y lo demás? Un caballero de nacimiento sabe recorrer con la frente erguida el camino de la pobreza... Venderé mi caserío de Argandona, venderé los pantalones que llevo puestos por ley del pudor, venderé mi honrada camisa antes que...»

En este punto, entró Céfora en su aposento, y tras ella, como si huyera de sus enemigos, se coló el sanjuanista sin ninguna ceremonia, cosa muy opuesta, en verdad, a su exquisita educación. «Aquí busco refugio —dijo— contra esa plebe desmandada.» Pero la damisela no creyó que las bromas debían llevarse tan adelante, y con sequedad despiadada le significó que no se entraba con facha tan indecente en las habitaciones de las señoras. «¡Ah!, dispénseme —murmuró el Bailío sin desconcertarse—. Va usted a rezar... ¿Pero no ha rezado bastante con el caballero Urríes?... Mi opinión es que debe usted cambiar de altar y de santo... Y no es que ahora pretenda yo que rece usted conmigo... No... Yo practico a mi modo la libertad de cultos, y tengo mi altarito y mis devotas... Morenas, de ojos negros.» Empujándole suavemente, Céfora echó de su estancia al *señor Baldío*.

Cuando Tinoco se encargaba de llevar a don Wifredo a su habitación, hallábase no lejos de allí el marqués de Gauna, haciendo efectivo ante la patrona el pago de los débitos del pobre vesánico. Cumplido este deber, y adelantando algunas indicaciones acerca del transporte del enfermo a Vitoria, retirose Gauna, evitando la dolorosa emoción de ver y oír a su infortunado pariente. De allí se fue al Congreso; subió a las tribunas, donde estaba su mujer con la marquesa de Villares de Tajo y otras damas, y después de saludarlas bajó al pasillo curvo, donde aguardó a que saliera Cánovas del Salón de sesiones. En el breve rato de espera le acompañó Iranzo, uno de los que componían la modesta constelación canovista. Díjole que pronto hablaría Prim para presentar a los nuevos ministros, Silvela y Martín Herrera, en sustitución de Lorenzana y Romero Ortiz, y presentarse él mismo como presidente del Consejo.

Desde el 29 de septiembre, venía siendo Prim la voluntad impulsora de la situación. A principios de junio del 69, vigente ya el nuevo mamotreto constitucional, la cabeza visible, Serrano, fue colocada *en jaula de oro*, y apareció al frente del Gobierno el que de hecho lo presidía ya y era su efectiva cabeza... Propuso Iranzo a don Luis de Trapinedo introducirle en el Salón por la mampara de la izquierda, para que pudiese ver y oír a Prim. Aceptó gustoso el forastero, y en pie, en el ángulo donde estaba la estatua de Fernando el Católico, presenció lo más interesante de la sesión. Justo será decir que le agradaron la persona enjuta y el amarillo rostro del general de los Castillejos, así como su oratoria ceñida, clara, de genuino estilo militar. Vino a repetir Prim la muletilla de los presidentes del Consejo en tales casos: que el nuevo Gobierno era continuación del anterior, y que si cambiaban los hombres, inmanecían las ideas; o en otros términos: que la idea, Prim, se perpetuaba, aunque por dar pasto a las ambiciones se variaran las figurillas del retablo.

Volvieron Iranzo y el marqués al pasillo curvo, donde no tardó en agregárseles Cánovas del Castillo, el cual expresó una opinión, como suya, muy interesante y atinada. «No entiendo —les dijo— cómo este Prim, hombre de una agudeza fenomenal, ha reconstituido el Ministerio sin dar participación a los demócratas, que vienen siendo, aunque el general no quiera, la salsa del guisado *septembrista*. Oigan ustedes a Martos, a Becerra, al mismo Rivero, y verán por dónde respiran. Lo que ellos dicen: "¿Y para esto nos hemos hecho monárquicos?". No ha de tardar mucho la explosión de estas ambiciones hasta cierto punto legítimas... A esto dicen los de la Unión Liberal: "Sin nosotros estaríais aún en la emigración, cantando las letanías ojalateras...".» En este punto pasó junto a ellos un joven regordete, con gafas, afeitado totalmente el rostro... Gauna, que no le conocía, le tomó por un profesor de latín o por un clérigo humanista que ahorcado había las negras hopalandas. Tocó en el brazo a Cánovas; este alargó el suyo, le enganchó de la mano, le trajo al grupo y con afecto le presentó al de Gauna: «Mi amigo muy querido, Cristino Martos, Vicepresidente, gran orador y demócrata de la congregación de la paciencia.»

—Ya sabes, Antonio —replicó Martos con gracejo, después de los cumplidos—, que no soy impaciente. Los que fabricamos el porvenir sabemos esperar.

—¿Y qué dices de los nuevos ministros?

—Que no traen más que una muda de ropa política... Como quien viene para pocos días... Abur. Me llama el presidente.

Corrió a la Mesa, donde Rivero le soltó el trasto de presidir, la campanilla. Los tres del grupo quedaron riendo del gracioso dicho de Martos, y luego don Luis indicó a Cánovas que tenía mucho y bueno que contarle referente a los planes y conjuras carlistas. Desde que se puso en contacto con su entrañable amigo, contaminándose de las ideas del talentudo malagueño, contábale a este todo lo favorable a la *Causa*, y con más gusto quizás todo lo adverso. Aquella tarde llevaba Gauna un buen puñado de sustanciosas y verídicas noticias; pero como no había tiempo para transmitirlas, propuso a don Antonio que comieran juntos. «Convidados estamos María y yo para esta noche por la Villares de Tajo... y en nombre suyo te digo que ella y nosotros tendremos muchísimo gusto en que tú y el amigo Iranzo *seáis de los nuestros*, para decirlo a la francesa.» Aceptaron.

Vivía la Villares de Tajo en el novísimo barrio de Salamanca, ampliación de Madrid según la norma de las grandes ciudades europeas. Del plan ideado y a medio ejecutar por el atrevido negociante, resultaba partido el escudo de esta cortesana Villa: con todo lo viejo se quedaba el oso heráldico, y lo nuevo poníase bajo la jurisdicción del madroño. En los días de mi cuento, gran parte de la nueva Madrid avanzaba en su construcción, un poquito a la ligera, y se extendía desde el terreno próximo a la antigua Plaza de Toros, por detrás de la Veterinaria y Casa de la Moneda, hacia los altos que dominan la Fuente Castellana. Por el Este quería invadir los improvisados Campos Elíseos y los tejares y paradores que afeaban los aledaños de la capital. Las dos primeras manzanas de casas, levantadas hacia el 68, respondían al genial pensamiento de Salamanca. En su interior tenían un gran patio común ajardinado, que les daba luz y aire; sus habitantes gozaban de doble fachada y no padecían la insana oscuridad de los interiores del viejo caserío.

El espíritu progresivo de Eufrasia fue de los primeros en admitir la innovación. Una de las casas de la segunda manzana, con entrada por Jorge Juan y disfrute de las luces del patio, fue adquirida por la ilustre dama, que se instaló en ella poco después de la Revolución de septiembre. Falta decir, como última pincelada en el boceto del barrio flamante, que a la calle principal se dio primero el nombre exótico de *Boulevard Narváez*. La Revolución, con el criterio patriótico infantil de aquellos días, borró el *Narváez* para poner *Serrano*, y el instinto académico del pueblo condenó a muerte la primera parte del rótulo, pues no es necesario que las calles se llamen *bulevares* para ser aireadas, amplias y alegres... La comunicación entre el barrio y la vieja Villa era de lo más primitivo, conforme a la mezquindad y lentitud de la existencia urbana. Llevaba y traía gente un solo ómnibus con imperial, y cabida para veinte personas a lo sumo. El cobrador anunciaba las salidas con un cuerno o trompetilla, y a los clamores de esta acudían señoras y caballeros al estribo por donde trepaban al interior, o a la escalerilla de la imperial. A muchos parecía este sistema de locomoción interurbana un portento de actividad y europeísmo.

Volvió a su casa la Villares de Tajo, acompañada de su amiga María Erro, antes que terminase la sesión, que fue bastante aburrida, como una comedia moral del viejo molde. Encontró tarjeta de la Subijana, que por segunda vez a visitarla iba. Supo al propio tiempo que también había estado la señorita Céfora. La visita de la titulada sobrina era ya la tercera, y en ninguna de las tres llevó compañía de señora ni criada. Bastó la simple mención de estas personas para que María Erro, encendida en curiosidad, pidiese a su amiga información acerca de ellas. Como viuda de un Socobio, Eufrasia seguramente las conocería.

Declaró, en efecto, la Villares de Tajo que a Carolina trataba, y que de ella no podía decir nada malo. Era viuda de un don Miguel de Nanclares, caballerizo de don Carlos, por gracia de este, marqués de Subijana. A la terminación de la guerra, quedó el matrimonio en situación precaria, y huyendo de molestias y ahogos fue a parar a los Estados Pontificios. «Don Miguel y Carolina desaparecieron, pues, de Álava, y en más de veinte años apenas se ha tenido de ellos noticia. Muerto el marido en Roma, volvió Carolina con Céfora, hará de esto dos años... Entre paréntesis, esa joven no es tal sobrina: ya lo explicaré. Volvió, digo, muy mal de ropa y de dinero, y se consagró asiduamente a reclamar del Estado las salinas de Añana, fundándose en el derecho que le había transmitido su tío paterno don Indalecio de Lecuona, fallecido en Miranda de Ebro el 66... Según parece, ha ganado el pleito, y ya está remediada de su estrechez. Yo me alegro mucho: la he felicitado de todo corazón. Carolina es mujer de talento. No tenga usted reparo en tratarla... A la inteligencia une la distinción, la bondad... Y hablemos ahora de la falsa sobrina, que bien merece capítulo aparte, porque esa sí que es historia interesante de las que parecen novela. Carolina tuvo y tiene gran empeño en entapujarla. Con esto ha dado lugar a que la gente lance a la circulación mil cuentos extravagantes: que Céfora es hija de Montemolín, que nació de una princesa de Módena... Algunos van más allá, y han lanzado a la maledicencia el nombre del Papa... ¡Qué aberración! Yo soy quizás la única persona que sabe la verdad, y no vacilo en contarla para que se entere todo el mundo. No hay desdoro para nadie en referir una verdad que corta el vuelo a las mentiras... Amiga mía, tenemos tiempo de charlar un poco antes que lleguen mis convidados. Déjeme usted dar algunas órdenes... Cinco minutos no más... y luego contaré...»

XVIII

»Vivía yo en Roma el 47 cuando allí ocurrió lo que voy a contar —dijo Eufrasia—, y pude enterarme del suceso por mi conocimiento directo con personas que en él hubieron de intervenir... Céfora es hija de don Miguel de Nanclares, esposo de Carolina. La tuvo de una hermosa muchacha judía, llamada *Mesooda*, de familia pobre del *Gheto*. Cómo se las arregló el don Miguel para enamorar y seducir a esa Mesooda, es cosa que no sé, ni hace falta este dato para la historia. Lo indudable es que, nacida la chiquilla, la dieron a criar a una buena mujer de un pueblecito cercano. Allá iba don Miguel a verla, y en una de estas visitas a la aldea, el caballero y el ama de la niña discurrieron que debían bautizarla. Les pareció que era un crimen dejar que la tierna criaturita se perdiera para Dios... Trajéronla a Roma, y en la *Minerva*, ya recordará usted, una hermosa iglesia próxima al Panteón, recibió la hija de Nanclares el agua bautismal el 9 de febrero, y le dieron el nombre de Nicéfora por el santo de aquel día. Mi marido estuvo presente, y contribuyó a la solemnidad del acto... Pues no quiero decir a usted la que se armó en cuanto pudo enterarse la madre, una rubita de traza ideal, del tipo de Ruth... Me parece que la estoy mirando... ¡Y que era una fierecilla la tal Mesooda!... Por milagro se salvó Subijana de que le arrojara al rostro un cantarillo de aceite hirviendo...»

—Es un caso semejante al del niño Mortara, que tanto ha dado que hablar —dijo la oyente—. Aunque en verdad hay diferencia, pues aquí el padre era católico.

—Cierto... y tan furibundo católico como ferviente libertino. No ha visto usted un hombre más extremado en la devoción de las faldas... Carolina tuvo que suprimir el servicio de criadas. Don Miguel las hacía suyas de la mañana a la noche, y fuera de casa andaba en liviandades con señoras, si alguna le caía por delante, con loretas y hasta con monjas... ¡Y muy católico me soy! ¡Y ay del que en su presencia dijese alguna herejía leve! Había usted de oírle ensalzando la moral cristiana, y refiriéndonos milagritos de santos y vírgenes. Era una risa... Pues, señor, el *Gheto* se alborotó con escándalo... Pero Pío IX, rey absoluto de Roma, dijo que la niña Céfora había entrado en la grey cristiana, y punto final. Mesooda no volvió a ver a su hija; no le quedó más derecho que el del pataleo y las maldiciones: en el maldecir son terribles los judíos.

»Viene ahora otra faz del asunto, y es el furor de Carolina, que también maldecía, aunque en estilo cristiano: acudió a la Rota, quería divorcio, separación de cuerpos. En todos aquellos líos intervinimos mi marido y yo, queriendo poner paz en el matrimonio... Al fin logramos echarle un zurcido; pero de aquellas luchas quedamos la Subijana y yo enemistadas. Aquí en Madrid, hace cuatro días, hemos hecho las paces... La historia que refiero se iba volviendo cómica, ferozmente cómica. A los dos días de reconciliarse Carolina y su esposo, ¿sabe usted lo que hizo el arrepentido don Miguel? Pues después de pasar la noche velando al Santísimo Sacramento, por la mañanita, con la fresca, se escapó a Frascati con una bailarina del teatro de Apolo.

—¿Y Céfora?

—A ella voy. Ya grandecita la pusieron en un convento de Ursulinas... De esto hablo por referencia, pues ya no estaba yo en Roma. Sé que murió el marqués de Subijana, y que su mujer, dando pruebas de excelente corazón, cuidó de la desgraciada niña. Sé que ambas vivieron algún tiempo en Pau, y que al volver a España la presentaba como sobrina... Mucho tiempo estuve sin saber de ella, hasta que un día, no hace de esto dos semanas, me anuncian la visita de una joven, y sola... Una joven que viene sin compañía es siempre sospechosa. «Pues que pase...» Entra aquí y hace su presentación con encantadora sencillez: «Soy Céfora.» La verdad, me fue muy simpática. Su figura delicada, su ademán humilde hablaban en su favor. Las primeras palabras que pronunció fueron para excusarse de venir sola. Por impulso propio imitaba a las señoritas extranjeras, que no necesitan rodrigón para andar por la calle... Esta gallardía me agradaba; pero empecé a recelar cuando con cierto temblor de voz me suplicó que a Carolina no hablase de su visita, rematando el ruego con esta frase: «Vengo sin que mi tía sepa que doy este paso.» El paso, no tardó en decirlo, era que sentía vocación religiosa muy viva y ardiente; que, anhelando ser monja, me pedía mi protección para encontrar convento en que meterse; deseaba una Orden muy estrecha. Acabó soltándome a boca de jarro un texto de San Agustín:

«Mucho me cansa, Señor, esta vida, y me angustia esta prolija y triste peregrinación.»

—Estas que a los veinte años se cansan de la *prolija peregrinación* —dijo María Erro—, me dan a mí muy mala espina.

—Y a mí... Siguió hablando la joven... Yo encantada de oírla. Tiene talento, mejor dicho, imaginación viva... ha leído... Pero, con todo su ingenio, no acabó de convencerme. Me pareció el primer día una cabeza dislocada, y en su segunda visita confirmé esta opinión... Yo sabía que ese loquinario de Urríes le hace el amor. De esto le hablé, y ella, sin perder su serenidad, respondió que Urríes la persigue; pero que no logrará cogerla en sus garras. A propósito de esto, me disparó otro párrafo de San Agustín de que ahora no me acuerdo, santas palabras que venían muy a pelo... La verdad, he sacado en limpio que esta criatura, híbrida de judaísmo y cristianismo, es un ser bastante complejo. No hay claridad en ella. En sus ojos azules noto un estremecimiento de luces que marea... Yo me entretengo a veces en estudiar la mirada humana, y en la de Céfora he visto algo del suicida que mide la hondura del despeñadero en el momento de arrojarse... Esta es de las que se precipitan en el monjío como quien se arroja a una sima cuyo fondo apenas se ve... Pero ya hemos de poner punto a nuestra conversación... Ya están ahí: oigo la voz de Cánovas... Después vendrán Urríes y *Juanito* Valera.

La presencia de los tres convidados trajo a los salones de Eufrasia la dulce amenidad, el parloteo festivo con toques irónicos, que son la orgía de las personas formales. ¡A comer se ha dicho, y a referir, comiendo, anécdotas y sucesos del mundo vigente, cosas amables, gustosas y picantes! Allí se realizaba lo que expresó Cánovas en un dicho ingenioso, como todos los suyos: «¿Qué hacen usted y sus tres amigos en las Constituyentes?...» Y él respondió: «Esperamos, y esperando hacemos la Historia de España.» Pues la mesa de Eufrasia fue aquella noche un taller de Historia con solo las referencias que allí se hicieron de sucesos privados. En algunos de estos se veía pronto la relación con la vida pública; en otros, la misteriosa tangencia de lo individual y lo sintético no aparecía bien clara, y solo era visible para las mujeres, que saben encontrar el parentesco de la *Gaceta* con las costumbres.

Don Juan Antonio Iranzo llevó su lote de anecdotismo particular a la general leyenda hispánica. En él todo era extraño, incongruente. Hombre de origen humildísimo, formaba en el grupo conservador y aristocrático de Cánovas, y precisamente por esto resultaba tan española su figura. En España es un hecho constante la realidad de lo contrario, o que cosas y personas actúen al revés de sí mismas. El diputado por Teruel era un sesentón, alto y enjuto, de rostro huesudo, cenceño y totalmente afeitado. Creyérase que días antes había cambiado el calzón corto ceñido, el chaleco de pana y el pañizuelo en la cabeza, empaque muy noble ciertamente, por la levita y demás prendas, que no caracterizan a nadie y a todos nivelan en la desairada vulgaridad... Lo que realmente a don Juan Antonio caracterizaba era que, en su alta posición de hombre político adinerado, no sentía vergüenza ni resquemor de su origen plebeyo; antes bien siempre fue su mayor gusto referir cómo subió la cuesta social desde la humildad pobre a la cumbre en que a la sazón se veía. Deseaba Eufrasia que sus amigos los Gaunas oyesen de boca del propio caballero la historia de su vida portentosa. No se hizo de rogar Iranzo. La sorpresa de sus oyentes le hacía feliz; refiriendo la verdad escueta, gozaba tanto como los histriones que declaman el ingenioso embuste.

«Es cierto lo que Eufrasia dice. No me avergüenzo de mirar desde arriba la llaneza de donde vine... y bien puede uno alegrarse de haber subido cuesta tan empinada... Pero si me alegro, no me alabo de ello, porque, mirándome bien, veo que no he llegado por mi propio esfuerzo a donde estoy... Claro que mi constante trabajo ha tenido alguna parte en los bienes que disfruto; pero la parte mayor pertenece a la suerte... Debo lo que soy a un milagro... No se asombren, a un verdadero milagro, como van a ver... Yo fui criado de los duques de San Lorenzo... Criado... Doy a las cosas su nombre... No vale disfrazar el nombre de las cosas. Criado fui, y a mucha honra... Los señores duques me querían, porque yo era fiel y puntual en el servicio, y muy afecto a la casa. Doncella de la señora duquesa era una joven de quien me enamoré... Juntos servíamos... Entramos en relaciones, resolvimos casarnos. Los amos veían con buenos ojos nuestros amores honestísimos... Pero aunque mi novia y yo teníamos algunos ahorrillos, el casorio nos lanzaba a los azares de la vida con pocos elementos para la lucha. ¿Cómo se remediaba esto? Pues la solución más sencilla era que los señores duques, al salir yo de su casa, me consiguieran un destino. En mis ratos de descanso, entreteníame en pensar qué empleo, arreglado a mis cortos conocimientos, me convendría más... ¿Portero en algún Ministerio, en el Congreso, en Palacio, guarda en Sitios Reales?... A fuerza de cavilar, me decidí al fin por algo que halagaba mis gustos; yo veía con admiración a los cobradores que andan por Madrid llevando al hombro un saco de plata o calderilla... Aquel empleo colmaba mis ambiciones. Cobrador te vean mis ojos, que capitalista como tenerlo en la mano.»

Con ojos y oídos atendían todos al buen Iranzo, y en cada pausa celebraban la ingenuidad y gracia del autobiógrafo. Este prosiguió: «Escogida la ocupación que había de sustentarnos, dije a mi novia que a la señora duquesa manifestara mis cortas ambiciones, y ya descansamos de todo afán, pensando en apresurar la boda, pues la duquesa pronunció el *estad tranquilos: corre de mi cuenta*... Y así fue: la ilustre señora no se anduvo en chiquitas, y acudió, no al Director ni al ministro, sino a la propia reina gobernadora doña María Cristina, con quien tenía entrañable amistad. No sé si llevó de memoria la petición, o en el mismo papelito en que yo la escribí para mayor claridad. Ello fue que Su Majestad repitió el sacramental *estate tranquila, etc*... y deseosa de servir, tiró de pluma y pidió al ministro la plaza para mí...»

—¿Y el milagro?

—El milagro fue que al escribir... ¡cómo tendría su cabeza la buena señora!... Se equivocó, y en vez de poner *Cobrador colegiado*, fue y puso *Agente colegiado*... (exclamaciones alegres de los oyentes) que es destino de fianza, destino de rendimientos grandes, como que los agentes autorizan las operaciones de Bolsa... Total: que me casé, y a los dos días de ser marido de mi mujer, me dio la duquesa el nombramiento. Lo leí... quedé aterrado... El primer impulso fue devolver la credencial, diciendo que aquello no era para mí, ni yo para cosa tan grande. Después me vino la idea de no precipitar los acontecimientos. Guardé mi papel... Ocho días lo tuve en mi bolsillo, sin mostrarlo a nadie; ocho días de meditación sobre aquel caso inaudito... Concluí diciéndome que cuando a Dios le da la gana de hacer un milagro, no debe el hombre meterse a corregirlo... Dios me había hecho Agente de Bolsa y Cambios, colegiado... Pues cúmplase su santa voluntad... A los ocho días de dar vueltas en mi caletre al bendito milagro, me fui a ver a un amigo muy estimado, que en Bolsa operaba sin título: era listo, de riñón bien cubierto; yo le dije, mostrándole mi credencial: «Don Anselmo, mire lo que me han dado y no se encandile. De usted depende que yo me quede con este papel o lo devuelva.» Y el hombre, abriendo el ojo, y dando un puñetazo en la mesa, me respondió: «¿Devolver? Eso es cobardía. Los valientes saben morir antes que devolver las armas que la patria les entrega.» Nos arreglamos. Él cobraría la mitad de mis ganancias hasta reintegrarse con intereses la suma que adelantó para la fianza... Trabajábamos juntos: operaba él; yo firmaba... hasta que llegó un día en que pude soltar los andadores... Para no cansar: a los cinco años de esto, ya tenía yo un capitalito ganado a pulso... A los diez, el capitalito era capital... A los veinte...

—No siga, don Juan Antonio —dijo Eufrasia riendo—; nos da usted una dentera horrible contándonos cómo crecían sus cosechas de dinero.

Iranzo terminó así su cuento de hadas: «Ya saben todos los presentes que es más fácil hinchar cincuenta mil duros que cincuenta mil reales... El primer milagro, el verdadero, fue obra divina... Yo hice después los míos, milagritos pequeños, de los que hace cualquiera con un poco de suerte, buen ojo para los números y buen olfato para las ocasiones.»

—Lo que llamamos suerte —dijo Gauna— no es más que la proyección de nuestras cualidades y defectos. En lo que hemos oído, veo yo la acción de una voluntad poderosa. Don Juan Antonio, es usted un hombre extraordinario.

—¡Ah... Eso no!, un hombre de los más comunes, honrado y trabajador, un obrero que sabe hacerse su propia casa... No me quejo de la vida, y bendigo mi estrella. A mayor abundamiento, también en mis dos matrimonios he sido afortunado. Mi mujer y yo vivimos en la mejor armonía. Disfrutamos de todo, y nos permitimos un poquito de vanidad. El Papa nos ha hecho condes... Ps... Esto gusta a las mujeres. En tiempo de la pobre doña Isabel, era moda ponerse un título para dorar la plata, y a veces la calderilla. Nosotros no habíamos de ser menos.

En el giro de los comentarios, Cánovas expresó esta idea tan ingeniosa como profunda: «Vea usted confirmado, Eufrasia, con el ejemplo de Iranzo, lo que dije ayer hablando con Manzanedo. No esperemos que de la antigua aristocracia salga la fuerza conservadora, inteligente y eficaz, que ha de salvar a esta sociedad. O no sale esta fuerza de ninguna parte y la Nación española se pierde sin remedio, o vendrá de estos hombres nacidos del pueblo y elevados a las altas posiciones por su agudeza y laboriosidad. Estos, estos son los fabricantes de fuerza. Vengan muchos Iranzos; vengan a robustecer el sentido conservador de la sociedad, que hoy vemos harto flaco y miserable.»

Con sagaz criterio afirmó después don Antonio que España había de pasar fatalmente por graves disturbios, delirios y ensayos sangrientos. La política de los últimos años había producido, por errores de todos, una gran fuerza expansiva o revolucionaria. No era prudente ni práctico oponerse al empuje de esa enorme fuerza desencadenada. No había más remedio que dejarla correr hasta que por el continuo roce se gastara. «La fuerza nuestra es aún débil. Esperemos su crecimiento, que ha de venir por ley de Naturaleza... Ya tenemos en nuestras catacumbas milicia, nobleza, damas elegantes, capitalistas... Pero aún vendrán en número incalculable... Nuestras catacumbas son doradas y cómodas: se está muy bien en ellas... Podemos esperar.»

Ya se ha dicho que las conversaciones de la calle y de las salas y comedores, con las anécdotas privadas y las vidas de hombres oscuros, colaboraban en la Historia de España. La vida de Iranzo era en esa Historia uno de los pasajes de mayor potencia documental. *Los fabricantes de fuerza* iban quitando el puesto a los guerreros y conquistadores. El pueblo, desnudo unas veces, vestido otras, hacía lo que antes hicieron reyes y tribunos. La plebe, transformada por la adquisición del dinero, escalaba las alturas y modelaba los ídolos monárquicos con un yeso que no había de fraguar ídolos para largo tiempo, pues ya no hay calor que endurezca la blanda masa de que están compuestos... Y ahora seguiremos presentando anécdotas y sucedidos particulares que son fundamento de la Historia fraguada para medio siglo de Idolatría nacional; un remiendo, más bien chapuza, para tirar hasta 1919.

XIX

Hablan ahora las damas. Eufrasia dijo: «Solo en el carlismo veo yo un peligro imponente.»

Y María Erro, que hasta entonces había permanecido taciturna, anunció un nuevo pasaje histórico: «Que cuente Luis lo que sabe acerca del carlismo, y ustedes dirán si debemos mirarlo como un serio peligro, o como un estorbo pasajero. Yo soy legitimista: mis apellidos traen acá los ecos de Oñate, de Estella, de Vergara. Pero no vive uno por vivir, sino por aprender. Seguiremos siendo carlistas platónicos mientras no se nos traiga una cosa mejor, o algo que sea nuestro ser trasplantado a la vida real. Así lo dice Luis; así lo digo yo, que ante todo soy católica, apostólica, romana.»

La curiosidad de lo que el marqués de Gauna había de contar no admitía espera. Apremiado por todos, don Luis cogió la palabra: «No es cuento, aunque lo parezca. Es, no diremos un hecho, pero sí un propósito que ha de traducirse en hechos reales. Me han traído noticias de Cabrera, y las tengo por tan verídicas como si yo las recogiera del propio don Ramón, mi querido amigo. Cabrera, sépanlo ustedes, acepta al fin la dirección del partido, que es como decir la dirección de la guerra. Cabrera se pone al frente de las muchedumbres carlistas, llevando a su lado al Rey hasta traerle a ocupar el Trono. Pero... Aquí viene lo bueno. Cabrera será la espada de don Carlos, con la condición de que este acepte un programa liberal, franca y abiertamente liberal. Aquí tengo copia de las bases (saca un papelito que pasa a las manos de Cánovas). Míralo, Antonio, y te convencerás: es copia exacta de las condiciones enviadas a Carlos VII... programa liberal a la europea, pues de otro modo, la *Causa* sería recusada por el mundo entero: Constitución, Parlamento y libertad de imprenta; tolerancia religiosa, vivir a la moderna, dar de lado a frailes y clérigos, sujetando a la beatería con un Concordato inspirado en las ideas regalistas...»

—Basta, basta —dijo Cánovas con expresión victoriosa—. Si esto es verdad, y verdad será cuando tú lo dices, pon una losa sobre el carlismo, que ha muerto para siempre. ¿Rechaza don Carlos las condiciones de Cabrera y se lanza a la lucha con los elementos que ahora tiene? Pues será vencido, irremisiblemente vencido y destrozado. ¿Acepta el liberalismo que le ofrece el conde de Morella? Pues pronto le abandonarán los elementos clericales, que son su fuerza, son el alambre que mantiene derecha esa estatua de barro... Don Carlos, antes de disparar el primer tiro, tendrá que irse a su casa, porque el carlismo dejará de ser tal, y cambiando de ideas, ha de cambiar necesariamente de nombre: se llamará *Alfonso XII*.

Callaron todos, esperando más vivos comentarios. Y Cánovas siguió así: «Esto lo sabe Cabrera mejor que nadie. Me consta que lo sabe... Por lo demás, esas condiciones diríanse ideadas con el fin de desengañar a don Carlos y abrir sus ojos a la realidad. Por ese medio Cabrera se quita de encima una mosca importuna, pues ni él está para salir a campaña, ni sus ideas son las que tuvo en 1838 y 1840. Vive en Inglaterra; está casado con una protestante, que es más fiera que él, y no puede ver ya en el carlismo más que una leyenda para solaz de inválidos de las clases militar y eclesiástica.»

A poco de terminar Cánovas, y cuando acababan de tomar café, fue anunciado Urríes. Pasaron los comensales al salón, donde no había más visitante que el diputado andaluz, con quien Eufrasia y sus amigos empalmaron la hebra de su charla política. «¿Qué noticias nos trae, Juanito? ¿Sigue en alza el papel Montpensier?... Díganos antes: ¿cómo es que no viene con usted esta noche Juanito Valera?»

—Está en casa del duque de Rivas, donde habrá lectura de una colección de elegías. Juan quería llevarme; pero como esto de las elegías entiendo que es cosa triste y funeraria, he preferido brillar por mi ausencia... En cuanto al papel Montpensier, tengo el sentimiento de declarar que hay tendencias a la baja.

—¡Ah, Juanito! Ya me lo figuré en cuanto le vi a usted. Nos trae esta noche una cara terriblemente elegíaca. Vamos a ver: ¿qué ha resultado de la reunión masónica en el Escorial? ¿Fueron los amigos de Prim y de Sagasta? ¿Consiguió este hacerles entrar por el aro? Ea, no nos venga usted ahora con reservas y tapujitos. Descúbranos el lindo pastel.

—Como el pastel se nos ha quemado, todo lo diré, sin ocultar nombres... El primero, nuestro espléndido anfitrión Abascal, Intendente, o cosa así, del Real Patrimonio; después Sagasta, que era el llamado a recomendar al Progreso el papel Montpensier; seguía la reata... Vaya usted contando: Figuerola, Llano y Persi, Moreno Benítez, Juan Manuel Martínez, Venancio

González, Ricardo Muñiz, Bonifacio de Blas, Carratalá y *este cura*... Me parece que no se me olvida ninguno.

—Pues han sido ustedes trece. ¡Fatalidad!

—Dispénseme, Eufrasia. Mala cuenta hace usted. Éramos once. Y este número debe ser más fatídico que el trece, porque el final de la reunión hizo competencia al rosario de la aurora... Sagasta desempeñó su papel con brevedad. Su argumento fue de los que no admiten réplica: «Señores, no discuto la valía del duque. Solo afirmo que ha venido a ser el único candidato *viable*. No hay otro. Todos los intentos han fracasado. El que de ustedes crea posible mejor solución, dígalo pronto. Yo solo añadiré que cada mes, cada día de interinidad, es un gravísimo peligro para la Patria. No patrocino a Montpensier; expongo la urgente necesidad de tener un Rey. Don Fernando de Portugal se niega en absoluto... En el duque de Génova no hay que pensar... ¿Qué hacemos? Quiero saber la opinión de mis queridos amigos.»

»Y la supo; la oyó bien clara y terminante, contraria resueltamente a la propuesta o consulta del ministro de la Gobernación. Cada cual según su temperamento, unos con suavidad, otros con energía, alguno con fiereza, todos se interpusieron entre la Corona de España y la cabeza del cuñado de Isabel II. Antes la Interinidad indefinida; antes el desgobierno, el motín crónico, el diluvio. No solo era cuestión política, sino cuestión moral. Yo me permití decirles que estaban obcecados, que estaban locos. Pero si de Sagasta no hicieron caso, ¿qué caso habían de hacerme a mí?

«¡Delicioso fracaso, Juanito! —dijo Eufrasia gozosa—. ¡Ay, qué alegría! Siga, siga.»

—Nada más diré de un asunto que recuerdo con pena. Huyo de él como los cómicos escapan del teatro en que les han arreado una silba. Pero algo más, de un orden enteramente distinto, hubo en la reunión. ¿Lo cuento? Allá va. El bueno de Abascal quiso prepararnos una sorpresa... Más que grata, emocionante, patética; un espectáculo que ha dejado en los que lo presenciamos recuerdo indeleble. Fue, por decirlo así, el número más hermoso y dramático del programa, el único éxito brillante, magnífico, de la excursión, jira, o como quiera llamársela.

Expectación ansiosa del público: «¿Qué ha sido, Juanito? ¿Qué ha visto? Dígalo pronto.»

—Lo que yo he visto —afirmó Urríes pavoneándose—, ninguno de los que me oyen lo vio jamás, ni probablemente lo verá... Convengamos en que Abascal no tiene precio como empresario de espectáculos de gran novedad, ni como anfitrión que sabe obsequiar a sus convidados. Pues, señor... bajamos al Panteón, y allí nos encerramos con algunos albañiles y aparejadores. A cada uno de nosotros se dio una vela de cera encendida... Vimos al costado derecho del altar, en la primera fila de nichos, un andamio portátil, bastante sólido. Era el aparato que allí se emplea para dar sepultura a los Reyes o reinas. Subieron los aparejadores. Sacaron la urna más alta, tirando de ella como se tira del cajón de una cómoda... Una vez la urna en el andamio, levantaron la pesada losa de mármol que la cubre, y quedó descubierto el cuerpo del Emperador Carlos V... Subimos todos a verlo...

—¡Escándalo, profanación! —exclamó Cánovas con súbito estallido de ira—. Esto no puede tolerarse... Esos hombres nada respetan. ¿Qué sentimiento monárquico ha de haber en esas almas groseras y prosaicas, insensibles a la grandeza de una tumba gloriosa?... Siga, Juanito... ¿Y qué vieron?, ¿en qué estado se halla el cadáver del César?

—Está momificado, y en admirable conservación. Enormemente nos impresionó ver el rostro y cuerpo del Emperador. Quedamos todos suspensos, y en los primeros instantes no se oyó el menor murmullo. Conteníamos la respiración; nos paralizaba un respeto religioso... Creíamos ver la Historia que volvía... No sé decirlo... El pasado que se nos ponía delante... tampoco acierto a expresarlo. Tiene el César la nariz casi destruida; los ojos como huecos profundos; inalterable la quijada saliente, y en perfecta conservación el pelo entrecano de la barba. Para mí resultaba como si la cabeza del retrato de Ticiano, que está en el Museo, fuera sacada de un desván donde las cucarachas hubieran hecho algún estrago, dejando el parecido... Las piernas, de rodillas abajo, son esqueléticas... La gota en vida le trató peor que las cucarachas en muerte.

—¿Y qué ropa viste...?

—Solo un gran manto de tisú blanco, en que está envuelto todo el cuerpo; en la cabeza un capacete o gorro de la misma tela. La conservación de esta es admirable.

—Manteo de brocado de Cambray, tejido con seda y tirado de plata —dijo Cánovas—. ¿Y no tenía alguna insignia del Toisón?

—Nada. Ni collar, ni borrego, ni cruz, ni ningún objeto de metal vimos... Después de contemplar un rato lo que queda del hombre más poderoso de su tiempo, se volvió a poner en su sitio con muchísimo respeto la losa o cobertera; los aparejadores empujaron la urna hacia el interior del nicho, y todo quedó conforme estaba.

Los comentarios y apreciaciones de la irreverente travesura fueron muchos y poco lisonjeros para los progresistas.

CÁNOVAS. ¡Y esta gente anda buscando un Rey!... Los que no respetan la Monarquía en su representación personal más alta, quieren que venga un príncipe extranjero a compartir con ellos la frivolidad de esta generación. Yo aseguro, desde ahora, y lo digo muy alto; yo aseguro que ningún Rey traído de fuera dormirá en las urnas del Escorial.

URRÍES. (aparte de Gauna). Con furia lo ha tomado este señor. No he querido contar las tonterías que en presencia de la momia se dijeron. No sé quién hizo esta frase: «De mal agüero es tu exhumación, amigo Carlos V. ¿Significará que vendréis otra vez los austriacos a jeringarnos?»

EUFRASIA. Compadezco al que venga. Deseo la ruina y el fracaso más horrible a los empresarios de la traída de Rey.

URRÍES. (alto). Por Dios, don Antonio, no se incomode, y sobre todo, guárdeme el secreto. Se me olvidó decir que nos juramentamos para no contar a nadie lo que hicimos. Si se sabe, que no se sepa por mí... Verdaderamente, debí callarlo; pero el afán de referir algo extraordinario ha podido más que mi discreción... Ruego a todos que no me comprometan.

Diósele promesa de secreto, y la presencia de otros amigos de la casa generalizó y desgranó la conversación. Don Manuel Orovio, apenas puso el pie en la sala, acometió fieramente a Cánovas con apreciaciones políticas, de una seriedad aterradora. Más que con su seriedad, deslumbraba el ex-ministro de Isabel II con sus chalecos, que en el último tercio del siglo XIX suministraron a las gacetillas abundante materia pintoresca. Era un buen señor, tan probo como reaccionario, bastante sagaz en los días subsiguientes a la Revolución para ver en Cánovas el hombre del porvenir. A él se adhería mentalmente, poniendo al servicio del maestro todo lo que podía darle: su honradez, su experiencia de covachuelista y su ardiente devoción borbónica.

Las diez y media serían cuando se despidió Iranzo. Era hombre de una sociabilidad tan intensa como rutinaria, y en aquellos días no se retiraba sin pasar por el salón y tertulia de la duquesa de la Torre. Esta fidelidad a una casa en que predominaban ideas tan contrarias a las del buen amigo de Cánovas, se explica o por la atracción de los elementos opuestos, o por la simpatía personal, que España suele relegar las ideas a un lugar secundario. Por esto, diluidas en el ambiente cortesano, acción y reacción han sido siempre tan benignas... Al ver salir a Iranzo, la de Campo Fresco, que poco antes había entrado, dijo a la *moruna* (viejo mote de Eufrasia): «Siempre que veo a este hombre, ¡ay!, me le represento alzando la cortina para darme paso al salón de la San Lorenzo... Créame usted: si atontado está el mundo, es de las vueltas que da.»

Llegó Carriquiri, un viejo amable, viviente archivo de su siglo; poco después el conde de Toreno, joven con aire de bebé, coloradote y con barbas rubias, el más inteligente y lucido quizás de la nueva hornada reaccionaria; comparecieron después Cárdenas, Jove y Hevia y otros. Hablando pestes del Gobierno de la Revolución y zarandeando los candidatos al Trono, pasaban dulcemente las horas. Urríes se retiró después de las doce, y se fue a la indispensable escala en la tertulia de la duquesa de la Torre, que aún respondía en la Inspección de Milicias. Allí vio a Ortiz de Pinedo, con quien se entretuvo un rato en maldecir la Interinidad. Un general ilustre, Ros de Olano, comentando los apuros de la España sin Rey, hizo una indicación, que no comprendieron los que con risas la celebraron, viendo el chiste y no la profunda filosofía histórica que entrañaba. «No hemos caído en la cuenta —dijo— de que lo más lógico es traer un Rey árabe, y que no debemos buscarlo en las reinantes familias europeas, sino en los harenes africanos... Árabe y musulmán debe ser nuestro Rey, aunque luego, para que ande por casa con desenvoltura, tengamos que cristianizarlo. Un Rey descendiente del amigo Mahoma será el que mejor nos entienda, nos baraje y nos meta en cintura. Decidámonos, y traigamos un Abderramán, a quien llamaremos *califa*. Alá es grande... Con tal caudillo no tardaremos en apropiarnos toda la costa septentrional de África...» Esta idea no era para reída, sino para pensada.

Retirose Urríes a su casa, donde estuvo unos días en preparativos de viaje, lo que no era tarea liviana, por el inmenso bagaje de sus pensamientos, unos que irían con él al Norte, otros que había de dejar en Madrid, y algunos que debieran ser expedidos a la tierra de María Santísima. Provenía la confusión del caballero de su desordenado y voluble deporte amoroso, pues como quien se ejercita en la circense habilidad que llaman *juegos icarios*, jugaba con varios corazones como si fueran platos o palillos, tirándolos al aire para recogerlos y relanzarlos con diestra y limpia mano. El juego había de fallar alguna vez, y ello fue cuando el hermano de don Juan apareció en Madrid inopinadamente y le dijo:

«Ha llegado el momento de poner término a tus vacilaciones, y de decidirte por la solución que vengo indicándote desde el mes pasado. Nuestra casa necesita un apoyo. Tú debes darlo casándote con Mariana de Pedroche, que a su condición de propietaria de las mejores vegas de Montilla y Lucena, une las cualidades de belleza y virtud. Acábense tus dudas. Sienta la cabeza, Juan; ya no eres un niño. Bastante tiempo te he dejado vivir a lo mozalbete. Ya llegó el día de llamarte al orden y decir: Hermano mío, te mando que seas conde de Aldemuz.»

XX

Y animándose con el mutismo de su hermano, prosiguió Ben Alí: «Irás inmediatamente a La Guardia, y sin dilación desharás el equívoco que allí existe por tu gran imprevisión y ligereza. Mil veces te dije: Juan, no sueltes prenda, no hables de matrimonio, ni empeñes tu persona irreflexivamente. Por no hacerme caso te ves ahora obligado a dar explicaciones, a pedir que te dejen retirar promesas y palabras que un hombre discreto no debe dar nunca. Y al propio tiempo te encargo que procedas como caballero, que no olvides tu nombre y procures quedar bien con esa familia de Ibero, según entiendo, muy respetable. La cuestión es como de encerrona, y para sortear la salida necesitas de mucha flexibilidad y mano izquierda...»

Era el conde Ben Alí un hombre feo, de esos en quienes la misma fealdad revela procedencia de padres hermosos. Sus ojos desmesurados y refulgentes eran como los faroles de un ferrocarril; las cejas dos tirajos curvos de paño negro; la distancia entre la nariz corta y la boca larga más grande de lo que marca el ideal helénico; la barba fuerte, espesísima, afeitada en los carrillos para que no invadiera las partes del rostro que, según ley estética, deben estar mondas de pelo; la color blanca dorada al Sol; los dientes limpios, correctos y sanos. Su aspecto, en suma, comprendiendo cara y cuerpo, acomodábase al más arrogante tipo de bandido, y no había en ello incongruencia, pues rara vez vio y sufrió el pueblo español cacicón más audaz y despótico. Era el azote político, fiscal, judicial y administrativo de una comarca tan risueña como desdichada.

El ideal patriótico del conde, fundamentado en su brutal egoísmo, no era otro que ver al bueno de Montpensier en el trono de España. Grande amigo del duque, no dudaba que este le facultaría para extender y reforzar con apretados tornillos su feudal máquina de tortura... Y por fin, las ambiciones de Ben Alí se redondeaban casando al hermano con la dama de Priego, marquesa de Aldemuz, para que nuevos estados vinieran a la familia, y se constituyese el feudo en un considerable espacio rural.

Las amonestaciones severas del hermano mayor impresionaron a don Juan, que si bien ya estaba en la idea de cambiar de novia, su ligereza no le había permitido aún ver claramente la dificultad del paso. Pero había llegado el momento crítico de liquidación amorosa. El galán tenía que desenredar sus enredos y afrontar las consecuencias de su frivolidad. ¡Oh Fernanda grácil y seductora! ¡Cuán penoso era para tu accidental caballero sufrir la pena de dejarte libre y en disposición de admitir nuevo dueño, y al fin poseedor de tu excelsa hermosura!... Menos mal que el tirano Ben Alí le mandaba a La Guardia por largo camino, pues dispuso que fuese antes a Barcelona con importantes órdenes y pliegos para un coronel de Artillería retirado, que en aquella gran ciudad dirigía secretamente la tramoya montpensierista.

Cuando el arrogante andaluz disponía sus bártulos para tomar el tren, supo que la Subijana y Céfora habían levantado el vuelo. Días antes, salió el pobre Romarate, custodiado por un sirviente de los Marqueses de Gauna, en el mismo tren que a estos condujo. Algo inquieto y sobresaltado, pudo creer el caballero que amigos y enemigos corrían hacia el Norte, imantados como él de un temor supersticioso, miedo a la verdad, al amor enojado y justiciero.

Partió el mismo día en que Prim modificó el Gabinete. La salida inevitable de Martín de Herrera, por su desatentada circular sobre la interpretación de los derechos individuales, y el decreto acerca del ingreso y ascenso en la carrera judicial, dieron al general ocasión de abrir la puerta grande a los demócratas. Quedó en Estado Silvela, pasó Ruiz Zorrilla a Gracia y Justicia, en Hacienda entró Ardanaz, en Fomento Echegaray, en Ultramar Becerra. Con estos últimos nombres en el cartel gubernativo refrescó Prim su política, y los demócratas conocieron la alegría del vivir: ya no eran simple adorno muerto, de azul y oro, en la vitela del libro de la Constitución...

El mayor, el único regocijo de Urríes al salir de Madrid por la vía de Zaragoza, fue ver la lozanía con que maduraban los frutos de la Interinidad. Como fanático de Montpensier, deseaba que en el cuerpo y extremidades de la Nación brotaran granos y pústulas, para que fuese menester acudir al heroico remedio. Gravísimas noticias traían el viento y el telégrafo, el correo y las públicas voces. España decía: «Estoy muy molesta con insufribles picazones en todo mi viejo corpacho. Por aquí me duele, por acullá me arde, por esta otra parte se me hincha la piel. Me salen carlistas por donde menos podía pensar, me salen federales por *do más pecado había.*»

Por el camino repasaba Urríes en su mente el sin fin de manifestaciones eruptivas que infestaban a la Nación. Todo aquel sarpullido era por don Carlos y la Unidad Católica. Indudablemente el ejemplar más castizo y picaresco de aquellos brotes insurreccionales, fue el que la Historia designa con el epígrafe de *El Cura de Alcabón*. Era don Lucio Dueñas, según sus biógrafos, un clérigo chiquitín, casi enano, buen hombre en el fondo, pero tan fanático y cerril que perdía el sentido en cuanto el viento a sus orejas llevaba rumores de guerra carlista. Apenas se enteraba de que ateos y masones sacaban los pies de las alforjas, preparaba él las suyas llenándolas de víveres y cartuchos. Convocaba inmediatamente al vecindario del mísero pueblo de Alcabón, y entre mozos y viejos disponibles reclutaba una docena, o algo más, de gandules dispuestos a defender con su sangre y su vida la Unidad Católica y la Monarquía absoluta. Hecho esto y reunida su mesnada, que rara vez pasó de veinte hombres, echaba la llave a la iglesia, cogía la escopeta, enjaezaba su rocín flaco, y, ¡hala!, a pelear por Dios y por Carlos VII.

El campo de operaciones del minúsculo guerrillero tonsurado era la banda Sur de la provincia de Toledo. Pasaba el Tajo por donde podía; evitaba los pueblos grandes; en los pequeños entraba impetuoso, arengando a su gavilla; pedía raciones, cebada y pan o lo que hubiese; y si en alguna parte le atendían, daba recibo en papel encabezado con este membrete: *Real Comandancia de Toledo*. Su refugio y descanso buscaba en Menasalbas o en Guadalerzas. Era en verdad delicioso y romancesco el cleriguillo de Alcabón. Hacía poco o ningún daño; no fusilaba; valíase de los muchos amigos que en la comarca tenía para escabullirse de la Guardia civil; pedía y tomaba raciones; no despreciaba caballo cojo ni burro matalón, y aprovechando alguna coyuntura feliz arramblaba con los menguados fondos municipales. Como experto cazador de toda la vida, don Lucio conocía palmo a palmo el terreno. Alguna vez recalaba en la posesión de don Juan Prim, en Urda. El administrador, que era su amigo, le daba raciones y buen vino de las provistas bodegas del general. El jefe y los bigardos de la partida se apimplaban para hacer coraje, y luego salían por aquellos campos gritando como energúmenos: «¡Viva la Religión, viva la Virgen, viva don Carlos!» El exaltado cura, tan pequeñín que apenas se le veía sobre el jamelgo, se esforzaba en suplir su menguada estatura con la fiereza de sus gritos y la bizarría de sus actitudes.

Más temibles que el enano de Alcabón eran en la Mancha Sabariegos y Polo, cabecillas veteranos que asolaban el Campo de Calatrava. Los bárbaros que les seguían llegaron a formar cuadrillas imponentes, que so color de la Unidad Católica cometían mil desafueros. Estos granos o diviesos eran de más cuidado que los de tierra toledana, y mortificaban con punzadas dolorosas el tronco de la madre Iberia. Pero esta sufría en otras partes de su cuerpo enardecido múltiples tumores que en sanguinoso avispero se juntaban. Los párrocos y canónigos de Astorga, alzando pendones por la Monarquía absolutamente católica, se comprometieron a dar cada uno para la santa guerra un hombre armado o su equivalencia en dinero. Pronto se reunieron elementos tan silvestres como belicosos. Del Seminario salió un intrépido sacerdote y catedrático, el señor Cosgaya, que, organizada la evangélica partidita, se lanzó a las aventuras macabeas. Su hazaña primera fue matar a un pobre alcalde; después siguió de pueblo en pueblo racionando a sus hombres y caballos, y aliviando al Fisco de la cobranza de contribuciones.

Pero la cuadrilla más audaz y vandálica de la provincia de León, fue la que guerreaba bajo las banderas del heroico beneficiado de la Catedral, don Antonio Milla, de quien se dijo que era tan sutil teólogo como hábil estratégico. Asoló diferentes pueblos, dejando en Santa María de Ordax memoria perdurable, por los delitos que allí se perpetraron contra la vida, la hacienda y el pudor. Otro de estos Cides con puntas de bandoleros fue el ilustrado canónigo don Juan José Fernández, que no se quedó corto en los atropellos y depredaciones. En una provincia cercana, Palencia, salió Balanzátegui, no cura, sino soldado y de los más valientes, a quien perdió el necio delirio de imponer a tiros y sablazos la Unidad Católica y el Concilio de Trento. Su ciega y fanática intrepidez le perdió: fue pasado por las armas...

El divieso del Burgo de Osma fue García Eslava, que brotó y reventó entre aquel pueblo y Almazán. En tierra de Burgos aparecieron como abscesos infecciosos los afamados Hierros, que operaban con ruda valentía y eclesiástico fervor en la patria del Empecinado y en los términos de Aranda de

Duero, Roa y Coruña del conde... En la provincia de Segovia, los facciosos dispersos se juntaban en Revenga bajo el garrote y bonete del capellán de Juarrillos, para correr al latrocinio de leñas, carbones, pan y cebada; en tierras de Madrid, el cabecilla Jara salía de Santa Cruz de la Zarza en busca de los pingües esquilmos de Aranjuez; desde Valdemorillo y Colmenarejo partían bandas de campeones de la Unidad Católica en persecución del Real Sitio, y amenazaban las preciosidades de la *Casita de Abajo*. Era, en fin, un levantamiento general y a la menuda, en la mayoría de los casos organizado y dirigido por indignos clérigos. Y estos bribones, que al verse perdidos se acogían al último indulto, volvían luego tranquilamente a sus parroquias, santuarios o catedrales, y sin que nadie les molestara continuaban ejerciendo su ministerio espiritual, y elevaban la Hostia con sus manos sacrílegas.

Y aún había más, mucho más que lo rápidamente contado, que fue repaso y enumeración en la mente de Urríes. Todo el mísero cuerpo de la Nación estaba invadido de la plaga. En el Maestrazgo, Valencia, Aragón y Cataluña, sufría España la terrible picazón. De aquella sarna que la obligaba a rascarse desesperadamente, brotaron los horribles tumores que la pusieron en tan asqueroso estado. Acudía el Gobierno con los emplastos emolientes del envío de columnas en persecución de los malhechores católicos, unitarios, absolutos o carlistas, que de mil modos se llamaban. Pero como era forzoso atacar un mal esporádico en tan distintas y distantes partes del enfermo, unas veces llegaba tarde el remedio, otras demasiado pronto, como pasó en Montealegre, cerca de Barcelona. Los conjurados se reunían por órdenes del cabecilla Larramendi, y conforme iban llegando al punto de cita, con arreos de cazadores, la columna del brigadier Casalis los cogía y tranquilamente los fusilaba. El único que pudo escapar fue Larramendi, que olió la quema y se puso en salvo.

De algunas de estas erupciones oyó hablar Urríes en el curso de su viaje; otras las supo en Barcelona, donde se detuvo pocos días para dar cumplimiento a la misión que llevaba. En el centro de propaganda y de irradiación activa que allí tenía el de Orleans, supo que los carlistas se llamaban a engaño y ya no daban juego. Mejor resultado se pensaba obtener de los federales, que ya en diferentes partes de Cataluña movían los secretos humores para salir a la epidermis nacional. El mal y su difusión aterradora provenían de la sangre viciada por el terrible virus de la Interinidad, y el enfermo llegaría pronto a la gangrena y la muerte si no le ingerían la droga interna, que era tragar al duque. ¡Amarga pócima para España, que, rechazándola con signos negativos, se rascaba y se condolía, siempre risueña y grave, inmensamente noble y picaresca!

XXI

De regreso a Zaragoza, continuando su viaje parabólico, tuvo Urríes un encuentro feliz y desagradable. Presuroso comía en la estación cuando se le apareció su amigo Tapia, derrengado, cojo y con un brazo en cabestrillo, el rostro de vieja tachonado de negros parches de tafetán. Con frase compungida y rápida, hizo historia de sus lastimosas averías, obra de unos desalmados facciosos de Balaguer. Como la brevedad de la parada no daba tiempo a largas explicaciones, limitose a decir que los carlistas que furiosamente le molieron los huesos eran de los de verdad; que el vapuleo fue desaforado y puso en peligro su existencia, y que huyendo de sus verdugos se vino a Lérida para curarse con árnica y quietud sus mataduras y contusiones. Dicho esto, pidió y obtuvo un auxilio de dinero... Metiéndose en el tren a toda prisa, después de socorrer al amigo, don Juan le mandó que fuese a Barcelona a recibir nuevas órdenes... Durmió en Zaragoza el caballero, y tempranito salió en el tren que va y viene por la margen derecha del Ebro, entre Zaragoza y Miranda.

A medida que avanzaba el vagabundo Urríes, espaciando sus miradas en los risueños campos o en la caudalosa corriente del magno río, tristeza y zozobra se metieron a la calladita en su alma; y cuando al caer de la tarde, pasando por Cenicero, vio los montes de La Guardia y Toloño iluminados por el Sol poniente con tintas y tornasoles de nácar, don Juan se recogió en sí... Como el Sol doraba los montes, la imagen de Fernanda iluminó la mente del caballero, y en ella se reprodujo con singular viveza. La hermosura de la hija de Ibero, su gracia, su continente a la par modesto y noble, imitaban soberanamente la realidad.

En aquella hora de triste ocaso, propicia al examen interno, don Juan pensó que su inclinación a las livianas aventuras, por puro pasatiempo deportivo, y sus tratos con la marquesa de Aldemuz, buscando una boda de conveniencia, le imposibilitaban en absoluto para pretender un hueco en el corazón de Fernanda. Pero contra la desazón que esta idea produjo en su alma, reaccionó el caballero al instante con sus arrogancias de libertino... Cierto que Fernanda era mujer de extraordinaria valía... Mas no la única... Otras había que... Y por último, ¡qué demonio!, si él salía bien de la engorrosa obligación que le había impuesto su hermano, deshacer aquel impremeditado compromiso matrimonial, ¿no podía suceder que Fernanda siguiese amándole, que él...? Su buena estrella en lides de amor no había de abandonarle. Con tales pensamientos llegó a Miranda, y no sabiendo dónde residían a la sazón los señores de Ibero, corrió a la fonda en busca de un muchacho que allí servía, y que seguramente le sacaría de dudas. El mozo, natural de Páganos, hijo de un antiguo servidor de Castro-Amézaga, y muy afecto a la familia, le dijo que los señores habían pasado por Miranda dos días antes. Don Santiago y su señora, con el niño pequeño, estaban en Sobrón tomando las aguas; la señorita Fernanda, en Bergüenda con sus tíos doña Demetria y don Fernando.

Durmió Urríes en la fonda de Guinea, mejor será decir que se acostó, pasando en penoso desvelo toda la noche. Sus atormentadores eran: el mandato de su hermano, tan difícil de cumplir; la hermosura y bondad de Fernanda; la rígida entereza de Santiago Ibero. A la mañana siguiente, un buen coche de alquiler le llevó por la orilla izquierda del Ebro. Aunque iba con toda la atención en sus inquietudes, algo le quedaba para mirar el paisaje, que le pareció desolado y tristísimo. Detenido en Fontecha para pagar el portazgo, el corazón le dio avisos de mal recibimiento, augurios tristes... Pero aún había que andar algo más. Adelante, pues... Por fin paró el coche frente a un muro enverjado en su parte superior. Urríes oyó iay!, la voz de Fernanda... En el mismo instante vio su esbelta figura tras unas ramas de rosales floridos... Charloteaba con unas muchachas. ¿Eran criadas o señoritas del pueblo?... El caballero descendió junto a una puerta que no era entrada del jardinillo, sino de la casa, y esta tenía un aspecto austero, señoril y arcaico, con escusones, reloj de Sol y una graciosa ventana plateresca. La primera que salió a recibir a don Juan fue Demetria; poco después apareció Fernanda. Fríos, pero de suprema ficción cortesana, fueron los saludos. En lo poco que habló Demetria descollaron estas dos frases, que hirieron particularmente la atención de Urríes... «Mi esposo ha ido a Santa Gadea del Cid, a visitar a un amigo...» «Ahora, don Juan, hablará Fernanda con usted; después hablaré yo.»

Dicho esto, salió la señora, y los novios quedaron solos frente a frente. Las miradas de uno y otro vagaban en el espacio intermedio como pájaros asustados que no saben a dónde volar.

¿Quién de los dos hablaría primero? El sentimiento que en el alma de Urríes hacía veces de dignidad, dijo a este que debía romper el silencio, y así lo hizo: «He venido acá, olvidándome de todos los equívocos que nos han trastornado, he venido a decirte, Fernanda, que...»

—Acaba. Cuando a mí me toque hablar, verás qué pronto despacho.

—A decirte que no he dejado de amarte; que mi corazón es y será siempre tuyo, cualquiera que sea la determinación... A que me lleve... Mejor dicho, que me imponga mi Destino, un sino perverso... Fatalidad debo decir... Ese nombre de fatalidad doy yo a mi familia... Más fuerte que todo eso será mi amor... Más permanente la imagen tuya que llevo grabada en mi corazón.

—¿Y para qué quiero yo —dijo Fernanda con arrogante desdén—, para qué quiero un corazón que se contenta con llevarme grabada?... ¡Qué risa! ¿De modo que yo me vuelvo imagen, y tu corazón un altarito en que dice misa otra mujer?

—No me has dejado concluir. Aguarda un poco. He dicho que te amaré mientras viva, Fernanda; que...

—¡No dices verdad!... Podías dar a tus engaños otra forma, alegar razones: que has encontrado mujer más de tu gusto, que la conveniencia se sobrepone al cariño, o que el cariño es voluble, loco... Podías en todo caso traerme la razón suprema, el *no quiero*, el *no puede ser*, que no dan lugar a más dimes y diretes. Juan, Juan, yo soy muy recta, y no admito disculpas estudiadas, ni volteretas del pensamiento... Quiero el *sí* o el *no*, claros, redondos... Tengo el alma bien dura... Dura para el sufrimiento... Dura soy también para querer, cuando en el querer soy correspondida. ¿Me entiendes? Si he de estimarte, ya que quererte no pueda, ven a mí honradamente con tus disculpas; no me traigas las mentiras endulzadas y las perfidias que usáis en las Cortes...

—Allá se quedan las ficciones; aquí vengo a declarar inextinguible el amor que te tengo, Fernanda.

—Mentira, mentira —replicó la hija de Ibero, firme en su proceder rectilíneo. Era un alma enteriza. Desconocía las sutilezas de lenguaje que sirven para soslayar el pensamiento con adornadas curvas; no usaba nunca el lenguaje irónico ni las figuras tortuosas; en sus cariños como en sus anti-

patías jamás gastaba términos medios; no sabía poner sordinas ni apaga-
dores en la ruda expresión de la verdad.

Repitió don Juan sus ditirambos amorosos. El niño que hay siempre
dentro del calavera o libertino le sugería procedimientos muy elementales:
arrojar sobre la mujer engañada flores bonitas y galanos requiebros. Creía
que Fernanda era como las demás, y en esto se equivocó, poniéndose en el
orden de los profesionales de amor más adocenados, conforme a la dege-
neración del tipo en el siglo XIX. La enamorada doncella se levantó, protestando del artificioso galanteo. Con empañada voz le dijo: «No te canses,
Juan: tus flores me parecen flores de muertos... Flores de trapo. Llévalas
a la rubia de Subijana, y en ella se volverán flores vivas, frescas, naturales.
Bien cerca la tienes... Ha sido ella más dichosa que yo. Pero no debemos
quejarnos... Al mundo venimos para eso, para que unos pierdan y otros
ganen... Yo he perdido...»

Saltó Urríes con una gallarda negativa... Céfora no le interesaba. Era un
conocimiento, no un compromiso. No era caso de amor, sino de piedad
de una huérfana desvalida. Con un *no hablemos más* dicho con entereza,
ahogando su pena hondísima, puso Fernanda punto en la conversación, y
se dirigió a la puerta. Su andar y su gesto eran como si arrojara y pisoteara
las flores contrahechas con que el galán quería reconquistarla. Y saliendo
ya, dijo: «Todo lo tenemos hablado... Lo que falta te lo dirá mi tía.» Desapareció, y en el rato que estuvo solo, coordinó don Juan sus pensamientos,
y analizó los de Fernanda. «Es muy particular —se dijo— que su celera y su
enojo señalen exclusivamente a Céfora... De Mariana ni una palabra. Sin
duda hay aquí un equívoco que debo aprovechar.»

No tuvo tiempo para más reflexiones. Entró Demetria, que deseando
terminar pronto, evitaba toda prolijidad. «No puede usted figurarse, don
Juan, el estrago que ha hecho en la familia, en nuestros corazones. Ya
le queríamos a usted, ya le teníamos por nuestro... Reconozca que su
comportamiento no ha sido como esperábamos. La corrección no parece
por ninguna parte. ¿Qué? ¿Se ofende de lo que le digo? Peor sería para
usted que se lo dijera Santiago... Ya, ya sé lo que usted me contestará...
que en la vida no se hace todo lo que se quiere; que cuando menos se

piensa saltan obstáculos insuperables. Naturalmente, no es el corazón el que manda en todos los casos... Mandan los intereses...»

Por la primera brecha que Demetria le dejó libre, se coló Urríes con sus disculpas, comenzando por manifestar que su pena era de las que no admiten consuelo... que amaba a la familia Ibero tanto como a la suya, y acabó declarando que, en efecto, existían obstáculos; pero que acerca de ellos no había dicho aún en su casa la última palabra. «Dispénseme, don Juan, si me permito desmentirle —replicó Demetria triste y obstinada—. La última palabra está dicha ya; los dos hermanos se han entendido; usted se casará con la dama de Priego... Todo lo sabemos aquí; solo está ignorante de ello la pobre Fernanda, a quien hemos ocultado la verdad para que su herida no sea tan dolorosa. Hemos tenido la desgracia de perderle a usted... Digo desgracia, porque para nosotros era felicidad contarle en nuestra familia. El conde de Ben Alí, que según parece no admite oposición a su autoridad, ha sentenciado... Es inútil que usted nos hable de su desconsuelo... Creo en él; creo que usted no va con gusto en ese machito del casorio con la viuda... Pero resígnese y háganos el favor de retirarse y de no volver por acá. Mi marido y mis hermanos Gracia y Santiago no apreciarían esta visita de usted como la aprecio yo...»

Quedó el caballero un tanto apabullado con estas severas y delicadas razones, a las que por el pronto no supo responder más que con declamaciones caballerescas, de las cuales tenía bien surtido repertorio. Y Demetria, visiblemente afectada, con lágrimas en la voz, ya que no en los ojos, le despidió con frases de intensa ternura: «¿Ha traído usted las cartas de Fernanda para entregárselas como es uso y costumbre en todo rompimiento de noviazgo? Porque ella tiene ya dispuestas las de usted en un paquetito. Y para que se vea si es inocente y angelical esa criatura... Esta mañana, hablándole yo de la obligación de devolver las cartas, me dijo: «Tía, ya las he reunido en un paquete; pero lo até con una cinta rosa, y estoy buscando una cinta negra para que lleven la expresión de muerte que es necesaria, indispensable.»

Contagiado de la emoción de la dama, uno y otro en pie para la despedida, don Juan no quiso rematar la visita sin dar también su nota de ternura y delicadeza. «Yo he traído las cartas de ella; pero las dejé en Miranda... El

144

corazón se me rebelaba contra el trámite doloroso de rompimiento... y me decía que esta visita no podía ser la última. ¿Me permite usted, señora, que me despida de Fernanda y solicite nueva entrevista para el cambio de esas que vienen a ser papeletas de defunción, signos de muerte, el corazón suyo y el mío devueltos, como lo que no fue poseído, sino prestado?»

—¡Ay, no!... No puedo consentirle a usted nueva entrevista, caballero. Despídase usted de ella en forma vaga, sin afirmar ni negar que se ven por última vez... De este modo la separación no será tan desoladora para ese ángel... Véala usted en el jardín *(acércanse a la ventana)*... Allí está regando los claveles con las dos muchachas que aquí le hacen compañía... la una es sobrina del cura del pueblo; la otra es *Boni*, hija del que fue escudero de mi esposo y hoy el criado más antiguo de mi casa... Es hermana de Sabas, un muchacho que sirve en la fonda de Miranda... Observe usted a mi sobrina. ¡Qué bien disimula su pena! Ríe, y a ratos canta... Mientras esté usted aquí, sabrá mantenerse entera y tragarse sus amarguras. Salga usted, baje, despídase con su habitual cortesía... Yo no intervengo, no quiero intervenir; le dejo a usted solo, y fiada en su caballerosidad le veré desde aquí... Después, nada... Vuélvase a Madrid, y de la devolución mutua de cartas me encargo yo. Mándeme usted su paquete, las de ella; yo le enviaré después a Madrid, con un conductor del tren, hombre de toda confianza, el paquetito atado con cinta negra... y *requiescat in pace*. Todo queda muerto y sepultado... Pero los corazones revivirán... Usted será feliz con su viudita opulenta, y a mi sobrina, que es mujer de grandísimo mérito, no le faltará un buen partido... y también será feliz... Yo soy un ejemplo de este revivir de los corazones, mejor dicho, mi marido es el ejemplo. Amaba locamente a otra, y yo me di mis trazas para ser su verdadero amor, el amor de toda su vida.

Descendió al jardín el caballero, y reuniose con Fernanda junto a un grupo de altos rosales. Los que fueron novios quedaron a distancia de las dos muchachas, en un sitio desde el cual podía verles Demetria. El taimado caballero, ducho en artes de amor, evocó en la mente todo su poder sugestivo y magnético... En breves instantes y contadas palabras había de crear una nueva situación sobre las ruinas de la antigua. «Fernanda —le dijo poniéndose en el rostro la máscara patética que usaba en las críticas ocasiones—, no ates el paquete de tus cartas con cinta negra, por Dios te lo pido... Lo negro es signo de muerte, y nuestros corazones quieren vivir, pese a quien pese. El paquete de tus cartas lo dejé en Miranda. Viene atado con cinta verde, que es color de esperanza. Lo que hoy parece rompimiento, no lo es... Yo me sublevo contra tal absurdo, y para darte mis razones necesito una entrevista, solos los dos... Cerca de aquí, en el campo, donde tú digas.»

—Eso no puede ser —replicó ella con temblor de voz, que de los labios a todo el cuerpo le corría—. Eso nunca. Hemos concluido para siempre.

—Piénsalo, vida mía, y no me empujes a la desesperación.

Con pérfido arte lo dijo, revistiéndose de una dramática gravedad que admirablemente realzaba sus ademanes varoniles. La inocente y crédula Fernanda se enganchó en la fina red arácnida de cazar moscas.

«La desesperada soy yo, Juan; yo, que... Pero cuanto digamos ya es inútil. Vete pronto... Déjame. No volveremos a vernos... ¿Pero qué has dicho?»

La pobre criatura vacilaba entre darse por muerta y recobrar nueva vida. El galán echó el resto, y con aparatosa ficción romántica que le agigantaba, dándole a los ojos de ella mayor gallardía y hermosura, se expresó así: «Concederme o negarme la entrevista, es como decidir que yo viva o que muera. Es tristísimo que no pueda yo contarte mis horribles penas. ¿Eres tú acaso más mala y más perversa que mi destino? Bien. ¿No quieres volver a verme? En ese caso, me sentencias a desaparecer del mundo.»

—¡Oh, no! Juan, no.

—¿Concedes la entrevista?

—No puedo.

—Pues yo podré. Adiós, Fernanda. Me verás otra vez. Adiós.

Hizo las reverencias y figurado saludo de quien se despide con *forma vaga*, como había indicado la señora, y salió. Corriendo en su cochecillo hacia Miranda, el caballero no iba triste. En su alma aleteaba la ilusión de empalmar los pedazos rotos de su historia de amor. Pensando en ello, acariciaba este hilo de zurcir que ingenuamente había dejado caer Demetria: *Boni, hermana de Sabas, el mozo que sirve en la fonda de Miranda...*

XXII

Con ardor empezó Urríes su trabajo apenas llegó a la estación; que en tales campañas no conocía la pereza ni dejaba perder los minutos. Con dinero y saliva conquistó fácilmente a Sabas, el cual no puso reparo a intervenir en el negocio, siempre y cuando no fuera para cosa mala. Muy adicto a la familia, y tan fiel como su padre y su hermana, no asintió a las proposiciones del caballero sin echar por delante sus escrúpulos: «¿Pero todo esto, don Juan, es para casarse?»

—Sí, hombre. ¿Pues para qué había de ser? ¿Por quién me has tomado?

Y con explicaciones enfáticas, de inventiva novelesca, le dejó en pleno convencimiento de que colaboraban en la paz de la familia. Sin perder tiempo, se puso el bueno de Sabas en comunicación con Boni... Esta se encargaba de persuadir a la señorita. Todo a pedir de boca se arreglaría, porque el jardín de la casa de Bergüenda lindaba con otro enteramente abandonado y en poder de caracoles y babosas. La entrada era facilísima de noche, sin que nadie lo advirtiese. Tapia de poca altura separaba los dos jardines, y en ella podían hablar los novios, cada uno por su lado, sin aproximaciones ni tan siquiera *cogerse las manos*. Lo malo era que el perro guardián seguramente con sus ladridos daría la voz de alerta. ¿Cómo se arreglaba esto?

Y el buenazo de Sabas, rascándose la testa, halló al fin la solución y la manifestó con llaneza ruda. «*Dejaivos* de jardines con caracoles, y del perro y la tapia, y los *incomenientes* que pasan. ¿No *saléis* tú y la señorita a prima noche para *irvos* al rosario en la iglesia?... Pues, coni, en vez de entrar en la iglesia, *meteivos* por el callejón que sale al juego de pelota y a las choperas del camino viejo, por *onde* no pasan ni las ánimas; que ya no andan ánimas *dende* que la Revolución quitó el Purgatorio... Allí estaremos don Juan y yo, y allí pueden hablarse los novios... que en media hora, coni, tiempo tienen de decir lo que quieran tocante a casamiento, y tú y yo apartadicos sin quitarles ojo, para que no *haiga* pegazón de personas una con otra, ni besos mismamente, *cétera*...» A ciegas aceptó Urríes este plan, por no tener medios de ejecutar otro. Entregábase al acaso, fiando en su suerte loca; contaba con lo imprevisto, que rara vez deja de ser favorable en las comedias vivas de amor.

Llegó, pues, la noche fijada para la cita. Acudió el primero don Juan: llevaba coche cerrado. No tardaron en destacarse de la sombra nocturna las figuras de Fernanda y Boni. Todo resultaba tal como lo calculó el experto Sabas, que andaba por allí ceñudo y vigilante, sin otra mira que el honor de la familia. Las intenciones de Urríes no eran buenas; pero su apetito *donjuánico* no tenía suficientes arrestos para proceder conforme al uso de los tiempos heroicos del libertinaje. La sociedad comedida y reglamentada del siglo XIX, no permitía ciertas audacias. El rapto en el coche, burlando de un puntapié o a cuchilladas la vigilancia de los servidores, era un delirio anacrónico. Robada Fernanda, ¿qué haría después? Estábamos en un siglo imposible, todo alambrado de leyes, reglas y miramientos. El ideal supremo sería tener dispuesta una casa próxima; entrar en ella con la hermosa joven; platicar juntos y solos en la forma más íntima, sin reparo de los desvaríos a que la mutua pasión les condujera, y después volverla al hogar paterno, quedando todo en secreto, con o sin consecuencias visibles en corto plazo. Esto era lo procedente y lógico en un siglo de amaños, hipocresías y ziquizaques. Y la Humanidad iba perdiendo en ello, porque los males de la fuerza fueron siempre menos malos que los de la astucia.

Ya en el terreno, mano a mano con Fernanda (y las manos de él no osaban ir más allá de las de ella), vio don Juan que se había equivocado de lugar y ocasión. Otra cosa ideó y presumió su acalorada mente de burlador. ¿Qué hacían allí las estatuas sombrías de Boni, Sabas y la señorita del pueblo, como representantes ñoños de la moral? Los mirones o testigos profanaban la santidad de la poesía, y convertían en copias insulsas el poema donjuánico... En la corrección de la entrevista, el pensamiento dominante de Urríes era recabar de Fernanda promesa de nueva cita, para lo cual precisaba reentablar sigilosa correspondencia entre la casa de Bergüenda y Miranda. Negose la hija de Ibero, y encastillada en su honestidad tanto como en su agravio, acudía veloz al cierre de todas las brechas que el galán abría. En el corazón de la enamorada joven, el odio a Céfora era una llama inextinguible. A Céfora tenía por autora de los tormentos que le ocasionaba el desvío de don Juan; y mientras más bello y seductor a sus ojos se presentaba el hombre amado, más terriblemente crepitaban las llamas del corazón, y más acerada y persistente era la idea fija, semejante a una brújula montada en el cerebro.

Con todas las artes de su ingenio fecundo se aplicó Urríes a desmontar aquella idea fija. Recelar de Céfora era ver visiones y asustarse de sombrajos. Aferrada tenazmente a sus odios, Fernanda insistió, diciendo: «Es verdad; no deliro. ¿Por qué estás aquí sino por estar cerca de ella?» Viendo que las sutilezas de su imaginación no daban juego, don Juan tomó el caso a broma; ridiculizó a Céfora, agregando chistosas comparaciones y conceptos saladísimos. Fernanda sonreía; pero aunque la sonrisa podía parecer señal de debilidad, continuaba rebelde al convencimiento. Repitió don Juan muy en serio su declaración de que la rubia de Subijana no significaba para él más que las invisibles pajaritas del aire.

Fernanda era religiosa; creía que los juramentos obligan y son prendas de veracidad. Su candorosa fe, un poco rutinaria y formalista, respondió a las ardientes afirmaciones del galán proponiéndole que jurase lo que había dicho. ¡Buen cuidado le daba a Urríes complacer a su amada, y pasarse jurando toda la noche! Los juramentos dramáticos y líricos no tuvieron fin: juró por Dios y por su madre, es decir, por las dos madres, la de Dios y la del caballero, a la cual este suponía muy bien aposentada en la mansión de los justos. Quedó así Fernanda consolada o en disposición de creer, y dando por terminada la entrevista, ofreció conceder otra en breve plazo, y decidir en ella si reanudaban el carteo. Separáronse, él con pasión declamatoria, ella con ternura reservada. Triste y un tanto alicaído se retiró Urríes a Miranda. No le resultó la novelesca cita tal como él la soñara y presintiera. Pero en su riquísimo arsenal de pertrechos amorosos hallaría resortes, trampas y redes más eficaces.

En este lugar de la narración se marca una coyuntura que desvía los sucesos y los empuja por derrotero no previsto. Un personaje, una mujer ya mencionada, aparece ahora como activa palanqueta en la máquina de esta ejemplar historia. Era Nievecitas, sobrina del cura de Bergüenda, bondadosa y honesta joven, agradable de rostro, menudita de cuerpo, un poco y un mucho picotera, y tan comunicativa que antes reventara que guardar un secreto. A los tres días del careo nocturno, llegose a Fernanda y muy compungida, casi llorosa, le dijo que don Juan de Urríes visitaba las más de las noches a Céfora, en un caserío pobre de las inmediaciones de Salinas... Para evitar su paso por Bergüenda, el traidor tomaba la línea de Bilbao hasta Pobes, donde ajustado tenía un coche...

El primer efecto de este jicarazo en el ánimo de Fernanda, fue una estupefacción parecida a la insensibilidad; siguió la cólera, el ciego creer en lo que oía; vino después la duda... Nieves mentía... Repetía cuentos y chismajos... A estos angustiosos estados de alma que cambiaban rápidamente, sucedió un repentino desbarajuste nervioso como arrebato de locura. En la sedación de su delirio, cayó Fernanda en la taciturnidad sombría, lúgubre. Guardó en el alma el secreto de su aflicción con heroico y casi increíble disimulo. La violencia que hacía sobre sí para no dejar traslucir su congoja, parecía superior a las fuerzas humanas: divina fuerza era sin duda.

El primer cuidado fue que los tíos no sospecharan la grave desazón de la señorita. Conseguido esto, en su aposento y en los paseos vespertinos Fernanda tramaba con Nievecitas y Boni tenebrosa conspiración. Se le había metido en la cabeza comprobar por testimonio de sus propios ojos la traición de Urríes. Amiga y criada trataron de apartarla de aquel propósito; mas antes lograrían que saliese el Sol por Occidente. La hija de Ibero podía romperse y morir; doblarse y transigir, nunca. Era un ser fundido en una sola pieza, y no había medio de tomar una parte de ella dejando lo demás.

Las conspiradoras recibieron de Miranda un soplo interesantísimo. Algunas tardes salía don Juan por la línea de Bilbao, diciendo que iba a visitar a un amigo en Orduña o en Amurrio. Regresaba al día siguiente. Sin decirlo claro, quería pasar por conspirador, y aires de tal se daba. Esto a nadie sorprendía en tiempos de tanta libertad, y de tan activas y variadas propagandas por el achaque de buscar Rey... Una tarde, después de comer en la estación, se metió Urríes en el mixto de Bilbao. Al poco rato se apeaba en Pobes. En un coche que prevenido y bien pagado tenía, partió por la carretera de Nanclares a Espejo. El camino era tortuoso, costanero, y el paisaje melancólico se entristecía más al caer de la tarde, cuando las últimas luces del día se acostaban en él soñolientas.

Don Juan se distraía contando los robustos y frondosos nogales que en aquel país se ven frente a todas las casas y en la proximidad de las iglesias. La penumbra los agrandaba, la sombra los ennegrecía, y sus formas corpulentas querían ser ante la imaginación figuras de abades panzudos o de atletas acurrucados bajo inmensos paraguas. En su vagorosa observación, así pensaba el caballero: «En la madera de esos árboles, que puede ser algún día mi cama, mi mesa, mi ropero, duermen ahora los pájaros tan tranquilos...» Luego, enzarzando ideas, se decía: «A diferencia del hombre, los pájaros no aman nunca de noche... De día se dedican al canto, a sus amores y a robar para comer... El ser que no ama, no vive. Como el pájaro busca el grano, busca el hombre a la mujer, y donde la encuentra, allí se para y come... toma lo suyo y lo ajeno...»

Entre pensativo y adormilado, llegó a un caserío pobre, a la entrada de Salinas. La noche era oscura y cálida; el lugar hondo, medroso, solitario, entre cerros y peñas. Próximo estaba el pueblo, y ninguna calle de él se veía. No faltaba, frente a la casa, el nogal pomposo que dormía envuelto en su capa o copa, tapándose desde el tronco a la coronilla. Salió la casera al encuentro de don Juan y le dijo que la señorita no había llegado. Coche y cochero pasaron al corral, y Urríes entró renegando en la casa, pues los plantones le enojaban, como hombre acostumbrado a que los gustos y bienandanzas se le viniesen a la mano. Condújole adentro y arriba la mujer, prevenida de un candil, por escalera crujiente y sollado de castaño, que respondían a las pisadas con quejas y chirridos lastimosos. En una estancia bien puesta y limpia entraron. El galán se dispuso a esperar; preguntole la casera si quería tomar algo; negose don Juan mohíno: tomaría tan solo paciencia. A su pregunta de si la señorita tardaría mucho, respondió la mujer que nada sabía, y que la tardanza podía ser corta o larga, según... Total, que era forzoso ponerse en manos del tiempo, árbitro de los plantones de amor.

La noche había de ser para don Juan penosísima; noche de fastidio y rabia, porque el plantón no acabó ni con el día. Fue una soberana burla del tiempo y del amor confabulados, un bromazo cruel, aunque no tanto como él merecía. A las doce perdió la esperanza de ver a Céfora. Ya cerca de la una, prefirió el galán dormir, y se tendió medio vestido en la cama, que no era mala, aunque sí de las de música, pues en cuanto el cuerpo se movía en ella, las secas hojas de maíz y las maderas de la armadura cantaban y reían como enemigas del sueño del huésped. A pesar de esto, durmió cuatro horas con leves interrupciones de picotazos; que no faltaron pulgas feroces, asesinas...

Temprano dejó las ociosas y musicales pajas, y desayunándose con un buen chocolate que le dio la casera, preguntó a esta el camino más corto para entrar en las salinas sin pasar por el pueblo. Precisamente del caserío a las salinas había poco que andar, aunque ello era por vericuetos. Subiendo por un senderillo que arrancaba del nogal, se llegaba a una pared de piedra seca, deshecha en diversas partes y con practicables boquetes. Guiado por estas indicaciones, allá se fue don Juan seguro de encontrar a Céfora, que todas las mañanas, antes o después de misa, daba un paseíto por los dominios de la blancura.

Alguna noche estuvo Urríes en las salinas; de día, el espectáculo de aquella singular explotación del agua salada, le dejó maravillado y suspenso. Era un ancho y profundo barranco, cuyas dos vertientes habían sido convertidas en estanquillos o balsas de madera, escalonadas como los jardines de Babilonia. Estacas verticales soportaban estos tenderetes; los más lejanos parecían galerías o pórticos guindados unos sobre otros; las superficies altas, donde se estancaba el agua para someterla a la evaporación, eran de una horizontalidad perfecta. Los soportes y algunos trozos de muro que servían de armazón a tan industrioso artificio, ofrecían la complejidad y variedad más pintorescas. De una parte a otra, y aun por todo el espacio que separaba las dos vertientes del valle o encañada, corrían los cauces de madera, conductores del agua. Esta bajaba del manantial y se distribuía por la enmarañada red de canalillos altos y bajos. Lo que daba al paisaje una singular y exótica hermosura, era que al evaporarse el agua salobre, en los trayectos quebrados o rectilíneos que recorría y en la entrada y salida de los estanques, dejaba por todas partes cuajarones de sal. Aquí colgaban témpanos y estalactitas, allí corrían cristalinas cuerdas horizontales. Estos efectos, los de las pilas de sal ya recogida, y la nitidez alba de los embalses, daban la impresión de un país nevado o de una ciudad de pórticos, en parte de madera, en parte del más rico mármol de Paros. La general blancura superaba con mucho a la de la nieve, por el brillo y claridad que la viva luz y los directos rayos del Sol daban a tan espléndido conjunto. No se cansaba Urríes de contemplar el bello, gracioso y divertido espectáculo:

iba de una parte a otra buscando las variadas perspectivas, cuando vio a Céfora que sola y leyendo un librito avanzaba por la linde de los más bajos estanques. Había entrado por el portalón que comunica las salinas con el pueblo. «Ahí viene esa loca —se dijo Urríes andando hacia ella por los blancos senderos en que la sal pisoteada tenía el brillo mate del esmeril—. ¡Y qué guapísima! ¡Cómo realzan su belleza dorada estas nieves, hijas del Sol; estos templos de sal!...»

XXIII

Cuando a la dorada beldad se acercó el caballero, alzó ella del libro los ojos, y sin mostrar alegría ni pena, con fría tranquilidad, le hizo este saludo: «Ya contabas con encontrarme aquí. Buenos días, Juanillo loco.»

—Contaba encontrarte, sí; pero no pensé que trajeras por delante al amigo San Agustín, que sin duda es el culpable del plantón que me diste anoche.

—San Agustín, no, ¡pobrecito! Échame a mí la culpa. ¿De veras te ha dolido el plantón? Me alegro mucho. Juan... ¿Para qué estamos en este mundo más que para sufrir?... Reconoce, amigo mío, que mis desgracias, esta humillación en que vivo, me dan derecho a mortificar.

—Pero a mí no.

—Mortifico a los que me quieren, Juan. Así me querrán más.

Esto decía con frialdad lacerante, que al caballero confundía, dándole impresión parecida a la del frote de un rallo en lo más sensible de la epidermis. Cuando así hablaba Céfora, don Juan creía ver en los ojos de ella un resplandor extraño, como si el azul celeste se cambiara en verde cenagoso. «Hoy vienes en la más cargante de tus fases... porque tienes fases, Céfora, como la Luna... Tienes crecientes deliciosos, y menguantes horribles... Te suplico que hoy, en compensación de la noche boba que me has dado, me presentes la fase amorosa...»

—Sí que soy lunática... Pero no esperes hoy la fase bonita. Estoy en la hora antipática y en el menguante de hacerme aborrecible... Vámonos por aquí, y metámonos en aquella cueva, que estos salineros todo lo ven, y llevan cuentos a mi tía.

—Vamos a donde quieras. Y ya que nombras a tu tía, dime si anoche has tenido con ella algún zipizape... Eso me explicaría mi plantón y tu displicencia.

—Anoche no hemos reñido. Nunca reñimos; pero siempre estamos distantes una de otra, en espíritu. Mi tía es amable... Amable como las serpientes que miran con tiernos ojos antes de enroscarse en la víctima. Carolina no me arroja de su lado; espera que yo me vaya; lo espera sentadita, sin decirme una palabra dura ni agria... Me arroja de sí con este dilema: «O monja o casada.» Hace dos días me propuso por marido a un chico del pueblo, que tiene cuartos... hijo de un tendero de aquí, valenciano, que vende alpargatas, loza ordinaria, con especialidad en orinales, esteras, pelotas y muñecas baratas, de esas que miran con ojos espantados. El que quieren que sea mi novio es gordo y lucido... Siempre está sudando... Los ojos tiene asustadicos, como los de las muñecas, y como ellas está lleno de serrín. Su orgullo es jugar bien a la pelota, y cuando sale del trinquete trasuda horriblemente y apesta... Pues el otro punto del dilema es el convento de las monjas de la Esperanza, a media legua de aquí. El clérigo que se compinchó con mi tía para meterme en la Esperanza me ha resultado grilla. Carolina me mandó que oyese sus consejos... ¡Vaya una catequesis que se gastaba el hombre! Me hizo una declaracioncita muy mona... que le gusto mucho... que en vez de entrar en la Esperanza me arregle con él en clase de ama con visos de sobrina... que seremos muy felices.

—Ya ves, Céfora —dijo el caballero gozoso— cómo al fin tienes que venir a parar a mí... Rechazas el novio gordinflón; desprecias el curita hipócrita... Pues vente conmigo, tontuela... Te escapas bonitamente una mañana... yo te llevo a Madrid. Tendrás una linda casita... y...

Buscando soledad y frescura, pues picaba ya el Sol, se encaminaron a uno de los grandes huecos que los pórticos dejan entre sí, bajo el maderamen de los estanquillos. Eran como cavernas de fondo desigual, según la forma de la roca o conglomerado terroso en que se apoyaba todo aquel tinglado. Allí se veía la sal apilada en montones, bloques endurecidos que semejaban esbozos de marmóreas estatuas. En algunos trozos, la imaginación veía intentos de modelado de figuras, y golpes del escoplo de Fidias.

—No me hables a mí —dijo Céfora sentándose en la sal blanca y dura— de linda casita en Madrid, ni de nada de eso... ¡Bonito papel el mío!... No quiero casamientos de mano izquierda, mientras das la derecha en el altar de Dios a la señorita de La Guardia. Entre paréntesis... la he visto... ¿No sabes que estuve la otra tarde en Bergüenda con unas amigas? Es bonita tu novia, solo que su hermosura va diciendo: "¡qué tonta soy!...". Pero no hablemos de eso ahora... y a lo que iba. En ningún caso aceptaré lindas casitas, porque resueltamente me decido por la vida religiosa... Si un clérigo indigno turbó mi alma, otro dignísimo me ha dado la paz... A él debo el afianzarme en mi vocación... ¿Quién es, me preguntas? Pues un sacerdote ejemplar, un sabio, un santo que vino aquí a misiones... hoy no está en Salinas; mañana volverá. Él me ha marcado el camino único para llegar a la paz que ambiciono; él me ha reprendido mis liviandades contigo, me ha enseñado a evitar las tentaciones...»

—Pero tú no le harás caso, como no te coja en alguna de tus fases de tontería... Eres voluble... yo te cogeré al fin en una voltereta de las que miran hacia mí... y contra clérigos y beatas.

—No lo harás, Juan. Esta veleta no mirará más para tu lado. ¿Qué puedo esperar? Posición social no has de darme... Yo ambiciono, ¿a qué negarlo?, ambiciono ser algo más que una inclusera pobre. La sociedad no quiere nada conmigo, bien lo veo. Cien maldiciones pesan sobre mí. Si me quedo en el mundo, pienso que he de ser muy mala, y que haré daño a cuantas personas vea junto a mí... ¿Quieres que te abra mi conciencia, y te deje ver mis anhelos y mis odios? Pues vas a verlo. Si te asustas, no culpes a mi sinceridad, sino a tu curiosidad. No necesito recordar mi triste origen, pues hace pocos días tuve el valor de contártelo. Mi madre era judía, mi padre cristiano... Me educaron en el cristianismo. Lo que este tiene de hebraico es lo que ha echado más raíces en mi alma. Soy hebrea por mi madre... ¿No recuerdas lo que te conté de esta? Pues por vengarse de mi padre, que la abandonó y me apartó de ella, ¿qué crees que hizo? Acecharle con un cantarillo de aceite hirviendo para quemarle la cara.

—Bárbara y loca venganza —dijo el caballero con súbito estremecimiento y contracción de su rostro—. Tu madre era una furia del infierno.

—Pues aquí me tienes a mí; también soy algo furia. Mi madre se llamaba *Mesooda*, que quiere decir *Dichosa*. Así me lo ha dicho mi director espiritual, que sabe lenguas orientales; yo me llamo *Nicéfora*, que significa... ya no me acuerdo... Cosa de *llevar algo*, no sé qué... Lo cierto es que... ¿lo digo?... Desde que tengo uso de razón, llevo en mi mano el cantarillo de aceite hirviendo... Creo que en mi naturaleza persiste el impulso aquel de mi madre contra mi padre... Pues verás: la otra tarde, cuando vi a tu novia, la señorita de La Guardia, al pasar junto a ella instintivamente levanté la mano... Con gusto le habría quemado la cara, convirtiendo su hermosura en fealdad repugnante... Estas perversidades mías he revelado a mi confesor, el cual me ha dicho que no hay para mí salvación si no abandono el mundo.

«Abandonando el mundo no te salvas —dijo el caballero asustado de la fase maligna de Céfora—. La soledad es lo más propicio a la perdición. Quédate en el mundo; hazte cargo de que este es un río, y tú un pedrusco anguloso... La corriente y el rodar continuo te irán gastando los ángulos y picos, y quedarás redondita y bien pulimentada.» Satisfecho de su idea, y más aún de la feliz imagen con que logró expresarla, imagen por cierto adquirida en una lectura reciente, don Juan miró a la rubia, buscando en su rostro alguna señal de conformidad... Pero el pensamiento de Céfora había roto el hilo de la conversación y suelto divagaba por espacios desconocidos. Las miradas de ella lo perseguían; cazáronlo al fin en los blancos lomos de una pila de sal cercana; lo trajo a sí, y a Urríes lo brindó con estas palabras: «¿Qué decías, Juan? Mientras tú hablabas, me distraje recordando un pasaje de San Agustín muy bonito, que me sé de memoria. Dice así: "Dios mío, fortaleza y salud mía, pequé, y tuvisteis paciencia; falté, y todavía me esperáis; si me arrepiento, me perdonáis; si vuelvo a Vos, me admitís, y aun si tardo, me aguardáis...".»

—Pues todo esto —replicó don Juan con el gozo que infunden las claridades de la lógica— está conforme con lo que te digo... ¡Yo de acuerdo con San Agustín!... Ya ves; *si tardo me aguardáis*. Quiere decir el santo que debemos vivir en el mundo, rodar por él, baquetearnos en sus luchas, y después... Yo he pensado en eso mil veces. Tiempo tiene uno de volverse a Dios... En fin, Céfora, que Dios nos aguarda hasta que seamos viejos.

—¡Tonto!... ¡Bonita manera de entender la virtud!

—Tu capellán, ese clérigo... Ese que llamas el Bueno, en contraposición al otro pillete que quiso tomarte de sobrina, ¿qué te aconseja?

—Pues que huya del mundo desde ahora, que me aparte del pecado... No creas que es demasiado rigorista, como esos que tienen siempre el infierno en la boca, y que por cualquier tontería o dame acá esas pajas la quieren meter a una en el fuego eterno... Es hombre ilustrado, conoce el mundo, y sabe persuadir sin asustar. Perdona con tal que no se le oculte ningún secreto del alma ni de la vida.

—¿Es italiano, es español?

—Entiendo que es húngaro, o polaco... Pero nada debe importarte este sujeto, enderezador de conciencias torcidas... Y ahora, Juan, bastante hemos hablado. Separémonos. Los salineros, y más aún las salineras, reparan en nosotros... No te quiero decir qué cuentos llevarán por el pueblo.

—No te dejo, Céfora, sin que me des tu palabra de reunirnos otra vez... Me debes una noche, y antes moriré yo que perdonarte esa deuda. Te perseguiré, te acosaré si no accedes, y si fuera menester acogotar o sacarle las tripas al clérigo polaco, hablador de tantas lenguas, cree que lo haré. ¿Quiere el hombre ser mártir para subir al cielo con palma? Pues lo será... ¿Te espero, sí o no?... Te advierto que si después de prometerme la cita, faltas a ella, habrá en Salinas una catástrofe... Piénsalo y decide.

Insistía Céfora en la negativa, primero ceñuda, después risueña. Supo don Juan emplear con hábil gradación sus medios sugestivos: primero amedrentó, poniendo en su rostro admirable ficción de ira; después atacó por la parte más flaca y peor defendida de la desigual fortaleza que debelaba. Bien sabía qué partes del muro se derrumbaban espontáneamente cuando el sitiador pedía entrada con ardiente lenguaje amoroso. Este era de seguro éxito para turbar la voluntad de Céfora, para enmarañar la red de sus nervios, encender su sangre y chamuscar su piel. Advirtió don Juan en los ojos de ella que el efecto se producía, y apretó más en la seducción para que el efecto no se perdiese en los días medianeros entre aquel instante y la noche de la cita. Pudo creer el hombre que, bajo la acción de sus palabras ardientes, la rubia crepitaba cual manojo de espigas arrojado en la hoguera.

«No me tientes, Juan» dijo Céfora temblorosa, apartándose de él para buscar asiento en otro montón de sal.

Con eléctrica prontitud pasó don Juan de un artificio de combate a otro que conceptuaba de más terribles efectos. Había herido el flaco de la sensualidad, y ahora la emprendía contra el del orgullo y vanas ambiciones. «Yo te llevaré a donde ahora no puedes soñar, Céfora; yo te llevaré a un estado social decoroso, como corresponde a tu belleza, a tu distinción nativa, a tu gracia inteligente; se te arreglará que tengas el nombre ilustre que te falta, que poseas medios de vida, que brilles, que triunfes, que seas como mereces, festejada y admirada. Sin mí te pudrirás en un convento tedioso y sucio, rodeada de imbéciles monjas; conmigo irás al esplendor de tu ser y de tus prendas naturales.»

—No me tientes, te digo.

—No es tentación; es amor por ti, es interés por ti, es ambición de llevar al mundo una mujer exquisita, para que me digan: «¿De dónde has sacado esa divinidad? ¿En qué cielo has robado ese ángel?»

Céfora temblaba. Apoyándose en los bloques de sal, se puso en pie. De sus labios caían, entre escupidas y habladas, estas vocecillas melindrosas: «Juan, huyo de ti, me voy... te tengo un miedo horrible.»

—Pero vendrás, vendrás a la cita —dijo Urríes asiéndola de la falda para no dejarla salir de la gruta—. Cada día que pase aumentará mi ansiedad hasta la desesperación. Nos reuniremos mañana... Fíjate... Mañana...

Y ella: «Salgamos, Juan, y disimulemos... Nada puedo prometerte... Dentro de mí está empeñada la batalla. Puedo ceder, puedo hacerme fuerte y no acudir... No sé lo que pasará de hoy a mañana... En la mano llevo el cantarillo de aceite hirviendo... Si lo vertiera en mi propia cara, repetiría el caso de una heroína española muy nombrada...»

—Déjate de heroínas, que no existieron más que en la imaginación de poetas malcomidos... Si llevas el aceite, puedes freírle la jeta a tu director espiritual, para que diga lo de *gato escaldado, etc*... Nosotros entendemos que sobre todo está el amor. Nuestra religión nos manda embellecer y alegrar las horas de la vida. ¿Vendrás?

—Vuelvo a decirte que no y que sí. Estoy en lo más terrible de la borrasca de mis dudas. Vámonos despacito por el borde de estos estanques. Hablemos sin dar a conocer que estamos en plena discordia... Pasemos con tranquilidad aparente junto a estos hombres y mujeres que aquí trabajan... Imagina tú los pucheros que se pueden sazonar con la sal que aquí se recoge.

—No divagues, Céfora; no desvíes la conversación —dijo el caballero con salobre amargura en su boca—. Quedemos en algo preciso. Yo te espero...

—Como quieras... Yo ignoro todavía si te daré plantón o no... En caso de que recibas plantón, echas a correr y me das por muerta para ti, Juan... No te sulfures: aguarda un poco. En caso de que yo descarrile, desde ahora te digo que no me retengas toda la noche... Volveré a casa antes que el gallo dé su primer canto, que es a las dos... Mi tía se levanta con el alba, y suele hacerme una visita de inspección... Teme que haya volado el pájaro... La Sagrario, que es mi discípula en perversidad, me aguarda, me abre la puerta del jardín, y protege mi paso a oscuras hasta la alcoba en que duermo... O no duermo.

Bordeaban los estanquillos, andando uno tras otro por angostos senderos blancos de esmerilado cristal. Y cuando dejaron atrás el grupo que con descarada observación les miraba, don Juan se paró y dijo: «Por tu madre, Céfora, no me faltes mañana.»

Y ella, con grave solemnidad, que degeneraba en picardía: «No invoques a mi madre, Juan, porque cuando la llevo dentro de mí, más dispuesta estoy a quemarte la cara que a las diversiones de amor. Invoca para esos devaneos a mi padre, a mi enamoriscado y ardoroso papá don Miguel de Zambrana, que no vivía más que para... ya lo sabes.»

—Pues le invoco... Descienda a ti desde el Cielo, o suba del Infierno el divino don Miguel...

—Tonto, no blasfemes... No hablemos más... Aquí nos despedimos. Yo me voy por el pueblo; tú sales por donde has entrado. Adiós... Retírate... No me sigas.

Y sin darle tiempo a la repetición de sus instancias, desapareció fugaz en las calles de Salinas. El galanteador de oficio retrocedió mohíno y meditabundo a las alturas, y traspuesta la tapia desmantelada, fue a esconder en el caserío su expectación, su cachaza venatoria. Largas horas había de aguardar en el puesto, hasta ver si la res venía o no venía. Se propuso entretenerlas paseando en coche y a pie por la comarca, camino arriba.

En tanto, Céfora pasó el día gozosa con las visitas que le hizo el espíritu de su padre. El *sacerdote de Venus*, después de asomarse al alma de la hija de *Mesooda* una y otra vez, acabó por meterse y anidar en ella risueño y desvergonzado, irradiando sensualidad. Con tal fuerza y estímulos dentro de sí, Céfora soltó el armadijo de alambres de su externa tiesura moral, y apenas cerrada la noche, escapose de la casa con ciego afán y andar sonambulesco. No era dueña de sí: al ser vicioso, a la caldeada sangre del padre obedecía... En ascuas la esperaba el galán, paseo arriba, paseo abajo, midiendo el tiempo, y el suelo del solitario y hondo camino. Cuando se cansaba de mirar a las mortecinas luces del pueblo, miraba a las estrellas. Unas y otras eran signos de cruel incertidumbre. En el prado circunstante, rodeado de peñas, se oía el coloquio de los rumores nocturnos: aquí el silabeo de las aguas corrientes, allá la nota cristalina de los sapos en celo... Llegó Céfora a la vista de don Juan. ¡Hosanna!... Juntos, enlazados los brazos, entraron en el albergue oscuro y silencioso... Allí se quedan... Historia y Fábula, corred vuestras cortinillas...

Antes que el gallo, puntual vigilante y cosmógrafo, cantase las dos, don Juan y Céfora salieron del caserío. Iban sin abrigo ni tapujo, confiados en la soledad del sitio y en la templanza del aire; hablaban sin secreteo, creyendo que de nadie podían ser oídos... No habían andado veinte pasos en dirección del pueblo, cuando unos rígidos bultos plantados en medio del camino parecían interceptar el paso a los amantes... Andando estos un poco más, pudieron ver que los bultos eran tres, colocados equidistantes, el del centro mayor que los dos laterales... Un paso más, y... Eran mujeres: las tres llevaban negro manto por la cabeza, sin ocultar los rostros... Ante aquellas extrañas y temerosas figuras, quedó yerto Urríes... Segundos no más duró su perplejidad. Comprendiendo que no debía pararse ni manifestar miedo, empujó a Céfora, y ladeándose pasaron ambos por la cuneta. Invertida la posición, los amantes avivaron el paso, y las tres figuras se volvieron de la otra parte. Una voz clara y fuerte dijo: «Lo he visto...» Don Juan no permitió a Céfora mirar hacia atrás... Ya iban a distancia cuando el canto del gallo rasgó el velo estrellado de la noche. Otros gallos cerca y lejos repetían... Repetía la voz de mujer, que ya no era voz, sino grito de vibrante sarcasmo, lanzado como bala en persecución de los fugitivos: «¡Eh!... Caballero, ángel... Os he visto...»

XXIV

Aún no iban lejos los amantes, cuando les alcanzó una piedra lanzada con recia mano. La suerte de Céfora fue que la peladilla pasó rozándole la falda. Si llega a darle en la cabeza, ¡pobre ángel de Dios! Otra piedra cruzó el aire; mas ya no pudo hacer blanco, porque el enemigo estaba lejos.

«No tires, Boni, no tires —dijo Fernanda a su criada, cogiéndole la mano que ya tenía la tercera piedra—. Sabes que eso no me gusta... ¿Qué adelantamos con apedrearles? Un par de tiros con buena puntería ya sería otra cosa. Pero no podemos, no sabemos matar... Vámonos, llevadme a Bergüenda. Nieves, Boni, no perdamos tiempo... Hemos de estar en casa antes de amanecer... Ya he visto lo que quería ver... y nada tengo que hacer aquí.»

—Ahora que lo has visto, lo crees.

—Ya lo creía... pero siempre me quedaba un poquitín de duda... Es bueno ver las cosas, por malas que sean, y apurarlas en toda su amargura, para que el alma descanse en una pena tranquila... Venga un padecer claro, sin incertidumbres ni falsas esperanzas. ¿Quién no preferiría la muerte a la agonía?

—Esta no es muerte, sino vida, salud —le dijo Nievecitas filosofando—. El suplicio que has pasado tiene ahora su término; la indignidad de ese don Juan es la mejor medicina de tu ceguera. Mi tío lo dice: «Niñas que estáis ciegas de amor, frotaos los ojos con el desprecio de los hombres... Despreciadlos y curaréis.»

«Por cura y por viejo —replicó Fernanda, dejándose llevar camino abajo—, no es tu tío el mejor médico para estas enfermedades del alma...» Dicho esto, sus labios figuraban un mudo monólogo durante el paso por las ásperas pendientes del pueblo. Calles abajo corrían las tres, como si un torrente las arrastrara, y sus pies ágiles no se detenían ante ningún obstáculo. Por fin viéronse en campo libre, y un instante se pararon para tomar aliento. «¡Qué pueblo más horrible! —dijo Fernanda desembarazando su cabeza del manto—. Hemos salido disparadas; hemos rodado por las calles, como si nos echaran a puntapiés... Yo estoy perdida de barro... Nieves, mira mis zapatos. ¡Ay, lo que más siento es llevarme barro de este pueblo!... Hasta el barro me ofende.»

—Puedes creer que el barro no tiene ninguna culpa: el barro es sucio... Al par que inocente —dijo Nieves rondando la filosofía. Siguieron su camino, el más del tiempo calladas, aplicándose en cuerpo y alma a sostener la vivaz andadura. A ratos Nieves y Boni bromeaban por sacar a Fernanda de su taciturnidad, y lo conseguían en apariencia. La desolada joven daba gusto a sus amigas respondiendo a las chanzas con palabras amables y hasta con risas, sin que por esto se acallaran los piporrazos lúgubres de la procesión que le andaba por dentro... Gracias al sostenido paso militar, llegaron a Bergüenda cuando los gallos, con alegre clarín, espantaban a la Pereza y mandaban descorrer el velo del Día. Con asistencia del cochero y hortelano que les habían favorecido en la escapatoria, entraron las tres de puntillas. No quisieron Nieves y Boni abandonar a Fernanda hasta dejarla recogida. La señorita les dijo que tenía mucho sueño y quería dormir; mas lo que hizo, en cuanto se quedó sola, fue desatar la pena que hinchaba su pecho y soltar el río de sus lágrimas.

Pensaba la triste doncella que su vida se había frustrado absolutamente; que ya no existía felicidad mundana de la cual pudiera obtener una parte, por pequeña que fuese. La persona gallardísima y las promesas de don Juan habían constituido en ella una segunda naturaleza, por no decir alma segunda. Muerto don Juan, por defección moral imperdonable, quedaba el alma de ella lo mismo que estuvo, encendida en tiernísimos afectos. Con el símil de una casa robada, expresaba Fernanda en sus soliloquios aquel estado de dolor inaudito. «Nada: ha entrado el ladrón en mi casa, en mi alma; se ha llevado todo lo que había en ella: felicidad, alegría, y él... El ladrón, se ha quedado dentro. ¡Qué cosa más rara! ¡Robarme todo lo que tengo, y quedarse dentro!... ¿y cómo le echo ahora?... Más raro es todavía que no quiero echarle... Quiero tenerle en mí como las cosas muertas que pasan a ser reliquias, recuerdos queridos que fueron muy amargos, y luego se van volviendo dulces.»

Ya fue imposible ocultar a los padres y tíos lo que había ocurrido. Después del rompimiento con Urríes, Fernanda tenía sobre su conciencia algunos actos realizados a espaldas de la familia, y que pedían inmediata confesión. Declaró, pues, la entrevista nocturna en las Choperas, el cambio de algunas cartas, y por fin el caso atrevidísimo de ir de noche a Salinas para comprobar la traición del que aún se daba el nombre de caballero.

Tanto Demetria como Gracia y Santiago afearon a Fernanda la audacia de este paso tan contrario al decoro de una doncella noble; reprendieron ásperamente a Boni, y dieron quejas a la sobrinita del cura. Por las explicaciones que mediaron, se tuvo conocimiento de la intriga con que las tres muchachas lograron su fin. Iniciadora fue Nieves, instrumento activo el sacristán de Bergüenda, el cual, compinchado con su colega de Salinas, armó un admirable espionaje, por el cual supieron los días y noches, la hora de las citas, y hasta lo que el galán y la diablesa rubia hablaban en su escondrijo. El *sacris* de Salinas, que era el primer pícaro de la comarca, oyó una noche, aplicando su ancho pabellón auricular al tabique de madera, que los enamorados pensaban romper por todo y casarse a lo civil, como personas públicas, luteranas y dañadas de concupiscencia...

Todo lo perdonaban los Iberos a su querida hija, con tal que sacudiese con firme voluntad la maligna ilusión que le quedaba en el alma. Una muchacha inteligente, virtuosa y bella no debía embobarse mirando los pájaros idos, pues estos no habían de volver, y si volvían, menester era recibirles a tiros... A vivir, a olvidar, a desocupar el corazón de viejas murrias y de ajados ideales para disponerlo a nuevos amores.

Aparentaba Fernanda someterse a estas exhortaciones; pero su espíritu se mantenía rebelde al convencimiento. Gustaba de estar sola para consagrarse con ancho y libre pensamiento a sus meditaciones, y dar mil vueltas al dolor, buscando la sutil alegría que esconde entre sus pliegues. Como no le permitían encerrarse de día en su aposento, por temor a que cultivara sus melancolías, refugiábase en la libertad de la noche; que los llagados de amor buscan su bálsamo en el pensar antes que en el dormir.

Por la proyección nocturna, los pensamientos de Fernanda, en aquel desfile de sombras ante su caldeado cerebro, tenían más semejanza con el sueño que con la realidad; eran una forma del dormir, y en cierto modo un descanso del cuerpo quebrantado y del alma dolorida... El primer delirio fue la idea de renunciar al mundo y sepultar su vida en un convento. Todas las almas juveniles rompen el vuelo en esa dirección cuando, azoradas ante la catástrofe del ideal de vida se lanzan a los espacios... Pero la hija de

Ibero no persistió en aquella dirección tenebrosa, y volvió las alas hacia el punto de partida, sintiendo repugnancia de la pasividad monjil en disciplina rigurosa.

En su segundo delirio se estacionó tanto la dolorida joven, que en él parecía querer fijar su alma. Empezó el ensueño por avivar enérgicamente la memoria de su hermano Santiago, por reverdecer el cariño que siempre le tuvo, por mirar con benevolencia su vagar aventurero y su alejamiento de la familia. De aquí vino un cambio radical en la manera de apreciar los hechos del fugitivo. Las que fueron extravagancias o locuras eran ya, si no razones, sinrazones con un reverso razonable. Todo en este mundo tiene su lógica transparentada cuando no la tiene a flor de superficie. Así, por gradaciones de benevolencia, la hermana admiró al hermano, y habría querido imitarle si la diferencia de sexos no fuera elemental impedimento. ¿Cómo dejar de admirar el primer arranque de Santiago, cuando se escapó de la paternal tutela de don Tadeo Baranda para lanzarse con Prim a la nueva conquista de México?... A este poema infantil siguió el de arrojarse con salvaje brío a la independencia, buscándose la vida por mar y por tierra, primero navegando con Lagier, después conspirando y batiéndose por Prim.

De recuerdo en recuerdo y de simpatía en simpatía, Fernanda llegó al último dislate de Santiago, que para la familia era de los que no admiten disculpa. Todo se le podía perdonar, menos la vileza de dejarse arrastrar por una mujer de mala conducta, huir a Francia con ella, y establecerse y ayuntarse con simulación de matrimonio, deshonra de su abolengo y atropello de toda ley divina y humana... Recogiose en sí la hermana del delincuente, y al examen de aquel problema trajo algunos datos nuevos, entre ellos la manifestación de un grande amigo de su padre, Jesús Clavería, ya brigadier, que, al volver de París en junio último, se detuvo en Vitoria por pasar un día en casa de Ibero.

La feliz memoria de Fernanda nos reproduce, casi con honores de copia, esta interesante declaración de Clavería: «Tú me conoces, Santiago; sabes que no puedo engañarte; usted, Gracia, sabe también que rindo culto a la veracidad. Pues óiganme y crean lo que digo... He visto a esos. No quise salir de París sin acercarme a la pareja y observarla bien, para traer a esta familia noticias auténticas, de las que no admiten duda... Esa Teresita, de quien hemos hablado con tan poco respeto, afeando su presente con su pasado, es una mujer extraordinaria... Todos nos equivocamos, y como yo fui el primero en denigrarla, quiero ser ahora el que rompa plaza en desdecirse y proclamar el error. Teresa es un caso inaudito de regeneración, del cual hay pocos ejemplos en el mundo... Yo creí que no había ninguno: he visto y comprobado el presente, y para que no me quedase duda, hice mi prueba con las investigaciones y testimonios más minuciosos. Me ha llenado de asombro el ver cómo esos dos que parecían locos, Santiago y Teresa, han resuelto el problema de la vida con un arte y una inteligencia que ya podrían imitar muchos cuerdos. Fundamento fue el amor, y ejecutantes del milagro dos voluntades poderosas. Yo he visto el milagro, y he llegado a los extremos de la admiración, que se tocan y confunden con los comienzos de la envidia.»

Amplió Jesús Clavería su informe, agregando que entre los dos ganaban ya veinte o veinticinco francos diarios, y que vivían del modo más ejemplar: de ello daba fe Madama Úrsula, la cual a tal punto llegaba en su confianza que había entregado plenamente a Teresa la dirección del negocio de encajes. La casa en que vivían los amantes, y así había que llamarlos aunque esto sonara mal en oídos gazmoños, era un modelo de orden y pulcritud... Teresa tenía tiempo para todo. En la vecindad no se oían más que elogios de *Madame Ibero*... itan bonita y tan buena!... Su marido, su trabajo, su casa, y no más.

París complejo, París integral y babilónico, tuvo siempre en su seno ejemplares de estas abejas industriosas, fabricantes de la miel doméstica y de las virtudes silentes, opacas, que rehúyen el cartel y hasta los menores ruidos de la fama. Estas virtudes, cualquiera que sea el sexo en que resplandezcan, necesitan el apoyo y estímulo de un ser del otro sexo, dotado de superior consistencia moral. En el caso de *Madame Ibero*, esta no habría realizado el portento de su rehabilitación, si no hallara en Santiago un robusto pilar en que asentarla.

Falta decir que en los más de los casos no era parisiense todo el oro de estas virtudes escondidas. Había parejas mixtas y parejas totalmente exóticas, que en el ambiente de la gran ciudad, tan rico en principios vitales, habían llegado a rehacer la existencia en nuevos moldes, encontrándose poseedoras de cualidades que procedían ciertamente de un tronco étnico lejano, pero que en él no tuvieron efectividad por causas invisibles. En presencia de estos fenómenos, el curioso trataba de indagar la causa o raíz de la fuerte concreción vital que París poseía. ¿Era por ventura la facilidad de la subsistencia, el vivir cómodo, la pronta y eficaz recompensa del trabajo, la puntualidad, la formalidad, el cumplimiento de las leyes, la blandura de estas, la soberana tolerancia religiosa, que por su extensión y benignidad más parecía obra de la naturaleza que de los hombres? Difícil era precisar las causas; bastaba con reconocer los hechos.

No se engolfó en estas consideraciones Clavería; pero apuntó la idea, llegó a sostener que el terreno lo hace todo, y que las plantas oprimidas en el semillero donde han nacido, no dan flores ni frutos hasta que se las pone en tierra libre y ancha, cruzada por cuantos aires, vientos y ventarrones quiera Dios mandar al mundo. Algo de esto dijo, sí, y si no lo dijo, lo mismo da. Lo que importa es que Fernanda recordó las informaciones de Clavería para encariñarse más con su hermano y llegar a lo más increíble: a no sentir despego, sino simpatía, por la compañera de la regeneración de él; por la mujer aquella de mala vida, que ya no lo era, pues algo excelso brillaba en su oscuridad.

Otro dato sobre lo mismo. Poco antes de salir la familia para Bergüenda y Sobrón, Fernanda sorprendió en el pupitre de su madre una carta a medio escribir. Sin duda, Gracia se olvidó de guardarla: era carta de tapadillo. El inflexible Santiago Ibero había decretado rompimiento de relaciones con el hijo rebelde, y el informe optimista y conciliador de Clavería no era tal que le moviese a cambiar de conducta. El primer impulso de Fernanda fue respetar el secretillo de su madre; pero la curiosidad pudo más que el respeto, y una mirada fugaz, deslizándose en la escritura, enganchó estos jirones de conceptos: «Hijo querido, tu padre se desenojará un poco si vienes a vernos. Ven, por Dios... Pero no puedes traerla... Eso nunca... traerla no... Mándanos su retrato... bien disimuladito para que tu padre no se entere... Deseamos conocerla... Clavería nos ha dicho...»

Con lo poquito que leyó, pudo Fernanda formar este juicio: su madre se dejaba rodar por la pendiente que arriba es rigor inflexible y abajo piedad...

¡Cuán difícil es sostenerse en los picachos del odio!... Cada día sería mayor la blandura de Gracia: el hijo ausente llamaba con fuertes aldabonazos en el corazón de la madre; la hija, por su parte, adelantábase a los demás de la familia, y abría desde luego su atribulado corazón al hermano querido, al aventurero, al vagabundo, al revolucionario, al amante de la Samaritana; y por no poner límites a su desbordada indulgencia y piedad, también absolvió y amó a Teresa... Ningún miramiento tenía ya que guardar la hermana de Iberito a la sociedad que la rodeaba. Fuérase la tal sociedad a paseo con todas sus morales triquiñuelas y sus necias hipocresías. Teresa era, según Clavería, un caso inaudito de regeneración. Pues a respetarla, a quererla, a morar con ella en espíritu.

Véase, pues, cómo en donde menos podía esperarse encontró Fernanda un alivio de su tribulación, y una salida al repleto embalse de sentimientos generosos que su noble corazón atesoraba... No hay forma de dar todavía explicación clara de este fenómeno: que Fernanda restañara sus penas con la felicidad de dos seres amantes. Entre el caso inocente y doloroso de la doncella enamorada y el caso de aquellos aventureros corridos, no había relación, contacto ni aun remota semejanza; ofrecían, por el contrario, en sus conclusiones brutal antítesis. La paloma candidísima que en su corta existencia no había hecho más que arrullarse en honestos cálculos de amor, se estrellaba en un terrible desengaño, que más parecía castigo. ¡Y ellos, los de París, los que habían sido malos, concluían dichosos! Pronto comprendió la joven que este criterio de cuento de hadas no podía ser aplicado a los casos reales de la vida... Ya iría entrando en conocimiento de la escondida ley, por la cual los pecadores pueden ser felices y las almas angélicas no... Mientras encontraba un criterio justo que aplicar a tan endiabladas contradicciones, Fernanda se entregaba al deleite íntimo de amar a los irregulares, y de traerlos a su lado para verlos y oírlos, como a viajeros maravillosos que conocían y contaban los secretos más dulces del vivir.

XXV

Buen acuerdo de los padres y tíos de Fernanda fue apartar a esta de los lugares que constantemente le recordaban su desventura. Partieron, pues, todos a La Guardia y Samaniego, y de allí, a los dos o tres días, se fueron a Vitoria, donde esperaban hallar más bullicio de seres, más variedad de imágenes, más rotación de sucesos, y el exceso de impresiones que, destilándose lentamente, producen el benéfico bálsamo del olvido.

Con excepción de las de Gauna, todas las señoritas de Vitoria desagradaron a Fernanda. ¡Cosa más rara! En algunas, que habían sido sus amiguitas, ya no veía más que insulsas muñecas que se movían y hablaban por mecanismo. Muchas de ellas no pasaban del *papá* y *mamá*; otras, en cambio, eran tan redichas, que fácilmente recaían en la indiscreción. Algunas, en su primera visita, plantearon la cuestión de don Juan. Con lenguas, ora despiadadas, ora zalameras, azotaron al caballero y compadecían a Fernanda, llegando a esa locuacidad cotorril que no se sabe si expresa pena o alegría.

A poco de residir en Vitoria los Iberos, corrieron por la ciudad (casinos, boticas, *Mentirón* y Florida) rumores de carácter un tanto novelesco, referentes a don Juan de Urríes. La fama del héroe popular andaluz, conquistador de mujeres, no cabía ya en los términos familiares, y propagándose por pueblos y montes, invadía el suelo pacífico y patriarcal de Álava. Cierto que en el trasplante se ajaban y desteñían los colorines de la poesía *donjuánica*; pero en la airosa figura quedaban todavía el penacho y caireles que el pueblo modificó a su antojo. Lo que principalmente constituía el aura popular de Urríes era su mano dadivosa, abierta siempre para el necesitado. En fondas y paradores no reparaba en cuentas, por desaforadas que fuesen; espléndidamente pagaba servicios de coches, recadistas y mediadores, y lo más bonito y seductor era que, a más del dinero, derrochaba la influencia política, prodigando recomendaciones, promesas de credenciales, efectividad de favores políticos, con lo que algún burlado esposo quedó más que satisfecho. En fin, que el don Juan indemnizaba, cual si acometiera y realizara sus aventuras por cuenta del Estado.

Véanse las lindas hazañas *donjuanescas*, según el vulgo las refería. En Orduña, con solo una tarde de trato y dos o tres horas de la noche, enamoró, sedujo y enloqueció a una hermosa y hasta entonces honestísima señora casada. A los tres días de esta horrenda catástrofe moral, paseaban juntos los tres... Es a saber, don Juan, la señora y el marido de esta... A quien ya se indicaba para una plaza de *joven de lenguas* en el Ministerio de Estado. (Era francés el tal, y mascullaba dos idiomas a más del suyo.) En Ulibarri Gamboa engañó don Juan a una linda muchacha que estaba para casarse. La encandiló con solo un palique de media hora, echándole unas flores tan bonitas y al propio tiempo tan demoniacas, que la pobre chica, según contó después, no supo lo que le pasaba...

Luego ivaya por Dios!, resultó que no hubo la malicia que al principio divulgaron las ociosas lenguas... El novio, que había sufrido un ataque de pataleo furioso y rabia blasfemante, estaba ya más calmado; poco a poco iba remitiendo su desconfianza, y no tardaría en descansar a la sombra de las palmeras de la fe... Del buen cura don Prudencio Virgala, tío de la joven, varón sensato, conciliador y pacificante, debe decirse que a los seis meses del escándalo se consideraba ya con toda seguridad canónigo de Calahorra... ¡Y que no estaba poco ufano el hombre, viendo realizado al fin, por tan tortuosos medios, su ideal eclesiástico desde que cantó misa!

En Villarreal, Nanclares, Salvatierra y otros pueblos, siguió don Juan dando sus golpecitos de escandaloso libertinaje, con fugaz alboroto de los vecindarios inocentes. Pero todo terminaba con pacífico arreglo y pródigas mercedes del burlador. Prenda de paz solía ser una concesión de carretera por el Estado en territorio de Treviño, subasta de otra con adjudicación a determinada persona, o bien destinillos y favores de menor cuantía; y aun se dio otro caso más chusco: don Juan hubo de pagar la dote de dos muchachas monjitas, de familia estrechamente unida por parentesco a la señora burlada.

Imperaba, pues, el criterio de las compensaciones, que tal vez era la rosada aurora de una moral nueva. Nueva era también y singularmente peregrina la transfusión de la sangre *donjuanesca* de las venas cálidas del Sur a las venas del Norte aguado y frío. La gallardía personal y la esplendidez dadivosa reproducían el Mañara sevillano; las artes escurridizas y el amaño para guardar el bulto recordaban al *virote* de las ciudades andaluzas. El tipo evolucionaba en pos de un maridaje discreto del romanticismo con la administración, y esquivaba el paso por encrucijadas dramáticas, llevando en su corazón el fuego de amor, en su escarcela el oro, las leyes, decretos, reales órdenes y todo el positivismo decoroso de las mejoras locales... Entraba en los pueblos como paladín de la Inmortalidad, y se despedía con esta tarjeta: *Don Juan Tenorio, miembro de la Sociedad Económica de Amigos del País.*

Quisieron los padres y tíos de Fernanda poner barrera entre la perversa fama de don Juan y los oídos de la desairada señorita. Pero viendo que sería imposible este aislamiento sin cerrar con candados las bocas de las amigas, juzgaron conveniente informarla de todo, y así se hizo, tocando previamente las trompetas y trompetillas de la moral. «Ya ves, hija, qué hombre tan impúdico... ¡De buena te has librado!... Vete enterando, para que acabes de perder esa vana ilusión.»

Revestía Fernanda su rostro de glacial indiferencia al oír estas cosas, y los padres y tíos se regocijaban creyéndola convalecida de la grave enfermedad de amor. Pero no iban las cosas por tal camino en la región invisible del alma, que Fernanda con cierto pudor místico recataba de las curiosidades más afectuosas. Según el juicio de ella, el *donjuanismo* era un mal; pero de tal naturaleza, que en él no podía existir la fealdad... Como no existía tampoco la fealdad en la vida borrascosa de Santiago y Teresa, antes de que un impenetrable destino los llevase a la tranquila honradez. Estas ideas eran nuevas en Fernanda; apuntaron en su cerebro después de la catástrofe, y en su rápido crecimiento ahogaban toda idea anterior. En ellas se mecía como en un columpio, viendo venir otras, viéndolas entrar en su pensamiento como pájaros asustados que huyen de la tempestad. Cada idea que entraba traía plumaje desconocido y un piar distinto del de las aves de acá. Volando venían de países remotos, donde la locura es sensatez, y quizás el desorden virtud.

La Historia privada y pública convienen en que por aquellos días el trastorno mental de don Wifredo de Romarate, Bailío de Nueve Villas, se había resuelto en una plácida mansedumbre, casi equivalente a una radical curación. Ya era otra vez el hombre pacífico, atento, sin una palabra más alta que otra, extremado en la caballería, fino y consecuente en la amistad. Verdad que hablaba muy poco, y así no había ocasión de disputa; no se curaba de la Legitimidad, ni de las fatigas de Carlos VII por ceñir la corona de España. Levantábase el hombre temprano; oía misa en San Vicente; consagraba después, en su casa, dos o más horas a un prolijo aseo y aliño cuidadoso; se ponía unas botitas de tacón muy alto, con que acrecía un poco su menguada estatura; endilgaba la ropa que últimamente le hicieron en Madrid, un hermoso *chaquet estilo Romero Robledo*, pantalón y chaleco distintos; se coronaba de un sombrero de altísimo cilindro terminado en airosa campana; revestía sus manos de amarillos guantes, y acompañado del más primoroso de sus bastones, emprendía su matinal paseo hasta la hora de comer.

El paseo del Bailío había llegado a ser en Vitoria fenómeno consuetudinario, inherente a la vida de la población. Su presencia servía de reloj a muchos. Invariablemente recorría dos veces los cuatro costados de la Plaza Nueva, una vez las aceras de la Vieja; seguía luego por la calle del Prado, hasta dar vista a la frondosa Florida. Por el Instituto, Capitanía general y San Antonio se encaminaba a la calle de la Estación, de la cual recorría invariablemente las dos terceras partes, ni baldosa más, ni baldosa menos; regresaba a la Plaza Nueva, y medidos por última vez los cuatro costados, tornaba a su vivienda en el Portal del Rey. El ritmo de andadura era siempre el mismo. Si se contaran los pasos, no habría cuatro de diferencia entre un día y otro. Su contoneo era grave y decoroso; su ademán, noble; su pisar, firme; no hablaba con nadie; solo con leve sonrisa y una indulgente cabezada favorecía la persona de algunos transeúntes. A las señoras y sacerdotes cedía galanamente la acera. En medio paseo bastoneaba; en el otro medio llevaba mano y bastón a la espalda, y cuando entraba en su calle hacía un poco de molinete... Todas las tardes, después de la siesta, repetía la caminata por los mismos sitios y con el mismo número de pasos; la única diferencia era que no sacaba el *chaquet Romero Robledo*, sino la *levita Manuel Silvela* y el *pantalón Camposagrado*.

Invariablemente terminaba el paseo de la tarde en el palacio de Gauna, donde por cena hacía don Wifredo una colación muy frugal; y si no estaban allí los Iberos, a la casa de estos iba en busca de la tertulia, la colación y el extático contemplar a la hermosa Fernanda. Tenía esta especial gusto en hablar con el Bailío; encontraba en su conversación algo del gorjeo exótico y del plumaje pintoresco de los pájaros que en forma de ideas venían a refugiarse en su cerebro. Los primeros días hallábase el pobre sanjuanista cohibido por un respeto casi religioso. En la hija de Ibero veía una santa, una mártir, un ser interna y externamente purificado por las tribulaciones; era para él la perfección moral y la suma hermosura. Después, ya se fue soltando; pero su franca espontaneidad no se mostraba sino cuando Fernanda era su única interlocutora, y esto acontecía las más de las noches, porque a las chicas de Gauna y a las de Prestamero se había prohibido severamente marear al buen señor, y darle bromas que pudiesen remover su dolencia o despertar sus aletargadas manías.

Apartada con él en un rincón de la sala, Fernandita sabía tratar graciosamente los puntos más delicados, sin alterar la dulce mansedumbre en que el caballero vivía. «Anoche, don Wifredo, me dejó usted a media miel. Ya sabe que sus aventuras amorosas me entretienen más que nada, y son lo único, puede creerlo, que me alivia de mi tristeza. Pues empezó a contarme su conocimiento y relaciones con una dama enlutada, triste, parienta pobre de otra muy compuesta y fachendosa, natural de Cáceres; y cuando estaba yo más entusiasmada con su historia, se nos acercó Sofía Prestamero; varió usted de conversación, y yo me quedé, como quien dice, en ayunas... Siga, siga, por Dios, y sepa yo en qué pararon aquellos amores tan volcánicos...»

Tomó don Wifredo la postura de las grandes confidencias, la cual era como todas las suyas, postura correctísima, con la más decente colocación del cuerpo y las extremidades, y un orden artístico en todos los pliegues de su pantalón y levita, los cuales pliegues eran cada noche casi exactamente iguales a los de la noche anterior... Y en esta grave petrificación estatuaria, satisfizo la curiosidad de su noble amiguita. «Ya dije a usted que la conocí en las tribunas del Congreso, cuando Castelar nos habló del Dios del Sinaí, muy señor mío... Las miradas de aquella señora triste incendiaban el Salón de sesiones. Yo estaba sofocado, y me puse malo por no tener a mano un refresco... Un amigo que entonces me salió, pérfido y enredador, quiso hacerme creer que la dama estaba en el último mes de su embarazo. Fue una broma de mal gusto; y cuando la señora llamó a la puerta de mi casa, nadie observó en ella bulto de vientre ni cosa tal. No me fue posible recibirla; pero por *doña Leche*, que habló con ella, supe que es algo marquesa, viuda de un militar muerto en Cuba, y que allí dejó una fortuna... En sus cartas, arrebatadas de un amor insensato, del año 43, me pedía que fuéramos ella y yo a reclamar... En fin, que por mi dolencia no me decidí a embarcarme con ella... Mi negativa debió de exasperarla hasta la exaltación. Sus cartas terminaban con el terrible dilema: *Tu amor o la muerte*... Trajéronme entonces a Vitoria, donde supe que murió de tristeza...»

—No me parece inverosímil. ¡Pobre señora!... Y ahora, dejando esto a un lado, don Wifredo, va usted a explicarme otra cosilla que anoche dejó medio en el aire... Ya no se acuerda. Pues me dijo usted que ese achaque de la cabeza que padeció en Madrid, por culpa de una tal *África*, le trajo muchos sinsabores y disgustos, y también grandes beneficios. Me falta saber qué beneficios fueron esos, señor Bailío.

—Verdad que no acabé de explicar... Lo que yo padecí fue como un terremoto que cuarteó mi cerebro... Hendido y lleno de grietas quedó... y si por este lado se escaparon muchas ideas y pedacitos de la razón, por estotro entraron hermosas verdades, que ya no quisieron salir... Una de las verdades que adquirí en aquella revolución o cataclismo, fue que Cristóbal de Pipaón es un malísimo poeta... Sí, hija mía, no se asuste usted... No se ría... Cristóbal es el peor poeta que cabe imaginar... Sí, sí: un gato que maya en el tejado llamando a la gata es más poeta que él... Las voces que Cristóbal llama poéticas son adoquines, y sus odas calles empedradas... Suenan sus versos como las calles cuando pasa el pesado carromato de Burgos con seis mulas, ni más ni menos... Bueno: pues otra de las grandes verdades que aquí se me han metido y ya no salen, es que si mi amigo don Carlos de Borbón y de Este viene al trono, no lo calentará mucho tiempo.

XXVI

—¿Qué razones tiene mi buen don Wifredo para creerlo así? Eso ya no es poseer verdades, sino meterse a profetizar.

—Pues profetizo. En mi caletre han venido a guarecerse las verdades futuras. Don Carlos no calentará el trono, porque todas las señoras elegantes quieren al niño Don Alfonso... Así lo cuenta Luis Trapinedo, que conoce bien la sociedad... Y Luis y yo sabemos, porque lo hemos visto de cerca, que también aman al niño de Isabel II los enriquecidos, antaño salchicheros, chocolateros, contratistas de tabaco, prestamistas, logreros, y ogaño chapados de aristócratas, algo marqueses ya, o con ganas de serlo... Como estos ricachones y las damas bonitas vestidas a la última moda de París son la fuerza social efectiva, no cuajará ningún Rey que no venga empollado por las faldas y talegas... No digo que no haya Rey al fin, ya lo saquen de un pozo, ya escojan algún sobrero de ganaderías extranjeras... Lo que digo es que no cuajará...

—Pues yo, don Wifredo de mi alma —declaró Fernanda, humorística—, creo que el único monarca que conviene a los españoles es aquel de palo que Júpiter dio a las ranas cuando estas le dijeron que no podían vivir sin Rey.

—Quizás esté usted en lo cierto, pues ahora todo es figuración, y el mejor Rey será el que sirva de imagen para llevado en andas en la procesión política. Con más fervor lo adorará nuestro pueblo viéndolo de palo que viéndolo de carne y hueso. El pueblo gusta de venerar los sujetos cuando se les presentan en traza de objetos barnizados e inmóviles, con ojos de vidrio... Y los que medran al amparo de esta superstición, no quieren Rey vivo, sino un lindo juguete monárquico que lo más, lo más, diga *papá y mamá*, y eche firmitas.

—Vaya, don Wifredo —dijo Fernanda con risueño entusiasmo—, que está usted hecho un sabio, y bien puede bendecir su cataclismo.

—Basta de verdades por esta noche —declaró el Bailío—. Ya mi señora doña Gracia da la señal de retirada... Mañana seguiremos, amiga del alma, que aún hay aquí verdades como puños, y entre ellas algunas que interesan a usted particularmente...

Empezó el desfile, y nada más hablaron aquella noche, con gran desconsuelo de Fernanda, a quien no se le caía el pan hasta saber qué verdades eran aquellas de su particular interés. La impaciencia y curiosidad tuviéronla desvelada, y no se durmió sin tornear en su mente atrevidos cálculos y conjeturas sobre aquel ignorado tema. A la siguiente noche debían reunirse todos los amigos y parientes en el palacio de Gauna, donde había familiar fiesta, por ser la de San Luis Rey de Francia, y celebrar sus días el futuro marqués de Gauna y su hija Luisita.

Esta y su hermana, con Fernanda, Demetrio y los chicos hortelanos, tuvieron la feliz idea de adornar la frondosa huerta del palaciote como para verbena, y toda la tarde emplearon en colgar de los árboles farolillos y banderolas de papel; antes dispusieron un barrido general de paseos, y se armó un tabladillo para colocar dos violines, dulzaina y tamboril. Todo resultó muy bien apañado, como improvisación de muchachas traviesas. Llegada la hora del juvenil regocijo, después de la cena, daba gusto ver las arboledas, aquí umbrosas, allí iluminadas de fantásticos colorines, y oír el rumorcillo de risas y coloquios por alegres bocas de ambos sexos, y ver los grupos que entre cerezos, manzanos, morales y albérchigos bulliciosamente discurrían. La musiquilla cumplió hasta media noche, sin dar tregua ni paz a sus estridores rítmicos; bailó la juventud honestamente, y la cháchara interrumpió con crueles latiguillos galantes el tranquilo sueño de los pájaros, que tenían por suya la callada fronda.

Ya mediada la verbena, Fernanda y el Bailío reanudaron en tan apacible lugar sus coloquios. Apartados del tumulto, dejáronse ir quedamente a un paseo lateral, a donde llegaba medio muerto el resplandor de los farolillos, y hecho polvo de sonidos el parloteo de galancetes y damiselas... «Esta soledad —dijo don Wifredo saboreando el misterio nocturno— es la más adecuada escena para que ciertas verdades pasen de mi boca a los oídos de usted...»

—Pero lo hará sin asustarme —murmuró Fernanda, traspasada por fugaz calofrío—. Esto está muy oscuro, don Wifredo... Vamos por aquel paseíto... Estamos junto a la noria, que es lugar triste. Fue noria... ya no es por dentro más que una ruina, por fuera un armatoste abandonado... Con mortaja de hiedras.

—Sí, ya veo... Es la noria... que veinte años ha sacaba de la tierra un hermoso raudal de agua fresca y cristalina... Me agrada verme junto al pasado glorioso... Detengámonos aquí un instante, que mis verdades pronto se dicen. Es cuestión de segundos... Fernanda, no tiemble, no se asuste. Don Juan... ¡Eh!, ¿qué hace usted? ¿Por qué chilla?... Venga aquí.

—No quiero que me hablen de ese hombre —gimió Fernanda temblorosa, alejándose del Bailío.

—Si no me ha dejado concluir. Digo que don Juan ha de volver a usted... Sé que ha de volver, Fernanda; lo sé...

Aterrada, la hija de Ibero no se movía. El sanjuanista fue hacia ella, y alzando los brazos iracundos, y agitándolos sobre su cabeza, soltó estas palabras de fuego: «Volverá... volverá... lo digo yo... Y digo también, delante de Dios y delante de usted, que si no vuelve, le mato... le mato Fernanda.»

—Silencio: cállese, don Wifredo... No diga esos horrores. Pueden oírle.

Y él, disparándose más en la exaltación, lanzó su clamor a las estrellas: «Por la presencia de Cristo vivo en la Hostia, juro que mato a ese hombre si no vuelve a usted... Pero volverá: yo lo sé, yo lo aseguro.»

Tuvo Fernanda que decir también *volverá, volverá*, para que el caballero se calmase... Y gracias a esta hipócrita conformidad, logró sacarle de aquel sitio sin que alborotara con sus destemplados juramentos y amenazas... Poco después, don Wifredo recobraba su tranquilidad entre los demás asistentes a la verbena, y habló a Fernanda en el tono de su habitual mansedumbre. Al salir para su casa, algunos que iban tras él notaron que gesticulaba moviendo el bastón de un modo harto fantástico, y le oyeron mascullar y escupir frases incoherentes.

Fernanda tardó aquella noche más de lo regular en traer a su mente fatigada las dulzuras del sueño, pues aun dichas por un pobre vesánico, las palabras *don Juan volverá, le mato si no vuelve*, tenían bastante poder magnético para turbar su reposo... Y al siguiente día vio la noble Vitoria interrumpida la normalidad de su existencia, por la falta de un hecho que diariamente ocurría con cierta puntualidad astronómica: el Bailío no se dejó ver en sus paseos matinal y vespertino, y los vitorianos comentaron con asombro el eclipse. Amigos y parientes llegáronse a la casa, y por Filiberta, la criada del sanjuanista, supieron que había pasado toda la mañana encerrado en su sala biblioteca, entre legajos, armas sacadas de los viejos arcones, y libros que parecían misales, con sus hojas rebarbeadas por los ratones; añejas crónicas, tal vez, de la Orden de San Juan en los gloriosos días de Tolemaida y Rodas.

Repitiose el eclipse un día, dos días más, que en esto no hay exacta medida histórica, y una prima noche hizo su reaparición en casa de Ibero, revestido de su pontifical elegancia nocturna, y luciendo además, o aparentando, su caballeresca y dulce amabilidad. Rodeáronle y con lindas palabras le entretuvieron las chicas de Prestamero y de Gauna. Fernanda se apartaba de él, como si le temiera. Pero en una favorable coyuntura, hallándose Romarate solo en el ángulo donde sentarse solía, suplicó a la señorita con amable seña que se acercase un momento, y con fugaz secreto le habló de este modo: «Fernandita, sepa usted que por aquí anda ese hombre... No quiere abandonar las tierras de Álava, donde por lo visto le va bien.» Con temblor en su voz cristalina, la joven respondió: «Don Wifredo, le suplico otra vez que no me hable de... Ni nombrarle me gusta... Sea usted prudente, respete mi tristeza.»

—Yo insisto en que volverá. Me lo dice el poder de adivinación que adquirí en mi terremoto cerebral. ¿Duda usted de este poder mío? Pues con ejemplos que fácilmente pueden comprobarse, lo demostraré. No hace muchos días, el caballero andaluz se corrió a San Sebastián, y de allí a Irún, donde se hizo el encontradizo con el general Prim, que pasó a Francia con varios amigos para tomar las aguas de Vichy... Don Juan quería informarse de los planes de Prim, referentes a candidatos al trono... Es un lío, un lío horroroso... Siéntese usted, ingratuela, y oiga los apuros y desengaños de los buscadores de Rey.

—Me sentaré, si usted se empeña en ello —dijo Fernanda—. Pero algo de eso sabemos ya. Nos lo contó anoche Luis Trapinedo, que está bien enterado.

—Pero Luis no sabe que si ningún príncipe extranjero quiere ser Rey de España, Montpensier no desiste de sus pretensiones, y que el de Urríes propone a Prim, en nombre del duque, un millón de reales para cada diputado que le vote, diez millones para Prim y otros diez para Serrano.

—Yo no sé nada de eso, don Wifredo, ni me importa... Si no se enfada, le diré que habla usted en sueños.

—Pronto se convencerá usted de que hablo bien despierto. No tardará mi amiguita en apreciar por sí misma que don Juan ronda, que don Juan acecha; ha conocido su error y quiere repararlo... Y como no entre en razón, peor para él. Ya sabe usted la que le espera... Si él se planta en la sinrazón, yo me planto en la justicia.

En circunstancias comunes, estas arrogancias habrían hecho reír a la hija de Ibero; en la turbación de su espíritu, aún perseguido de sombras y no abandonado de las angustiosas dudas, el responder con bromas a las palabras del Bailío le repugnaba más que discutirlas y tratarlas con seriedad. El motivo de esto fue que dos horas antes había sabido por otro conducto algo que confirmaba las noticias del buen Romarate. Don Juan, no solo rondaba la ciudad, sino que había estado y quizás estaba aún en ella. Le habían visto recorrer de abajo arriba el paseo central de la Florida, entrar por la calle del Prado. Pasó después por delante del Instituto y entró en la Capitanía general. Al anochecer del mismo día, se le vio en los Arquillos con un sujeto de baja estatura que tiene cara de vieja... bajaron por San Vicente, perdiéronse luego en la Plaza del Machete, donde los Iberos vivían... Estas noticias dio a Fernanda una buena mujer que fue su criada, y antes lo había sido de los Prestameros. Llamábase Marciana, y estaba casada con un guardia civil.

Dos noches después de la referida conversación con el Bailío, no esperó Fernanda a que este la llamase, sino que se fue a él, aprovechando una feliz ocasión de hallarle solo. No fue a él temerosa de noticias, sino más bien buscándolas.

«El pájaro ha levantado el vuelo, Fernandita —dijo don Wifredo—; pero... Me consta que volverá.»

—¿Ha hablado usted con él? —preguntó Fernanda entre seria y burlona.

—Yo no hablaré con ese caballero más que una vez, y será la definitiva... Aparte de esto, la sonrisita de usted me dice que sabe algo de lo que yo sé... No todo, porque sería imposible. Lo que ha llegado a su conocimiento lo debe a Marciana... ¿Ve usted cómo adivino donde menos se piensa?

—Como que el pajarito que le cuenta a usted todo será la propia Marciana... Será Filiberta. Vamos, don Wifredo, dejémonos de jugar a los secretitos. Yo sé más que usted... Sé que ese caballero estuvo en la Capitanía general... Cosa naturalísima... Es amigo del general Allende Salazar...

—El cual fue... lo sabe todo el mundo... Ayudante de Espartero...

—Pero la amistad no viene por Espartero, sino por Zabala. Los Urríes son amigos y algo parientes del general Zabala.

—Está bien... Y después de visitar al Capitán general, fue don Juan a ver al gobernador civil, señor Ezcarti, con quien tiene también amistad.

—De esa visita no sé nada. La amistad con Ezcarti debe de venir por Pavía, que es muy amigo de don Juan. Ya sabe usted que el gobernador tiene dos hijas casadas, y que sus dos yernos son oficiales de Artillería: Baltasar Hidalgo y Manuel Pavía.

—Justamente. No niego que usted sabe algo de lo que yo sé... Pero usted no adivina, hermosa Fernanda... Dios no ha querido conceder a usted la facultad que yo disfruto por singular favor, quizás como compensación de mis desdichas... Conoce usted, pues, algo de lo externo, algo de la vestidura de los hechos; pero no sabe ni palabra de los hechos profundos, de las intenciones... Veo que usted se asombra; veo que sus bellos ojos lanzan al espacio sus miradas como aves de cetrería, en persecución de todo pensamiento volante y reptante... ¿Me explico? Es que si mi trastorno me ha hecho adivino, también me ha hecho poeta, más poeta que Cristóbal de Pipaón, el adoquinador de odas... En fin, amiga del alma, ¿de veras no ve usted el sentido íntimo de las visitas de don Juan al Capitán general don José Allende Salazar y al gobernador señor Ezcarti?

—Yo no veo nada, don Wifredo —dijo Fernanda con pudoroso disimulo de sus vagas esperanzas—; solo veo que usted es muy bueno, que se emborracha de caridad, de abnegación...

—Deje el incensario y respóndame a esta otra pregunta: ¿No estuvo ayer el Capitán general a visitar a su padre de usted? *(Signo afirmativo de Fernanda.)* ¿Hallose usted presente a la visita? *(Nuevo signo afirmativo.)* ¿Puede decirme lo que hablaron?

—Presente estuve un rato no más —dijo la señorita—. Luego mi madre y yo nos retiramos; quedaron solos mi padre y el general. Ya sabe usted que son muy amigos, desde los tiempos de Espartero y Zurbano. Delante de nosotros hablaron de política y de los aspirantes al trono... Allende Salazar, como mi padre, es partidario de Espartero... El odio a los carlistas enciende el genio del buen don José, que si siempre se parece a don Quijote por su alta estatura, flaqueza y sequedad del rostro, cuando habla contra esa gente es don Quijote mismo. Delante de mí, ayer, dijo que su mayor gusto sería fusilar al canónigo Manterola, que predica la guerra santa en el púlpito y en las conversaciones de los Arquillos... y que le pegaría los cuatro tiros en la misma tapia donde fue pasado por las armas, con menos motivo, el pobrecito Montesdeoca.

Risueño comentó el Bailío esta humorada del Capitán general, añadiendo que no merecía tan fiero castigo el buen Manterola, defensor de la fe católica y de la monarquía tradicional. «Mejor sería —dijo después— que fusilase a Cristóbal de Pipaón, no por carlista, sino por detestable poeta... Y no hablemos más esta noche, adorable Fernanda... Solo diré a usted que don Juan, al partir hoy para Miranda, donde habrá cogido el tren del Ebro hasta Zaragoza, y de allí hasta Lérida, Reus y Tarragona, ha dicho: "Volveré..." y yo lo repito... Con esta palabra me permito entrar en el amante corazón de usted, y como amigo y como poeta dejo en él una linda flor que se llama *Esperanza*...»

XXVII

¿Tendría razón don Wifredo?... Debe advertirse que si en su vida social no escaseaban las ridiculeces, en su vida íntima era un santo, y que Fernanda conocía no pocos ejemplos de su grandeza moral. Por esto quizás, al conjuro del caballero, sintió la joven que en su alma reverdecían esperanzas marchitas; las ramas secas e inodoras despedían leve fragancia de mejorana y tomillo, y en la mente oscurecida como alcoba de enfermo grave, entraban ya por innumerables rendijas luces del libre ambiente. Cierto que esto no era debido tan solo al lisonjero vaticinio de don Wifredo; en el conjuro tenía buena parte Marciana, mujer bienintencionada y discreta, que procedía con la mayor lealtad.

Y aún cobraron las esperanzas de la desconsolada señorita mayor aliento cuando observó que llegaban a su casa visitas que a su parecer traían misterio y algo que a ella particularmente interesaba. Presentose una mañana don Felipe García Fresca, alcalde de Vitoria, y aunque esto nada tenía de particular, por ser Santiago y el señor Fresca muy amigos y ambos liberales, Fernanda creyó ver en ello una extraordinaria encomienda. Quizás no hablarían más que de política, de la elección de Rey, de los temores de levantamiento carlista; pero estos asuntos no explicaban el extraño caso de que, al despedir a su amigo en la escalera, quedase Ibero contentísimo, con una cara de Pascua que la hija no había visto en él desde los tristes días de Bergüenda.

Pues la misma noche estuvo en casa de Gauna don Francisco Juan de Ayala, persona principal de la ciudad, cuñado del conde de Cheste. Ayala y Luis de Trapinedo hablaron largamente a solas en un extremo de la sala; Fernanda notó que la miraban sonrientes. Luego creyó notar en Luis cierto alborozo... El hecho era que todos parecían contentos; pero nadie le decía nada. El único que con la señorita se franqueaba era su amigo el gran don Wifredo, que risueño le dijo: «No me ponga esa cara tristona. Alegrándose un poco, está usted más bonita... Ya puede salir al campo de la ilusión, a recoger y acopiar pajitas y pelusitas para un nuevo nido... Aquel se rompió, se deshizo... Pues a otro... Esto digo yo, y que venga ese bruto de Cristóbal Pipaón a competir conmigo en imágenes bellas... Fernanda, que la vea yo a usted alegre y saltona, cogiendo pajitas y llevándoselas en el pico...»

Al llegar aquí, se detiene el historiador extasiado ante la noble figura caballeresca del Bailío de Nueve Villas, que en aquella segunda etapa de su azarosa vida se nos presenta con los caracteres de la más alta grandeza moral. Podría no estar el hombre en sus cabales; podría ser un vidente, un iluminado; fuera lo que fuese, la dirección que tomaba su voluntad merecía calurosas alabanzas. Volvió el hombre de Madrid medio loco o loco entero, trastornado por pasiones que súbitamente entraron a saco en su espíritu. Madrid le había sido funesto; había caído el hombre en aquel infiernillo político y social, con cincuenta años largos de pacífica normalidad provinciana; pagó el tributo a los gustos retrasados, a los apetitos inéditos y adormecidos; se le fue el santo al cielo; se achispó de los sentidos y del corazón. Restituido por bondadosos parientes al suelo natal, se encontró con el tristísimo suceso de Fernanda, la mujer ideal, la mujer soñada, tan alta para él, que nunca osó rendirle adoración fuera del invisible altar del pensamiento.

Pudo estar don Wifredo perturbado cuando le trajeron de Madrid a Vitoria; pero no cabía mayor señal de cordura que su proceder ante la hija de Ibero, abandonada del novio, sin perder su pureza. Ni por un momento pensó el Bailío en sustituir al galán fugitivo. Claramente vio que su edad avanzada, su posición modesta, la borrasca mental que había corrido en Madrid, le imposibilitaban para toda pretensión amorosa. No era falto de seso el hombre que así pensaba. Pero no contento con esto, y obedeciendo a las generosas y cristianas voces que sonaban en su alma, se dijo: «Todo por Fernanda y para Fernanda; y pues enamorada sigue del sujeto, a pesar del desaire sufrido, consagro mi vida al fin altísimo de traer al don Juan a su deber, o de castigarle con la muerte si a ello se negara.» Con esta especie de juramento quedó afianzado el sanjuanista en la desinteresada empresa, expresión fiel de la Orden de Caballería que profesaba.

La idea del regreso de don Juan nació en la mente del Bailío de confidencias que alteraba su lozana inventiva. Pero contando siempre con la volubilidad del andaluz, se previno por si llegaba el caso de tener que matarle. Los eclipses del paseo matutino y el encierro en su aposento fueron motivados por la necesidad en que se vio de limpiar sus armas, enmohecidas por el ocio de una larga paz. Poseía espadas de fino temple, cuyos aceros jamás vieron sangre; sables, dagas y otras herramientas de muerte conservadas por curiosidad, o como recuerdos de familia. Terminada esta faena en dos mañanas, otras consagró a poner en orden sus papeles, a desempolvar sus ejecutorias y a trazar con mano firme un testamento ológrafo, pues aunque confiaba en que el juicio de Dios le sería favorable para llevar consigo toda la razón, no podía dejar de admitir alguna probabilidad de fracaso y muerte. Sobre todo estarían siempre los altos designios.

Fundado en vagas noticias, Romarate se imaginaba a don Juan encariñado con la reconciliación. Faltaba, no obstante, la nota de verosimilitud o algún dato testimonial, para que tal creencia fuese algo más que vana conjetura. A este propósito, debe decirse que las atrevidas adivinaciones de don Wifredo solían tener más consistencia lógica y más aire de verdad que muchos de los informes que sus confidentes le comunicaban; pero él se las componía muy bien para llevar a los puntos débiles la fuerza persuasiva que en otros sobraba, para dar apoyo a los hechos tambaleantes arrimando a ellos los hechos firmes, y así lograba sostener aquel aparato en que no era fácil discernir lo imaginario de lo real.

El taller en que don Wifredo fabricaba su lógico artificio era su casa del Portal del Rey, y el ayudante o discípulo la criada que desde remotos tiempos le servía, cincuentona como él, de una fidelidad inaudita, llena el alma de devoción y de supersticiones, con cierta salida de humos a lo caballeresco, plagio de su señor. Lo más extraño de Filiberta era que jamás creyó en la demencia del amo, y que en cuanto este hizo y dijo al regresar de Madrid no vio más que donaires, o rigurosa demostración de un carácter entero. Le amaba y le servía con absoluto desinterés; le cuidaba como a un hijo, y no tenía más finalidad en su existencia que verle saludable y alegre. Rara vez ha existido un caso de adhesión semejante, que se explica, más que por el natural bondadoso de la sirviente, por la increíble bondad, rayana en lo sublime, del caballero de San Juan.

Era Filiberta viuda de un contrabandista, que el año 54 contrajo una repugnante enfermedad en la boca y nariz. Hora es de que se conozcan las cristianas virtudes del ilustre Bailío, que llevó a su casa al pobre canceroso, le aposentó en su propia alcoba, asistiole como a hermano y no se apartó de él en la hora de la muerte. Entre él y la viuda le amortajaron; fue el caballero al Campo Santo, y con sus propias manos le dio sepultura. Como nunca hizo alarde de esta ni de otras obras suyas de alta misericordia, que cumplía calladamente como Caballero Hospitalario, pocas personas lo sabían. Pero el historiador lo sabe, y nos manda trazar este perfil biográfico.

«Filiberta —decía una noche a su fiel sirvienta cuando esta le quitaba las botas—, en el testamento, que hace días escribí de mi puño y letra, te dejo el caserío de Argandona.» Y ella, con súbitas ganas de llorar, oprimiendo contra su pecho la bota que acababa de quitarle al amo, respondió: «Señor, yo no quiero que me deje nada. Lo que quiero es que viva más que yo. Muérame yo primero.»

—No te aflijas, mujer. Solo Dios sabe los días que hemos de vivir. Comprenderás que hallándome yo pendiente de un lance gravísimo con ese don Juan, he debido arreglar mis asuntos, por si el juicio de Dios me fuera desfavorable.

—Quite allá, quite —dijo Filiberta retirando la otra bota después de limpiarse una lágrima en cada ojo—. ¡Estaría bueno que Su Divina Majestad no le sacara a usted salvo y triunfador!

Disertando sobre esto con desigual reparto en el coloquio, pues don Wifredo no hacía más que asentir con frases breves, Filiberta expresó peregrinas opiniones respecto a la Caballería y a las virtudes de su amo. El que era un santo con sombrero de copa; el que practicaba la caridad sin que se enterara ni el cuello de la camisa; el cruzado de Jerusalén, amparo de los desvalidos, que andaba por el mundo lleno de misericordia, no podía quedar mal en un lance por defender a una dama noble y católica. Oyendo esto, despojose don Wifredo de las prendas de vestir más pegadas a su cuerpo, y se metió en la cama. Hízolo en la forma más pudorosa, mientras la criada, poniéndose de espaldas para no ver al amo en su desnudez, recogía la ropa y la ordenaba. Era Filiberta morena, tirando a negra; de granadera talla, huesuda, con bosquejo de bigote y barbas. Puesto en pie a su lado con altos tacones, apenas le llegaba al cuello el hombre chiquitín con quien compartía su existencia, y en quien veía un santo niño, digno de culto religioso.

Acostado el niño, su servidora le lió en la cabeza, a guisa de turbante, un pañuelo de seda. No dormía bien el caballero sin abrigar de este modo su cráneo y sus pensamientos, costumbre higiénica que le fue impuesta en

Madrid por los cuidados de *doña Leche*. Y cuando Filiberta le hacía en la frente el nudito final, dijo a su señor: «Y para más seguridad, ya sabe que yo tengo un amuleto que me dieron los ermitaños de Barria. Se lo pongo en el pecho, y no haya miedo de que le toquen balas, ni de que le entre estoque o daga en desafío, siempre que a él vaya con fe y devoción. No es más que un colgajito con el *haba de mar* cogida en Viernes Santo, unos palitos de hierba de Tierra Santa y la regla de San Benito. Bien probada tengo la virtud de ese divino escudo: que por dos veces se lo puse a Ramón, y fue como si llevara una coraza de diamante. En Vera le soltaron siete tiros a boca de jarro, y no le tocó ni un grano de pólvora.» Bondadosamente replicó el Bailío que más eficaces que el amuleto de los ermitaños eran la razón y la justicia, formidables broqueles que él llevaba en su pecho, y con esto terminaron el coloquio.

A la mañana siguiente, serían las ocho, volvía ya el Bailío de San Vicente con su misa en el cuerpo. Sirviéndole un rico chocolate, Filiberta le dijo: «¿Y anoche, señor, durmió bien?... ¿Pensó mucho, vio las cosas que están lejos?»

«Te diré... Anoche estuve algo inquieto, distraído... Sin que yo los llamara, venían recuerdos y alguna que otra imagen, muy seductora por cierto, de las borrascas que corrí en Madrid... No pude concentrar bien el pensamiento en las cosas de acá... Ni calcular lo que hace y piensa el caballero andaluz en Cataluña... No dejes de ver hoy a tu prima Marciana, y si puedes, haz por ver a su marido, el guardia civil Antonio Castro. Un compañero de este, llamado Matías Calero, acompañó a Urríes en el trajín de las elecciones, y un miñón de los que están en el Gobierno civil llevó recados del gobernador a don Juan en la fonda de Quintanilla... Y ahora que me acuerdo: ¿no conoces tú a dos muchachas de la fonda, que son de Comunión, tu pueblo? Pues esas tal vez sepan algo...» Gozosa de colaborar en las imaginativas empresas de su amo, Filiberta se preparó para salir a la compra. «No te des prisa —le dijo el señor—, que hoy no paseo... No me arreglaré hasta las doce... Pasaré la mañana leyendo.» Partió la moza con la idea de que las páginas de aquellos librotes viejos de Tolemaida y Rodas contenían la misteriosa cábala... Reveladora de las cosas futuras y los sucesos distantes.

Pero al enfrascarse en la lectura, no buscó el caballero su deleite en pesados mamotretos del tamaño de diccionarios, sino en volúmenes chicos, amenos y graciosos que guardaba en su reducida biblioteca, y que fueron sus delicias en la niñez como lo habían sido de sus padres... Se embelesaba en aquellos días con peregrinas historias de aventuras y correrías maravillosas por las regiones inexploradas del Globo; buscaba la distracción de momento, los lances más inauditos, los hallazgos de enanos y gigantes, de monstruos marinos y terrestres, los peligros de huracanes, desiertos de hielo, abismos, trombas, torbellinos y banquetes de antropófagos...

De uno de estos bárbaros festines volvía don Wifredo aturdido... Cerró primero el libro, después los ojos, y en un breve letargo se vio llegando a Barcelona en un navío después de seis meses de viaje. Apenas saltó en tierra, vio a don Juan de Urríes tomando billete en la estación de un ferrocarril. Vendía los billetes una mujer, que asomó las narices por el ventanillo preguntando al caballero que a dónde iba... La voz era la de Filiberta que entraba con la cesta de compra, y dijo a su amo: «Señor, en la fonda de Quintanilla esperan al don Juan para dentro de tres días. Tiene la habitación reservada.»

—Ya lo sabía —dijo don Wifredo pasándose la mano por los ojos—. En este momento toma el tren en la estación de Barcelona.

XXVIII

Y era verdad que tomaba el billete en la estación de Barcelona; mas no para Zaragoza, como pensó don Wifredo, sino para Tarragona. No iba solo: dos señores le acompañaban. No le movían empeños o compromisos amorosos: empujábanle, con inquietud y curiosidad, móviles políticos y el inmediato interés de la causa dinástica que defendía. Observar quiso la tromba insurreccional que se iba formando en toda España, y con más ímpetu que en parte alguna en las regiones catalanas próximas al Ebro. Era la explosión del sentimiento republicano, el más joven y por tanto, el más vigoroso de los sentimientos políticos en aquella época de pasmosa florescencia vital. Brotaban los nuevos gérmenes con fuerte empuje de la savia, y el poder y virtud de esta se malograban por querer crear el fruto antes de producir las flores... Este arrebatado movimiento tomó la encarnación teórica más atrevida, el pacto federal, y tras él iba con generoso raudal de sentimiento. El federalismo creyó llegar más pronto a su fin batiendo las alas de la razón filosófica que andando modestamente con los pies de la cautelosa realidad. Pronto había de pagar su error.

Como se ha dicho, fueron Urríes y dos más a ver de cerca el ciclón, sin acercarse mucho, por si llovían golpes y tiros. Los compañeros de don Juan eran un señor Angulo y un señor Solís, muy notados de montpensierismo doméstico y público. Lamentaban que en España hubiese tantos hombres que exponían su vida y su hacienda por don Carlos o por la República, y que no saliesen de ninguna parte ni siquiera cuatro gatos armados que mayasen por el de Orleans. En su lista de adictos tenía este generales y políticos de peso; en sus arcas millones que derrochar, si pudiera más la ambición que la codicia, y con tales elementos era el hijo predilecto de la impopularidad. Angulo, Solís y Urríes salieron de Barcelona con objeto de ver si en el revuelto río federal era fácil pescar alguna trucha que pudiese comer tranquilamente el señor duque.

Vieron los tres caballeros la grande agitación de aquel país, y en un tris estuvo que retrocedieran a Barcelona; pero más pudo la curiosidad que el temor, y adelante siguieron. Sabían que las radicales ideas de Pi y Margall habían cristalizado en los organismos federativos de pueblos y regiones, y que pronto lo harían en la Junta central, común atadijo de los haces regionales. Sabían también que la guerra civil republicana se iniciaba en ciudades populosas y ardientes, como Zaragoza, y en otras que siempre fueron pacíficas. No desconocían que tras ellos quedaban solivianitados pueblos importantes de Barcelona y de Gerona; que Suñer y Capdevila reclutaba hombres a centenares, a miles, para expugnar la institución monárquica todavía platónica y acéfala, pues había trono, mas no Rey que lo ocupase; pero ignoraban lo que podía venir del lado de Tortosa, donde algunos diputados republicanos y otros que no lo eran, hombres de tan viril entendimiento como Valentín Almirall, jóvenes exaltados como José Luis Pellicer, habían adiestrado al pueblo en el arte de la reivindicación y en otras artes complementarias, como el maldecir cantando y el aclamar rugiendo. Inspiraba el gran niño admiración por su infantil fiereza; causaba miedo, porque su inocencia no era ya inofensiva.

Al llegar a Tarragona, nada vieron anormal Urríes y sus acompañantes. Fueron a visitar al gobernador don Juan Manuel Martínez, hombre tan inteligente como simpático, amigo inquebrantable del general Prim, satélite de adversidad más que de fortuna, pues con alegre constancia le siguió por todos los ásperos senderos y atajos de la emigración... No le encontraron: había ido a Barcelona a conferenciar con el Capitán general Gaminde, y pedirle fuerzas con que contener el nublado que se les venía encima.

Recibió a los curiosos forasteros el secretario, gobernador interino don Raimundo Reyes García, el cual no pareció temeroso de que estallasen desórdenes graves a la llegada de los republicanos que vendrían de Tortosa. Según dijo, conocía bien al pueblo tarraconense; teníale por reflexivo, poco dado a excesos revolucionarios; pensaba que arengándole con lenguaje conciliador, invocando su dignidad y cordura, todo se reduciría a un poco de ruido. Contagiados de la tranquilidad del secretario, se fueron los caballeros a la fonda, luego a un café, Rambla de San Carlos, donde departieron sobre los presuntos alborotos. Seguramente, si estos eran extremados y traían atropellos de la propiedad y ataques a las vidas, más ganaba que perdía la causa del duque. Convenía que la odiada Interinidad se pusiera su máscara más cadavérica y su mortaja más pavorosa para asustar a la Nación.

Con estos comentarios ojalateros pasaban el rato cuando oyeron rumor de marejada popular, y a la calle se lanzaron, siguiendo la corriente que con hervor de gritos descendía de la Rambla de San Juan a la de San Carlos. Por la calle de la Unión precipitáronse a la Plaza de Isabel II, donde ya era menos fácil el paso por lo que iba espesando la muchedumbre. Dejábanse llevar del torrente humano que corría cuesta abajo, y por calles que desconocían, rectas y de anchura diferente, llegaron a una gran explanada, en cuyo término se veía la estación del ferrocarril. Era la escena del drama federal anunciado, que se hallaba en su primer acto, mejor será decir en el único, porque fue tragedia breve, con muy poco espacio entre la prótasis y la catástrofe.

Sobre la multitud que ondeaba con hinchazón rugiente, como un mar tempestuoso, se destacó la figura arrogante de un militar anciano que subió a un coche. Su hermosa barba blanca dábale aspecto de un gran Rabino, con ros y levita galonada... Era Pierrad, hombre valiente en la guerra, desgraciado en la paz, y en toda ocasión política enormemente inoportuno; tardío cuando debía llegar pronto, prematuro cuando su tardanza podía ser un suceso favorable. No se sabía si a la multitud arengaba, o si oía su bronco alarido sin comprenderlo... El general era sordo.

Entre don Blas Pierrad y la Estación, el gobernador interino arengaba en otra forma y con mejor sentido a la brava multitud. Esta, también un poco sorda como su ídolo en aquel momento, no se enteraba de las sensatas exhortaciones de la autoridad... Se arremolinó en torno al señor Reyes; este cayó al suelo... La fiera se inclinó sobre él... Era como el niño recogiendo el juguete que se le ha caído... Los niños, en sus juegos inocentes, inventan diversiones crueles y hacen simulacros de maldades... Ello fue que la iracunda caterva popular echó una cuerda a los pies del infeliz gobernador interino y le arrastró, no sin tropiezos y dificultades, porque el suelo estaba muy mal empedrado... Los arrastradores, con incierta marcha de niños embriagados por la travesura, tiraban hacia el puerto... Pierrad fue y vino en su coche... los caballos encabritados, parecían luchar con las olas, como caballos de Neptuno. Alguien gritaba junto al general refiriéndole lo que ocurría; mas él no parecía comprenderlo bien.

190

Urríes, Angulo y Solís no creyeron prudente marchar a la cola de la bárbara tragedia que se alejaba; y deseando apartar de sus oídos el espantable resuello de la plebe, mezcla de carcajada hombruna y de aullar de canes, retrocedieron calles arriba...

«Filiberta —dijo don Wifredo a su criada, abriendo los ojos y requiriendo el libro que había dejado sobre sus rodillas—, ¿has oído un estrépito como de loza que cae y se rompe en mil pedazos?»

—No, señor —replicó la mujer huesuda, que entró de puntillas cuando su amo dormitaba en el sillón—. Nada oigo, y en casa no se han roto tazas ni pucheros.

—Pues creí... Estaba yo leyendo unas historias del País de los Volcanes... Cada casa tiene su cráter... país de terremotos... El suelo está siempre bailando... Pues leía que estalló una gran erupción... No sé más, porque me amodorré... Dime, Filiberta, ¿fue ilusión mía, o en la calle había bullanga? ¿No pasó un grueso gentío alborotando?

—No, señor: no ha pasado más que el carromato de Estella con cuatro mulas... Alboroto hemos tenido en Vitoria; pero ello fue anoche... En el teatro se juntaron esos locos republicanos, y estuvieron echando prediques hasta las once o más. Luego, a la salida, hubo lo de *que si tú, que si yo*; vivas y mueras, y empujones muchos que por poco se vuelven palos.

—Fuera de don Pedro la Hidalga, varón respetable, aunque de cáscara más amarga que la hiel, todos los republicanos de acá son niños echados a perder por el estudio... Entre ellos hay muchachos listos... Simpáticos. ¡Ricardo Becerro, Daniel Arrese, Sotero Manteli, ángeles de Dios!... Antes de irme a Madrid discutía yo con ellos, y les volvía tarumba, despedazándolos con sus propios argumentos... Ahora, los ángeles se han quitado de cuentos, y tratan de traernos el Caos. ¿Sabes tú, Filiberta, lo que es el Caos?

—Señor, como saberlo, no lo sé... pero ello debe de ser algo parecido a la República Federal, porque esta no se les cae de la boca... Pues el otro *Cao*, el de Carlos VII, también tiene pelos... Y para que estemos más divertidos, *Cao* de Montpensier, *Cao* de Espartero y del Demonio coronado. Digo, señor, que no ganamos para Caos.

—Es verdad; no ganamos... Y a propósito, Fili: estoy algo inquieto... El corazón, desde anoche, me dice cosas tristes. Todo cuanto leo me hace pensar en trifulcas lejanas, en calamidades y sucesos sangrientos... En volcanes y cataclismos. ¿No te parece que...?

«Sí, sí: me parece que debe el señor arreglarse, vestirse y echarse a la calle —dijo la mujerona con regaño y mimo, a la par severa y cariñosa—. ¡A lucirla, a pintarla... A que diga la gente: "Ahí va el primer caballero, y el *caos* de la pura elegancia"! Fuera murrias, y viva mi dueño.» Fácilmente persuadido por este exabrupto de cariño maternal, don Wifredo despachó sus lavatorios matutinos; con media hora más quedó de punta en blanco, y a la calle... ¡Albricias! El gran Romarate reaparecía como el Sol después de un largo y triste nublado.

Entrada la noche fue al palacio de Gauna, donde halló más gente que de costumbre, y la novedad de que estaba allí el gobernador contando el trágico suceso de Tarragona. Un cronista muy autorizado fija en la noche siguiente la visita del señor Ezcarti. ¿Qué más da? Y en último caso, con correr una fecha queda la Historia en su punto... Al entrar don Wifredo, el digno gobernador, rodeado de graves señores y algunas damas, iba ya muy adelantado en el relato del espantable motín, que sabía por telegramas oficiales: La autoridad militar, general Acosta, no dio señales de vida hasta que le llevaron noticia de que el pobre señor Reyes había sido arrastrado. Antes de que llegara la escasa tropa que guarnecía la plaza, algunos guardias civiles y carabineros lograron contener a la salvaje plebe; pero no salvar a la víctima, que aún estaba entre la vida y la muerte, yacente en la Plazuela de San Fernando, cerca del mar, a donde los arrastradores querían arrojarla...

—¿Y el gobernador civil?

—Llegó de noche... pudo recoger el cadáver del desgraciado Reyes, espantar a don Blas, que se volvió a Tortosa, y dar principio al desarme de los voluntarios de la Libertad. Don Juan Manuel hizo prender en Tortosa al general Pierrad, y le trajo a la cárcel de Tarragona; después, reuniendo toda la fuerza disponible, persiguió a los amotinados. Estos se corrían a Reus, a Valls, a Montblanch... En fin, que había para rato, y aquella insurrección daría mucho que hacer al Gobierno.

Los comentarios fueron, como es de suponer, vivos y medrosos. Algunos, encastillados en la rutina, creían que solo al carlismo correspondía la especialidad, casi casi el derecho, de la insurrección. Romarate oía y callaba, pues había perdido el hábito de las disputas políticas. María Erro, Gracia y la señora de Prestamero no extremaban su indignación, y solo veían en la tragedia el peor síntoma de la gravísima dolencia de España, llamada Interinidad. En cambio, las añosas damas doña Manuela Tirgo y doña Rita de Landázuri sacaban de sus amojamadas laringes voces de ultratumba, para pedir un régimen absoluto sin Cámaras, aunque con camarillas, que pusiera freno a tantos desmanes. Luis Trapinedo, Ezcarti, Santiago Ibero y otros, pedían represión por los medios constitucionales, y los que blasonaban de católicos antes que políticos, como don Ramón Ortiz de Zárate, don Francisco Juan de Ayala y el valetudinario don Tirso Pipaón, ex-Provincial de la Orden de Predicadores, afirmaron que la tragedia de Tarragona y otras que se estaban preparando tenían por único fundamento la relajación de los principios religiosos.

Oídas estas sesudas razones, se arrimó el Bailío al grupo de las muchachas, que al otro extremo de la sala picoteaban con cuatro mozalbetes. Al mirar a Fernanda, los ojos de ella le salieron al encuentro, mirándole a él. ¡Y con qué expresión tan rara! Asustados pedían auxilio, informes, luz, con ser tanta la que ellos despedían. Fácilmente se puso el caballero al habla con la señorita, y aprovechó ella el ruidoso charlar de la gente moza para decir quedamente al de San Juan: «¿No sabe? Ayer estuvo aquí de visita la marquesa de Subijana... Me lo ha contado Luisa. Esa señora quiere ahora reanudar sus amistades del siglo pasado, o de no sé qué siglo, con estas venerables momias. María Erro le preguntó por la sobrina... por esa...»

Comprendió don Wifredo la repugnancia a pronunciar el nombre. Él revolvió el *Céfora* entre los dientes, y después, mirando al suelo, lo escupió sin saliva... Y Fernanda siguió: «La respuesta de doña Carolina fue de lo más chusco... Que la chica esa... Entra en un convento.»

—Ya lo sabía yo. Es achaque antiguo en ella la falsa santidad.

—¡Monja!... ¿Pero es burla, es ironía?... ¿Y en qué Orden?

Como don Wifredo no toleraba que los informes reales se anticiparan a su prodigiosa facultad de adivinación, contestó sin vacilar: «En la *Brígidas* de Vitoria.»

XXIX

Retirose el Bailío a su casa recelando que la traviesa realidad no quisiera ponerse de acuerdo con la inspiración profética... «Filiberta, ¿lo soñé yo, o me dijiste tú que en las *Brígidas* entraría pronto una joven...?»

—El señor lo habrá soñado —replicó la huesuda, tirando de la bota derecha de su amo—. Yo no le hablé de semejante cosa... Pero ahora me acuerdo de haber oído ayer en la plaza...

—¿Ves cómo es verdad? ¡Si yo no me equivoco!... ¿Y oíste el nombre de la nueva monja?

—Lo dijeron. Pero tengo yo mala cabeza para nombres... y el de esa mujer no es de los que oímos todos los días.

—Filiberta —dijo el caballero ya en la cama, cuando con blanda mano le ponía su criada el turbante—, yo te suplico, y si es preciso te mando, que me averigües qué hay de nueva monjita en las *Brígidas*, y cómo se llama; y si es forastera, de dónde ha venido. Hace días que veo signos próximos y distantes de sucesos de suma gravedad... Retírate, que yo aquí, solo y a oscuras, lo mismo pensaré dormido que despierto, y algo he de ver y he de sentir de lo presente y de lo futuro. Buenas noches, Fili...

Al día siguiente, no llevó la fiel doméstica noticia ni rumor alguno referentes a la nueva parroquiana de las *Brígidas*. Y como al segundo día ocurriera lo propio, empezó a creer don Wifredo que había fallado su adivinación. En el barullo mental que esto le causaba, no sabía el hombre si desear o temer que fuese verdad la presencia de Céfora en Vitoria. Al tercer día, o tercera noche, la confusión del caballero subió de punto en la tertulia de Gauna, donde el alcalde don Felipe García Fresca puso el paño al púlpito para referir los horribles desmanes de Valls. La plebe, desenfrenada de toda autoridad, se lanzó a satisfacer sus bárbaros apetitos, a descargar sus odios en personas quizás culpables y en edificios inocentes. Aquí asesinó, allá incendió, ensañándose particularmente en los opresores del pueblo, y entreteniéndose en la quemazón de archivos, así municipales como notariales. Era el furor revolucionario en su mayor delirio, la ciega venganza de inveterados desafueros... Lo que el alcalde de Vitoria refirió, sabíalo por un caballero de Madrid, testigo presencial de los terribles atentados, el cual llegó a Vitoria por la mañana, marchando por la tarde a un pueblo próximo.

La idea de que el caballero informante era don Juan de Urríes se clavó en la mente del de San Juan, quien se impuso el deber de no dormir aquella noche sin despejar la formidable incógnita. En efecto, así lo hizo, y por el guardia civil Antonio Castro supo que Urríes estuvo aquella mañana en la fonda de Quintanilla dos o tres horas; fue después a la Casa-Ayuntamiento, y a las dos próximamente alquiló un coche por días, partiendo a un pueblo cercano... ¿Ali, Armendia, Gomecha? Esto no se sabía; mas no era difícil averiguarlo. Con tales informes, don Wifredo creyó tener en su mano la mitad de la clave, y por tenerla entera, a la mañana siguiente muy temprano despachó a Filiberta con un recado para la señora Madre Abadesa de las *Brígidas*, con quien el Bailío tenía conocimiento. Iba el mensaje formulado interrogativamente en un papelito para que la criada no trabucase el extraño nombre. La respuesta fue bien categórica. En efecto, las *Brígidas* recibirían pronto como novicia a una señorita llamada Nicéfora, catequizada por el padre Beck. Aún no había llegado. Hallábase en preparación o ejercicios...

Seguro de poseer ya la clave entera, apresurose el Bailío a construir a su modo toda la historia, con potente imaginación y lógica un tanto poemática. Conocía bien a Céfora, y se sabía de memoria las dos naturalezas que estrechamente enroscadas una en otra componían su carácter. Incompatible con Carolina, se había declarado independiente, haciendo la comedia del monjío para escaparse con Urríes en pos de goces y aventuras, menos secretas que las de Madrid. La que lloraba oyendo relatar la muerte de la reina doña Francisca y poco después reía locamente repitiendo donaires picarescos; la que frecuentaba la iglesia, y dolorida de las rodillas por larga humillación ante el confesonario, se iba con don Juan a misteriosos nidos o burladeros, no era susceptible de enmienda ni reforma.

Era el Diablo mismo en su duplicada encarnación histérica y romántica; era la infernal Antarés, que a don Juan ofrecía sus formas seductoras cuando se hallaba dispuesto a variar de conducta. Con ser tan malo, don Juan era mejor que ella. El caballero andaluz volvía seguramente, como había previsto o adivinado don Wifredo; pero no volvía llamado por la virtud de Fernanda, sino por la sensualidad de Céfora. Según las presunciones del cruzado de Jerusalén, el burlador había tenido un instante de arrepentimiento: rayo del Cielo penetró en su alma, iluminándola con divinos resplandores; pero acudió Antarés con las tinieblas y el vicio, y don Juan perdió la vía del bien a que su vaga intención más que su rígida voluntad le encaminaba.

Ultimatum. En cuanto se pudiese averiguar dónde moraba o se escondía don Juan, el Bailío de Nueve Villas le plantearía con arrogante severidad la cuestión caballeresca en esta concisa fórmula: «Usted, señor de Urríes, está obligado a casarse con Fernanda, no por reparación del honor de esta, que no ha sufrido ni podía sufrir ningún detrimento, sino por dar al alma nobilísima de la doncella de Ibero la paz y felicidad a que es acreedora. Padece la demencia de amar a usted. Su corazón pertenece a su verdugo.» Si a este requerimiento respondía el andaluz con un *sí*, todo estaba felizmente terminado. ¿Respondía con un *no* iracundo o siquiera displicente? Pues el de San Juan con la misma o mayor entereza, le diría: «Aquí traigo dos espadas de fino temple: escoja usted la que quiera, y solos, sin testigos, vámonos a resolver en Juicio de Dios, cual cumplidos caballeros, esta grave contienda.»

Al trazar con mente fervorosa este soberbio plan, el alma del caballero ardía en loco entusiasmo. ¿Qué mayor gloria que consagrar los últimos días de una vida intachable (salvo las canitas echadas al aire con la *Africana*) a una empresa de rehabilitación tan grande y bella? Y pensando en esto, a su mente traía la imagen de Fernanda, adornándola de innúmeras piedras preciosas que representaban otras tantas prendas morales. O devolverle su don Juan, o morir por ella... En la mansión de los justos se encontrarían, limpios ambos de toda terrenal impureza, y contemplándose extáticos, gozarían eternamente el premio de sus virtudes... y a Dios vería cada cual en las pupilas del otro... Alargando después sus brazos para alcanzar al cuello de Filiberta, que en estatura le ganaba más de un palmo, le dijo con desbordada vehemencia: «Abrázame, mujer, y abrazándome reconoce que tienes por amo al caballero que más alto pica en la abnegación. Abrázame, a ver si se te pega algo de la grandeza de mis fines... y aprende, Filiberta, aprende a sacrificarte por la belleza y la virtud. Este arranque gallardo que en mí ves, lo debo al cataclismo de mi cerebro. Dios me turbó y desconcertó, para darme después un natural y temple más varoniles, infundiéndome la querencia de los actos heroicos. Al propio tiempo me hizo más poeta que Cristóbal de Pipaón, y con esa ventaja me encontré de añadidura.»

Derramando lagrimas, le abrazó Filiberta, diciéndole entre babas que si el señor moría en duelo, o como Dios quisiera, ella no se quedaba por acá. A su don Wifredo se pegaría como una lapa, y juntos subirían a la Gloria eterna.

Tan ufanado con su caballeresca resolución llegó a estar el Bailío, que le aterraba la idea de que un soplo de prosaica realidad deshiciera el hermoso castillete. Al regresar de su paseo una mañana, pensando en la ideal doncella por quien se desvivía, la encontró con su hermano Demetrio y con María Erro, que iban hacia la Plaza Nueva. Galantemente se agregó a las damas y al caballerito, y creyó ver en los divinos ojos de Fernanda sombra y luces que decían: «temo y espero.» Al entrar en la Plaza, halláronse de manos a boca frente a un clérigo joven, vivo, con acento extranjero, el cual se enganchó en saludos amables con María Erro, después con Fernanda, Demetrio y la compañía. Era el padre Beck, uno de los dos jesuitas que estuvieron con don Wifredo en La Guardia, en la primavera de aquel mismo año. Saludáronse todos, y particularmente extremó el clérigo sus cortesanías con el Bailío, no sin recordarle las caminatas que juntos habían hecho por Estella, Viana y Logroño, preparando el terreno y las almas para el levantamiento carlista. Con sonrisa de conejo respondió don Wifredo a las remembranzas del ignaciano, que se despidió relamido y afable, ofreciendo su domicilio, una hospedería muy recatada, próxima al convento de las *Brígidas*.

Siguieron las damas y su acompañamiento. Al despedirse Romarate en la puerta de la casa de Gauna, Fernanda le recomendó, con expresivo acento de tímida confianza, que no faltase aquella noche... ¿Qué había de faltar?... Llegó el primero, y aun pensó que llegaba tarde. Apenas vio a la gentil doncella de Ibero, pudo advertir en ella un ardiente afán de ponerse al habla. Ambos se dieron sus mañas para encontrar la ocasión que deseaban. La sorpresa del caballero fue grande cuando la señorita le dijo con balbuciente voz: «Ya sé, don Wifredo, dónde está esa... Esa... En Vitoria la tenemos ya.»

—¡Céfora!... ¿Dónde?

—¿Se fijó usted en las señas que dio de su casa el clérigo de esta mañana?... Pues allí... Allí.

—Ya lo sabía yo... —replicó el caballero en un rapto de vanidad adivinatoria—. Digo: como saberlo precisamente, no... Lo había pensado, lo sospechaba. Ya sé, ya sé: la hospedería de las señoras de Ezquerecocha, a donde solo asisten personas recomendadas, comúnmente sacerdotes, beatas...

—Dijo el padre que es al lado de las Brígidas.

—Está esa casa en lo que fue *Hornabeque de la Victoria*... ¿Sabe usted?

—¿Qué he de saber?... En mi vida oí tal nombre.

—¡Oh, yo de chico he jugado allí más veces...! Ya el Hornabeque o fortín estaba en ruinas... Pues el año 50 construyeron allí varias casas: una de ellas es esa, con solo dos pisos altos, que ocuparon las Ezquerecochas, excelentes señoras a fe mía... Guadalupe, que era una santa, murió del cólera; Eduvigis está baldada... Hoy gobiernan la posada unas sobrinas de poco juicio según entiendo. Por esto ha perdido la casa su antiguo crédito y respetabilidad... En el bajo, que es un local muy espacioso, hubo hace años un almacén de granos; luego un gimnasio, que tronó hace dos meses. La semana pasada, esos locos republicanos quisieron alquilarlo para celebrar allí sus reuniones o *metingues*; pero las vecinas de arriba pusieron el grito en el cielo, y el propietario se negó... Ahora que me acuerdo: días ha me dijo Filiberta que los valencianos de la Plaza Nueva alquilan ese local para depósito de loza y esteras... Amiga del alma, noto en usted un sobresalto que no tiene razón de ser... Estamos próximos a la Hora de Dios... Como dice muy bien Filiberta, el reloj de Dios es distinto del de los hombres, y cuando nosotros decimos *temprano*, él dice *tarde*, y cuando decimos *ahora*, él dice *todavía no*... Aguardemos con fe y serenidad.

Hubiera desentrañado Fernanda estas sutiles razones; pero por atender más al pensar propio, no quería salir del alcázar de su silencio. Despidiose el Bailío con efusión concisa, y algo aturdido salió a la calle; mas en cuanto las auras frescas de la noche orearon su frente, sintiose poseído de ardimiento belicoso, y espoleado por febril actividad. Apenas encaró con Filiberta, dio órdenes semejantes a las de un caudillo que reúne a los jefes de cuerpo para dar comienzo a una fiera batalla. Al punto quiso ponerse al habla con la Marciana, con su marido Antonio Castro, con Matías Calero y con un miñón llamado Ciordi, que según Filiberta era el individuo mejor informado de los pasos de don Juan. Anhelaba don Wifredo conocer sin demora el paradero del andaluz, para irse derecho a él y plantearle la cuestión caballeresca en términos de inexorable precisión.

Divagando en conjeturas y sin resolver nada, se pasó la noche, y a la mañana siguiente, dadas ya las ocho, solo pudo averiguarse que la marquesa de Subijana, desentendida ya de Céfora, se había ido a San Sebastián con su amiga la Villares de Tajo: ambas habían estado tres días en Quintanilla, donde tuvieron la dicha de alternar con los Marqueses de Beramendi y otras aristocráticas familias. Carolina Lecuona era feliz entre las damas elegantes y los señores ricos, que habían erigido en ley de buen tono el repudiar a todos los candidatos a la Corona de España y envolver en flores de simpatía al niño don Alfonso... También había partido de Vitoria el padre Beck, creíase que a Tolosa, dejando a Céfora bajo la custodia y gobierno de una grave señora piadosísima, que habitaba en la misma casa.

Daban las diez cuando se supo que don Juan había pasado de Ali a un caserío cercano. Era inútil buscarle allí. Más práctico sería salirle al encuentro en Vitoria, a donde venía en cuanto cerraba la noche. El miñón José Ciordi, conocedor sin duda de los pasos, ya que no de las intenciones, del caballero, se encastillaba en una discreción a prueba de halagos. Era indudable que entre don Juan y Céfora mediaban cartitas. Desesperado don Wifredo ante la imposibilidad de apoderarse de alguna de ellas, invocaba y sutilizaba su poder de adivinación, tratando de penetrar ideológicamente el delicado arcano de las letras que iban y venían por el aire, como efluvios telegráficos. Pero esto no le valía, y los esfuerzos de una imaginación potente y ágil no servían más que para internarse en enredosos laberintos... Por fin hubo de comprender que su fantasía deliraba, y que los monstruosos absurdos por ella engendrados eran obra de unos traviesos diablillos que se introdujeron en su magín, y allí jugaban con el aparato de adivinar.

Para librarse de esta diabólica sugestión, se fue el hombre a San Vicente, y ante el altar mayor oró devotamente una media hora, de rodillas. Muy consolado y fortalecido en sus pensamientos salió de la iglesia para su casa, y antes de llegar a esta sintió que en la bóveda de su cerebro llamaba con fuertes golpes el verdadero y genuino poder adivinatorio, como diciendo: «Atención: aquí estoy... Abrid, abrid...» La grande adivinanza de origen divino entró en el cerebro precedida de espléndidas luminarias. Vedla aquí: El nuevo alquilador del local vacío, planta baja, en la casa de las Ezquerecochas, era Servando Arregui... grande amigo de Romarate, moralmente ligado a este por el cariño y la gratitud...

«Fili, Filiberta —dijo el Bailío con fuertes voces entrando en su casa—, averíguame al instante si los valencianos de la Plaza Nueva han alquilado el bajo de la casa... ya sabes...»

—Señor, le estaba esperando para decirle que ayer alquiló el almacén Servando Arregui, y que hoy le han dado la llave.

XXX

—¿Ves, ves?... Lo adiviné —clamó el Bailío radiante de júbilo—. Y el barrunto vino de que recordé haber oído a Servando, seis días ha, que pensaba tomar ese local para poner en él un establo.

—No, señor; establo no... pone almacén de ferretería.

—Eso es... Confundí las vacas de leche con las llantas, flejes, clavazón... Lo mismo da. Corre, mujer: dile a Servando que quiero hablarle... Puedes desde luego explicarle tú mis fines y propósitos, que son de la más pura honestidad... inspirados en el supremo bien... En fin, quiero que me dé la llave... Es preciso que esta noche misma me apodere yo de aquella posición importantísima, para sorprender al don Juan, que por allí ha de recalar... Ahora sí que no se me escapa, ¡vive Dios!... Y detrás de la casa hay un campillo mal cerrado de tapias, el cual fue huerta, prado, y hoy es depósito de escombros, lavadero... Allí tenemos don Juan y yo un espacioso y solitario ejido donde plantear el juicio de Dios, si ese andaluz alocado se negase a la reparación que le pido... Filiberta, estoy loco de contento... Vete pronto a ver a Servando. Que me dé la llave... La llave es la clave, y cogiéndola podré exclamar: *Eureka... Eureka* quiere decir: *clave, ya te tengo...*

Fue luego el ingenioso Bailío a la casa de Ibero, deseoso de hablar con Fernanda antes de llevar a la realidad su audaz propósito. Pero no pudo ver a la ideal señorita, porque hallándose enferma de fiebre palúdica Sofía Prestamero, junto al lecho de esta pasaba tarde y noche, asistiéndola como cariñosa enfermera. Dirigiose don Wifredo al domicilio de Prestamero, calle del Prado, casi frente al Instituto y muy cerca de las *Brígidas*; pero en la puerta varió de idea, porque preveía la dificultad de no poder hablar a solas con Fernanda, y porque sus graves quehaceres le pedían aprovechar escrupulosamente el tiempo.

Recibida de manos del propio Servando Arregui la llave del local, y pasada revista a los confidentes y espías que auxiliaban su causa, no quiso demorar la ejecución de sus heroicos pensamientos; recogió al anochecer sus espadas, y llevándolas bien disimuladas con la envoltura de una tela, se fue al escondido palenque donde aguardar a pie firme debía la Hora de Dios.

Aunque el caballero quiso ir solo al puesto de peligro, contra su voluntad le acompañó Filiberta. «Bueno —le dijo el amo en la puerta del local—. Consiento que entremos juntos; pero luego te vas... Quiero estar solo. Las mujeres, con sus arrumacos y chillidos, perturban estos actos de carácter estrictamente varonil... Abramos... Ea, ya estamos dentro...» Era un local vastísimo; gran salón corrido, con dos rejas y una puerta a la carretera, otra al campillo posterior, que por el Norte lindaba con la huerta de las *Brígidas*. Columnas de hierro fundido sostenían las gruesas vigas de carga del techo; las paredes eran desnudas y sucias, el suelo de baldosín. Del techo pendían aún argollas y cuerdas, resto del gimnasio que allí hubo. En algunos paramentos se veían desgarrados carteles de Ferias y Toros, cuentas trazadas con carbón sobre el yeso. Únicos muebles donde poder sentarse eran un banco de carpintería, otro más pequeño, y algunas piezas de tablazón apiladas contra el zócalo.

Vieron esto a la luz de una vela que con precaución doméstica trajo y encendió Filiberta. «Buena ha sido tu idea —dijo don Wifredo dejando sus espadas en el banco—, y no está mal que yo tenga aquí esa bujía, que podrá ser necesaria en alguna ocasión. Pero yo me propongo hacer mi guardia en completa oscuridad, para evitar el riesgo de que se espante el enemigo y no entre a la suerte.» Después de cerciorarse de que el local no tenía comunicación directa con los pisos altos, apagaron la vela, que Fili dejó sobre el banco de carpintería con una palmatoria de barro y caja de fósforos, y saliendo al campillo, reconocieron la puerta que daba salida a los pisos altos, y frente a ella lavaderos y colgadijos de ropa; más allá un estanquillo vacío y seco, y después soledad, árboles muertos, restos de fortificaciones. Una tapia destruida a trozos limitaba el campo a lo largo de la carretera de Madrid a Irún.

Una vez examinado el terreno, ordenó don Wifredo a su criada que le dejase solo, y como ella se negara, poniéndose un poquito dengosa, tuvo el amo que cuadrarse y hablar recio... Al fin partió la huesuda, haciendo propósito de dar por allí unas vueltas a distintas horas de la noche. Solo en su torre, ufano como un guerrero feudal dentro de los muros que afianzaban su poder, esperó el Bailío los hechos que el reloj de Dios marcaría fijamente en el curso de la noche. Su punto de vigilancia era una de las ventanas enrejadas que daban a la carretera, frente al paseo de la Florida. Desde allí no se le escapaba don Juan, ni nada de lo que ocurriese en las Ezquerecochas. En su acecho le ayudaba una Luna hermosa, con solo dos noches de menguante, ligeramente recortada de un carrillo, y espléndida de dulce claridad. Alumbraba el astro lo exterior, y el caballero vigilaba en la oscuridad. Todo lo veía, y ni de hombres ni de alimañas podía ser visto.

No había pasado media hora desde que en el firmamento apareció la Luna, cuando Fernanda Ibero, en un respiro que le dejó el descanso de la amiga enferma, salió a un mirador de los que engalanan la ciudad de Vitoria, con vistoso frente de cristales. Sola un momento ante la hermosa vista del cielo con claridad lunaria, y de las arboledas cercanas, iluminadas de un azul verdoso, el alma de la triste doncella salió a espaciarse en la dulce melancolía de la noche. Pocos minutos llevaba en su contemplación, cuando fue sorprendida por una muchacha de las que servían en la casa, Prudencia, la cual llegose a ella medrosica y vacilante como quien trae un tapadillo. Después de mirar a las habitaciones próximas, de donde salía rumor de niños y criadas, le dijo: «Señorita, para usted traigo una cosa.» Tembló Fernanda. ¿Qué sería? El miedo de la criadita se le comunicó, y apenas pudo pronunciar dos palabras. Con un *tome, tome*, alargando un papel, cumplió Prudencia, que azorada seguía mirando a las puertas por donde venían las voces.

Cogido el papel por Fernanda, vio que era una cartita pequeña con sobre de tarjetas... vio la letra de don Juan en el sobre... le faltó poco para caer sin sentido. «¿Quién te ha dado esto, Prudencilla?» «Mi primo el miñón Pepe Ciordi... Abajo está esperando por si quiere la señorita contestar... Me dio el papel cuando volvía yo de la botica...» «¿Cómo he de contestar si no he leído...? Y no sé si debo leerlo... Dile que se vaya... No, espera... Sí, que se vaya, que no contesto... Aguarda, mujer... que sí, que contestaré... Pero tengo que pensarlo despacio... Oye... que pensarlo despacio.» No sabía la pobre señorita qué decir, ni qué resolución tomar: tan violenta conmoción le traía el inesperado mensaje, que era como bomba estallante en su alma. Con veloz mano rompió el sobre chiquito, y con mirar de relámpago leyó las seis líneas escritas por don Juan... Leerlas y arrugar papel y sobre, guardándolo todo en el seno con rapidez de prestidigitador, fue obra de pocos segundos...

Inmediatamente se internó en la casa; volvió al cuarto de la enferma, que aún dormía; salió... Marciana, de cuya fidelidad y honradez tenía tantas pruebas, era la única persona de quien se fiaba en el asunto oscuro y delicado que de improviso tomaba tan extraño giro. No hallándose en la casa la confidente, esperó su llegada con cruel ansiedad. En esto, la madre y la hermana de la señorita enferma ordenaron cariñosamente a Fernanda que se acostase, pues había pasado en vela la noche anterior... Aunque no tenía sueño, Fernanda obedeció por estar sola y aislada. Quería zambullirse con libertad en el mar de sus pensamientos.

La solitaria meditación fue para la enamorada doncella tormento, del cual provenían goces del espíritu, y ensueños que acababan en cruel suplicio de incertidumbres. En su breve carta, don Juan le proponía restablecimiento de relaciones, olvidando todo lo pasado. El galán reconocía el inmenso mérito de la que fue su novia y prometida, y renegaba de sus pasadas locuras. Momentos hubo en que Fernanda, que aún conservaba la carta en el seno (se acostó vestida), sentía que el papel le comunicaba un calor dulcísimo; sentía renovado su amor ardiente, y veía posibles la confirmación y realidad de las esperanzas que alimentaron su alma desde que don Juan emergió en La Guardia hasta que se hundió en Bergüenda. El recuerdo de la parábola del Hijo Pródigo la alivió de sus dudas. Antes de media noche, disparada la imaginación de la señorita en velocísima carrera, llegó a ver cosas y personas tal y como fueron en los primeros meses del año. La ilusión de amor, el porvenir risueño... El matrimonio, el esposo, los hijos... hasta la remota esperanza de los nietos, revivieron como una vegetación milagrosamente cambiada de las zonas frías a las tropicales... Don Juan, curado de sus travesuras solteriles por los goces de la familia y por la paz doméstica, era un modelo de esposos, de padres... ¿por qué no ya de abuelos?...

Una brusca regresión, un repentino salto atrás, llevaron el alma de Fernanda hacia otras ideas. Obra fue también de la imaginación, que es juntamente veleta y viento, pues a sí propia se cambia... Vio la señorita cómo se ajaba de súbito aquel rosado ensueño... pensó que la enmienda de don Juan sería difícil, y temió que si en efecto se arreglaba todo y con él se casaba, había de ser infelicísima. Acordose luego de su hermano Santiago, de sus aventuras, de su vida irregular, de su felicidad presente, y se dijo: «Quizás mi destino y el de mi hermano sean igual destino... No podré llegar a la paz sin que antes pase por mil pruebas, sufra desdichas y afronte horribles tempestades.» Santiago y Teresa eran para ella un símbolo más admirado que comprendido, un mito que representaba la humana vida en su primordial concepto. Veíalos como un grupo de clásicas figuras, imponentes por su belleza y noble gravedad. Sin que hubiera en torno a ellos palabras escritas ni grabadas leyendas, algo decían... Invisibles trompetas de oro daban al aire estas voces: *Energía*, *Dignidad*, *Amor*, *Justicia*, y alguna más que no se oía bien...

Cansada de buscar enseñanzas de vida en la vida de su hermano, pasó Fernanda otra vez a lo fácil, próximo y tentador, a la fascinación *donjuanesca*. ¡Era tan interesante y galán el travieso andaluz!... Su carta revelaba propósito de enmienda... En el mundo no son raros los casos de pecadores súbitamente convertidos... Con estas generosas ideas se adormeció, ya de madrugada, y su caldeado cerebro tuvo algún descanso... Al despertar, su primer pensamiento fue para Marciana... Por fin, ¡ah!... Eran ya las nueve bien dadas, cuando la señorita pudo hablar con su leal servidora y confidente.

La primera observación de Marciana, en cuanto se enteró de la cartita, fue de una lógica intensa: «¿Por qué no le dice eso a tu padre? A tu padre debe dirigirse ahora, no a ti... No te fíes... lo que quiere es marearte, trastornarte, sabe Dios con qué idea.» Protestó Fernanda tímidamente: tomaba la defensa del burlador por estímulos hondos del alma y nerviosos estímulos que enlazados subían a inspirar su pensamiento. Cariñosa rebatía Marciana sus débiles razones. Era una buena mujer, cuarentona, gordezuela, corta de estatura y de inteligencia, graciosa de cara, la mirada picante por causa de un ligero estrabismo, como gancho malicioso. Amaba con ternura maternal a Fernanda, de quien fue niñera, y no había olvidado el tutearla; no quería más a sus hijos. «Ten calma, cordera —le dijo—. Yo me enteraré hoy mismo. De ese Ciordi no debemos fiarnos, porque está vendido enteramente al don Juan, y no nos cuenta más que lo que le conviene... Pero mi Antonio sabe o puede saber lo que Ciordi nos oculta. Volveré por aquí a primera hora de la tarde, y te diré lo que Antonio averigüe.»

Entre la primera y la segunda visita de Marciana, las horas, invisibles ruedas del tiempo, corrieron con doloroso engranaje en el corazón de la señorita. Adormeció esta su ansiedad asistiendo a Sofía, recibiendo las órdenes del médico y aplicando sus manos al trajín de la casa. A las tres llegó Marciana con cara fosca, y a solas hablaron después de esperar ocasión favorable. «Hija del alma, lo que pensé ha resultado cierto. Tan engañada como yo lo estuve cuando te calenté la cabeza con lo de que volvía don Juan, lo estás tú ahora con la ilusión que te ha traído esa carta de brujería... No viene, no, con buen fin... Si viniera de buenas, se habría dirigido a tu padre... Lo que quiere es perderte, arrastrarte a sus locuras...»

Rechazó Fernanda estas suposiciones que creía malévolas. Imposible que existiera en un hombre tanta maldad. Palideció en la protesta, como si las palabras de la confidente desgarraran sus sentimientos más vivos. Marciana, que blasonaba de su veracidad así como de su amor a la señorita, se aventuró a desembuchar la peor parte de las nuevas que traía... «Pues sabraslo todo, para que te desengañes de una vez. El don Juan juega con cartas dobles... Y esa que estudia para monja es tan santa como yo emperatriz... Don Juan y ella están de acuerdo, se escriben, se hablan... Todo lo tiene preparado para sacarla de aquella casa... La roba... Se la lleva a Madrid de contrabando... Y no ha de pasar de esta noche.»

De la ira quedó Fernanda un momento sin habla; apretó los puños, y al oír a Marciana repetir sus últimos conceptos, rompió en acerbas negativas: «¿Cómo he de creer esas atrocidades? Marciana, te tuve siempre por leal; ahora te tengo por mentirosa... No es buena esa Céfora... pero sería un monstruo si de la puerta del convento se volviese atrás llamada por el vicio... No, te digo que no es la humanidad tan perversa... No, no... ¡Y el don Juan escribirme lo que has leído, para salir luego con...! ¡Oh, no! Marciana, no me harás creer que Dios permite infamias tan horribles... No mil veces.»

Acabó su protesta llorando amargamente. Marciana, con dignidad de mujer que no sabía mentir, replicó así: «Pues, hija, no estás poco romántica... Te traigo la verdad y dudas; no me crees... ¿Lo creerás si lo ves?»

—Sí, sí —dijo Fernanda, y el *sí* fue como un grito en que echaba toda su alma—. Marciana, llévame.

—Bien cerca estamos... pero es un compromiso... ¡Si tus padres lo saben!...

—Quiero verlo... La mayor vileza, la mayor abominación que Dios permite a sus criaturas, quiero ver.

Hablando así, avanzó con tal fiereza hacia la pobre mujer, que esta retrocedió asustada. «Bueno, paloma, no te pongas así —dijo apretándole las manos, que Fernanda soltó enseguida con tirón vigoroso—. Si te empeñas en ello, iremos... ¿No calculas que nos será difícil salir de noche... y dar una razón de nuestra salida?...» Y Fernanda, despreciando con gesto altivo los escrúpulos de la otra, contestó: «Digan lo que dijeren, y pase lo que pase, yo voy... Si no quieres ir conmigo, iré sola... Sé a dónde tengo que ir... Es muy cerca.»

Vaciló Marciana. El fuego que despedían los ojos de Fernanda prendió pronto en ella. Próximas la una a la otra, ya no se oyó más que un cuchicheo de ladrones en acecho: «Tráete tu mantón negro de crespón para mí...» «¿Fingiré un recado de tu madre llamándote a casa?...» «No es preciso...» «¿Sabes que tengo miedo?...» «Yo no...» «Bien mirado, ¿qué vamos a buscar allí?...» «La verdad: ¿te parece poco?»

XXXI

Desgracia y fastidio fue para el insigne don Wifredo que el reloj de su ansiedad no anduviese acorde con el del Padre eterno, pues las horas de aquel pasaban y pasaban silenciosas, sin que llegara la de Dios. Venía, pues, atrasado el reloj divino, o el del Bailío corría furioso, como si adelantara sus agujas el dedo de la impaciencia. El hombre esperaba, sin distraerse un instante de la escrupulosa atención de su acecho, y ni asomos del caballeresco lance aparecieron por parte alguna. ¡Lenta y tediosa noche, engalanada de una dulce claridad que resultó enteramente burlona! Diversa gente vio don Wifredo pasar por la carretera; mas nadie se acercó a la casa de Ezquerecocha después de cerrada la puerta, a las diez y minutos. Arriba sonaron pasos tenues... Murciélagos entraron en el almacén y se colgaron del techo; ratones transitaban bajo las tablas como corredores diligentes que van y vienen a sus negocios.

Ni con las claridades del día se acabó la paciencia del Bailío, pues cuando vio entrar a Filiberta, que sonreía en competencia con la aurora, le dijo: «No ha pasado nadie, ni ha venido el enemigo; pero yo no desmayo. Tráeme el chocolate, que de aquí no me muevo. ¿Quién nos dice que la Hora de Dios ha de ser precisamente una de las de la noche?» Al volver con el chocolate, Filiberta le disuadió de su propósito. No debía esperar que de día hubiese drama. Lo conveniente era descansar en casa, para volver a la noche con los necesarios bríos. Cedió el hombre; se fue, llevando por delante a la huesuda, portadora de la chocolatera y de las espadas... Antes de anochecer ya estaba otra vez el Bailío en su puesto, más alentado aún que la noche anterior, pues algo y aun algos le susurraba la cerebral trompetilla que anunciar solía las grandes adivinaciones.

Varió don Wifredo de táctica en la segunda noche, y dejando las armas en el banco salió a un reconocimiento en el campillo. Cerca de las tapias, cuyas roturas y boquetes permitían la entrada por diversas partes, se le acercó un miñón con el paso y modos de quien encuentra la persona que busca, y cortésmente le dijo: «Señor don Wifredo, ¿no me conoce? Soy Lucas Ciordi, hermano de Pepe Ciordi. Mi hermano, que está de servicio, no puede venir a verle... Por Filiberta supo que estaba usted aquí... Pues me manda a decirle que no se moleste en esta centinela, porque aquí nada ocurre ni puede ocurrir, señor. Para no cansarle, hay paces. Sépalo y alégrese.»

—Me alegraré si me traes pruebas de esas paces —dijo el Bailío con entonada gravedad en su voz y continente— o si me señalas dónde podré encontrarlas tan claras como yo las necesito.

«A eso vengo, pues. El señor don Juan de Urríes estaba hace un rato en la Capitanía general. De allí salió para el Gobierno civil, donde ahora se encuentra con el gobernador señor Ezcarti, el señor de Ayala y don Ramón Ortiz de Zárate... A mi hermano ordenó don Juan que se le diese a usted aviso de que le esperaban en el Gobierno civil... para ir todos juntos a visitar a don Santiago Ibero, Plaza del Machete.» Quedó suspenso el ínclito Romarate. En su alma, la desconfianza y el temor suspicaz fueron pronto vencidos por la irrupción de sentimientos generosos, empapados en el dulce humor de la credulidad; y sin más palabra que un *vamos* decidido y seco, salió como una flecha, precedido del miñón.

Quedó solo el campillo, pues al propio tiempo que don Wifredo lo abandonaban un muchacho y una mujer, que retiraron ropas de las cuerdas de secar, y desaparecieron por la puerta excusada de la casa de Ezquerecocha... Rodaron luego sobre aquella bostezante soledad minutos de silencio y paz... un hombre pasó silbando; sapos cantaban llamándose de una parte a otra con sonidos de flauta dulcísimos... Conversación de ranas venía de la parte alta, lindante con las *Brígidas*. Apareció la Luna, ya con la redonda faz más mermada de un carrillo, y su claridad azul pintó fantásticamente los relieves del suelo y los objetos en él esparcidos, recortándolos de sombras intensas... Ya iba la Luna bastante alta, despejada de nubecillas *stratus*, cuando por uno de los huecos de la tapia rota entraron dos bultos, que parecían enlutadas mujeres. El desigual terreno, con fuertes golpes de claridad y sombra, les imponía un andar lento, cauteloso.

Llegaron a la casa; dio Marciana con la puerta, y empujándola dijo a su compañera: «Está abierto... Entremos... Aquí no habrá nadie, y si alguien hubiere, será ese ángel de don Wifredo, que cogió las llaves...» Ya dentro las dos, sentose Fernanda en el banco pequeño, y viendo en el de carpintero algo que a la luz de la Luna relucía... tocó... Era el manojo de llaves... Algo más pudo reconocer: las espadas del Bailío.

Después de examinar el local y de asomarse a una de las rejas, volvió Marciana junto a la señorita, diciéndole con voz sigilosa: «No se ve, no se siente nada.» Y Fernanda: «Habrá que esperar. Creo que debemos apostarnos fuera... En este campo abandonado... Por ahí saldrán, creo yo...» Y Marciana: «Estate ahí sentadita; yo miraré por una parte y por otra. Ten sosiego, hija mía; no olvides lo que me has prometido: ser prudente, no alborotar...» Y Fernanda: «No puedo decirte hasta dónde llegará mi prudencia... Tales cosas puedo ver que...» Y Marciana: «Pues nada; un paso de novela, tonto de puro viejo. Ella estará preparada... Llegará él con un coche... Lo probable es que deje el coche a distancia... Lo que no sabemos es si ella saldrá por alguna puerta, o si se descolgará del balcón.»

Callaron. Fernanda permanecía sentada; a su lado Marciana en pie... En el oído tenían las dos su alma, acechando rumores del piso alto y de la calle. La primera que dio un alerta como susurro casi imperceptible fue la hija de Ibero: «Arriba, pasos...» Marciana susurró negando: eran ruidos de fuera. Insistió Fernanda: «De fuera no; de arriba... Son pasos... y pasos de mujer... Aguarda... Ahora abren la ventana o balcón con mucho cuidado para que no chillen las bisagras...» Y Marciana: «Te equivocas: es el chillido de alguna lechuza en los árboles de la Florida...» Nueva pausa... Minutos que se coagulaban en las venas del tiempo, y no querían correr... De pronto Marciana delató, con el gesto más que con la voz, una sombra, una figura que pasaba ante una de las rejas. Sin decir nada, Fernanda empujó a su confidente para que a la reja se acercara y... Antes de que la criada volviese a la reja, el bulto volvió a pasar: iba en sentido contrario. Acudió también Fernanda, y como la otra retrocediera, en medio del local encontráronse las dos... Marciana la abrazó, le sujetó los brazos, aun hizo ademán de taparle la boca... «No te arrebates, hija; no hagas caso... Es él.»

Más prudente fue la señorita de lo que creyó su antigua niñera. Caricias tiernísimas le prodigó esta para sosegarla y evitar una explosión dolorosa. Por señas le aseguró Fernanda que sabría contenerse. Segundos después vieron a don Juan de Urríes plantado frente a la reja, la cabeza echada atrás, atento a una voz que del balcón descendía... Desde el centro del local donde las dos mujeres estaban, no oían los conceptos de arriba; oían tan solo sonidos dispersos, sílabas aperladas que rebotaban en el cristal de la noche. La voz y los conceptos de don Juan sí que los percibían claramente. «Me has dado la razón, vida mía —dijo el galán—. Tu carta de hoy es el mayor alegrón que podrías darme. Resueltamente arrojas de tu alma el último sedimento de esa estúpida manía monjil...» Algo dijo ella, y el caballero respondió: «Sí, sí: mi amor será inextinguible; te hago mía, te llevaré a Madrid. Serás dichosa, yo también...» Habló Céfora. La réplica de don Juan fue así: «Antes de recibir tu carta, tenía yo preparado todo para mañana, y a eso he venido, a decirte que todo está dispuesto para mañana... ¿Te parece bien esta hora?» Poco antes de decir esto don Juan, Fernanda, retirada al fondo oscuro del local, dejábase caer en el banco donde antes estuvo. Con violentísimo esfuerzo sobre sí, pudo contener su angustia y desesperación, y sofocar las voces furibundas que de su boca querían salir. Marciana, en tanto, permaneció junto a la ventana para no perder nada de lo que hablaran... Y en esto, retirose el andaluz vivamente, más pronto de lo que las mujeres esperaban.

«Llora, hija de mi alma —murmuró Marciana besándola con efusión—; llora un poquito... Esto ha concluido...»

«¿Pero se fue... Se ha ido él?» La interrogación de Fernanda era estupor, espanto, sospecha de mayor desventura.

—Sí... Te contaré. Sosiégate... Pues según parece, don Juan tenía dispuesta para mañana la función de robar a esa berganta. Pero ella ¿sabes lo que ha dicho? Que mañana no podrá ser, porque el padre catequista, que está en Tolosa, vendrá en todo el día de mañana, y con el dichoso clérigo aquí no puede haber fuga sin escándalo... Tiene que ser la función esta noche. ¿Ves qué pillos?... Oí bien claro lo que la pájara dijo desde el balcón... Que esta noche, en cuanto esté dormida la vieja que arriba manda, podrá escabullirse sin ruido. Tiene llave para salir por la puerta que da a los lavaderos.

—¿Y él?

—Se fue corriendo... No tenía nada preparado... Dijo así: «Si nos quedamos aquí esta noche, ¿dónde nos guarecemos?... Si nos vamos, preciso es que ahora mismo alquile un carruaje... Esto será lo mejor; nos iremos a Miranda...»

—¿Eso dijo?...

—Esto, y algo más.

—Lo demás, fácil es de adivinar... Quedaron en que él vendría con el coche y aguardaría en la carretera. Tratar coche a esta hora, prepararlo, enganchar, y venir aquí, será cosa de cuarenta minutos... Algo más quizás... ¿Vendrá a esperarla, o saldrá ella a un sitio de la carretera que él fijó?... Se irán por abajo, por el paso a nivel...

—Algo de eso dijeron... No pude enterarme bien. ¡Buena tengo yo mi cabeza para retener palabra por palabra!... Un oído tenía yo puesto en ellos, otro en ti, por si salías chillando y moviendo gresca... Y sobre todo, ¿qué nos importan ya esos últimos requilorios? Ya has visto lo que querías ver; ya tienes la verdad que buscabas... Vámonos a escape, hija, y demos gracias a Dios por no haber tenido ningún tropiezo.

Permanecía Fernanda inmóvil, y con su inercia taciturna decía claramente que aún era pronto para partir. La impaciente comezón de Marciana no dio resultado alguno, y en esto transcurrió un buen cuarto de hora, veinte minutos que a la buena mujer se le hicieron larguísimos. Al fin, la joven, poniéndose en pie, dijo a la que bien podría llamar su escudera: «Adelántate un momento, y mira si hay alguien que pueda vernos.» Salió Marciana, y volvió al poco rato diciendo que no había nadie; en la puerta encontró a Fernanda que también salía, muy envuelta en su negro mantón... Ya en el campillo, la señorita se encaminó a la derecha, hasta llegar a una puertecilla que era la comunicación de la casa con los lavaderos... Detúvose junto a un poste de los que mantenían las cuerdas de colgar ropa, y a las indicaciones apremiantes y temerosas de la escudera, contestó muy quedamente, pero con voz firme: «Déjame; es entretenido ver la puerta por donde ha de salir este diablo hecho mujer... No, no temas nada... No chillaré, no alborotaré si la veo salir... No haré más que reírme, Marciana; reírme de estos horribles sainetes del infierno... No es esto para llorar ni para encolerizarse; es para reír... para que nos hartemos de echar burlas y salivazos sobre un hombre más falso que Judas y una mujer sin pudor.»

A fuerza de amantes ruegos logró Marciana separarla de aquel sitio; pero no tardó Fernanda en rebelarse de nuevo y volver al lugar que con fuerte atracción la llamaba... Pausa y silencio, que cortó bruscamente un ruidillo metálico... llave requiriendo una cerradura... Cerradura que chilla...

puerta que gime y se abre lentamente, dando paso a un bulto, a una mujer... Esta salió rígida, cautelosa... No vio a los que la veían y pudieron reparar que vestía de gris, con un abrigo en el brazo luciendo su airoso cuerpo; en la mano derecha traía un envoltorio, un saquito, no podía distinguirse bien; en la cabeza nada... Echó sus miradas hacia la derecha buscando un sendero, y en aquella dirección anduvo hasta llegar fuera de la zona de sombra. Creyó sentir pasos; asustada miró hacia la parte desolada del campillo; pero no venía por allí el miedo; venía detrás de ella, con paso vivo, y en forma de una figura esbelta y oscura que al aproximarse le arrojó estas palabras, como saetas voladoras: «Señorita Céfora, va usted equivocada. No la espera a usted don Juan por esta parte. Es por la otra... hacia el ferro-carril. Párese un poco. ¿Quiere hablar un rato conmigo en tanto que...?»

Céfora se paró en firme. Había llegado a la zona de iluminación de la Luna; la angelical figura y sus cabellos de oro se destacaron en la plateada noche. «¿Quién es usted?... ¿qué me quiere?» dijo asustada y desdeñosa.

—Quiero —replicó Fernanda, también parada en firme— que reflexione usted, que se vuelva por donde ha venido, que entre en su casa y no salga de ella esta noche.

Cuando esto decía, fue reconocida por la otra, que lanzando terrible chillido salió disparada en carrera velocísima por el primer sendero que encontró delante. Tras ella corrió Fernanda igualándola en velocidad, y detrás, a bastante distancia porque su gordura y corto aliento no le permi-tían más, Marciana que gritaba: «Hija, cordera, déjala, no seas loca... Por tu madre, ven, aguarda.»

Las dos jóvenes corrían a competencia con gallardos quiebros y brincos, salvando las desigualdades del terreno como gacelas perseguidas. Iban locamente al acaso, y sin darse cuenta recorrían todo el campillo, internán-dose en el recodo solitario próximo a la tapia de las *Brígidas*... A Céfora se le acabó el resuello antes que a Fernanda, y fue alcanzada por esta, que con mano vigorosa la cogió del brazo y la detuvo, quedando ambas frente a frente... Céfora gritó despavorida: «Juan, Juan, ven a mí...» Y Fernanda con más furia, blandiendo la espada que traía en su mano derecha: «Llámale, llámale. Juan, ven a este infierno, que es obra tuya.» Frenética cerró contra ella, y iras!... Allá fueron al suelo Céfora y espada, aguja clavada en un acerico... La diablesa pasó de este mundo al otro sin decir apenas iay!

XXXII

Mediano rato tardó Marciana en llegar jadeante al lugar de la tragedia... Sus ojos dudaban de lo que veían... Pasado el estupor primero y sin aliviarse de su espanto, comprendió la gravedad del hecho y asió el brazo de Fernanda para llevársela... La infortunada joven, que parecía privada de voluntad, se dejó llevar largo trecho; pero de improviso, como herida de recuerdo punzante, desprendiose de la mano de su escudera... y apretó a correr en querencia del lugar trágico, pero sin dirigirse a él en línea recta. Describió extensa curva con el ligero y brincante paso de gacela, y al llegar cerca, como a seis pasos, del cadáver de Céfora, se arrodilló ante él y permaneció en contemplación muda... En tanto Marciana, medio loca de consternación, iba y venía de una parte a otra, las manos en la cabeza, sin saber qué resolución tomar.

Cerca de aquel desolado sitio, casi tocando la tapia de las *Brígidas*, había un tejar, charcas pobladas de ranas, que a ratos rompían el silencio nocturno con su crotorante canticio; más allá una casucha que habitaba la viuda de un tejero. Allí vio luz Marciana, allí acudió. La viuda y un hijo suyo, mocetón hercúleo, que habían oído las alteradas voces, le salieron al encuentro. Relató la escudera el suceso como una riña sin consecuencias graves, y despachó al mozo con un recado para el guardia civil Antonio Castro, marido de ella, que estaba de servicio en el camino de Ali. Hecho esto, volvió en busca de su señorita, a quien encontró, no de hinojos, sino sentada en una piedra, los codos en las rodillas, el rostro sostenido en las palmas de las manos. Sentose a su lado Marciana, poseída de intensa emoción religiosa ante la mujer muerta; los suspiros de ella se concertaban, como fúnebre rezo, con los gemidos que de vez en cuando exhalaba la otra. Pasado algún tiempo, Fernanda alzó el rostro y dejó caer de sus labios estas lentas palabras: «Mírala... tan joven, y ya muerta...»

Marciana suspiró más fuerte, y Fernanda prosiguió así: «Morir en la juventud florida es ley de enamorados... El amor, el verdadero amor, no quiere envejecer...» Pasó más tiempo, inapreciable jirón del tiempo, y Marciana vio aparecer una figura humana, dos... Eran don Wifredo y Filiberta. Al partir corriendo el tejero hercúleo en busca de Antonio Castro, encontró a medio camino al Bailío y su criada, y les refirió con vagas y medrosas indicaciones la ocurrencia y el lugar de ella... El primero que se acercó al lúgubre teatro fue el caballero sanjuanista, y al ver a Fernanda en actitud luctuosa, y a Céfora tendida con mortuoria compostura, la espada clavada en el pecho, quedó como estatua, en estupefacción terrorífica. Luego llegó Filiberta, que de la fuerza del repentino espanto cayó al suelo diciendo: «¡Ay, Dios, ampárame! Yo no he sido.»

Las cuatro figuras rodeaban en lúgubre cerco el cuerpo de la que dormía el eterno sueño, vuelta hacia el cielo la blanca faz, el cuerpo yacente en gracioso abandono, un brazo extendido sobre el césped, recogido el otro hasta dar con la mano en la tremenda herida... Los cuatro callaban; solo de la boca de Fernanda salieron palabras sueltas, sin sentido, sin relación alguna con la tristísima realidad: «En una lanchita... Olas furiosas... Al agua tú...» Oído esto por Marciana y don Wifredo, creyeron que la señorita deliraba. La terrible situación presente, ¿qué tenía que ver con olas ni con lanchas? No era delirio, sino este sutil comentario que pasaba por la mente de la infeliz damisela: «Mi hermano, escapado de Melilla, salió de Orán en un barco de contrabando... Perseguido, tuvo que meterse en una lanchita... Oleaje furioso... Iban él y un griego solos... Dos hombres eran mucho peso para una embarcación tan chica... Mi hermano vio en el griego la intención de tirarle al agua... ¿Qué hizo?... Matar al griego y tirarle... Cae el que cae... Se salva el que puede...» Esto se decía Fernanda, y al pensarlo, algunas palabras salieron a los labios, otras quedáronse dentro...

FERNANDA. (Mirando a CÉFORA.) Matarme tú a mí de dolor... Matarte yo a ti con espada... Son dos espadas... ¿Cuál de nosotras dos está más muerta?... Venga la Justicia Divina y dígalo...

DON WIFREDO. La Justicia Divina me ha burlado, Fernanda, pues creyéndome instrumento de ella, quise matar a un hombre perverso, y he matado a una mujer... A la infernal Antarés, la que induce a los hombres al vicio...

FERNANDA. He sido yo, señor.

DON WIFREDO. Mía es la espada.

FERNANDA. Mía fue la mano...

MARCIANA. (Protestando con voz lacrimosa.) No delires, hija del alma. Tú no has sido... Como testigo que no miente, digo y sostengo que esa pobre mujer iba delante de nosotras... De pronto salió de lo oscuro un hombre enmascarado que la mató, atravesándola con su espada.

DON WIFREDO. La espada es mía, y yo el matador enmascarado. Lo digo y juro yo, Bailío de Nueve Villas en la Hospitalaria Orden de Jerusalén; yo, que jamás he mentido; yo, que por riguroso mandato de la caballeresca religión que profeso no puedo decir cosa contraria a la verdad.

FERNANDA. (Con voz entera.) Por mi culpa, por culpa también de alguno que no está presente, he venido a caer en este infierno. Yo estoy en él por mi pasión furiosa. La generosidad del buen Bailío no tiene puesto aquí.

DON WIFREDO. (Inspirado, pulsando la lira, más bien templándola.) No se obstine, Fernanda, en creer que sus manos pueden estar manchadas de sangre... En ellas veo yo la blancura de las azucenas, como en toda su alma la celeste claridad de la virtud... (Tocando la lira con frenesí.) Pasa la gentil doncella de Ibero por el valle que riegan nuestras lágrimas. Los ángeles la preceden, las estrellas la acompañan; coronan su frente y adornan su seno piedras preciosas, símbolo refulgente de la pureza. Recorre nuestro mísero valle la inefable dama; ella es el cielo que pasa; nosotros, el infierno que permanece... Quedamos en el valle angosto y negro de la llamada justicia humana, de la falsa devoción, de la vanidad y de la mentira... Para ella el esplendor de la bienaventuranza; para nosotros la oscuridad de cárceles y presidios, entre la villana grey de estos diablos llamados hombres... (Rompiendo alguna cuerda, de la furia con que toca.) Adiós, virgen de Ibero, la del destino venturoso... Un triste caballero desconsolado, hoy criminal confeso, contempla la vía luminosa que dejas tras de ti, y en ese polvo rutilante busca dejos de tu voz, estelas de tu sonrisa, destellos de tu mirada... Adiós, mujer que fuiste, querubín que eres. Reserva un lugar humilde en tu Paraíso al caballero loco y enamorado, matador de Antarés, la de las dos naturalezas.

FILIBERTA. ¡Pobrecito amo mío, cómo está! (Antes de que terminara el cantor Bailío su grave melopea, prorrumpen las ranas en cháchara clamorosa.)

FERNANDA. (Trastornada.)Oigo espantosos gritos, y una voz llorosa, y un sonar de cuerdas de laúd. Marciana, yo desfallezco de cansancio, de horror, de piedad... ¿Es verdad que he matado a esa?... Soy criminal... Mi madre, ¿dónde está? Quiero verla, quiero contarle... Mi madre y mi padre, mis hermanos queridos, me consolarán. (Espántase de la vista del cadáver; con violenta sacudida se levanta, como queriendo huir.)

MARCIANA. (Aprovechando aquel movimiento para llevársela.) Ven, hija del alma... Estás enferma... Aparta de este horror tus ojos y tus oídos... (Aparece una pareja de guardias civiles: uno de estos es ANTONIO CASTRO. Tras los guardias viene el mocetón que fue a buscarlos.)

FERNANDA. (Poseída de terror, poseída del ansia de la verdad.) Guardias, yo maté. (MARCIANA habla un momento con su marido; habla después con el hombre atlético. Este se va derecho a FERNANDAy la coge en brazos como a un niño. Avanza con ella hacia el punto de salida; detrás MARCIANA.)

DON WIFREDO. (A los guardias que se acercan.) Señores guardias, tan claro es esto, que no necesitan interrogarme. En el corazón de la muerta está mi espada... y aquí, en mi corazón y en mis labios, la verdad de esta tragedia... Llevadme ante el juez.

FILIBERTA. No le crean, guardias.

FERNANDA. (En brazos del atleta, gritando.)Yo la odiaba... Ella me mató antes a mí. Muerta soy... Santiago, hermano mío, Teresa, ¿dónde estáis?... Espíritus fuertes, venid, resucitadme.

FIN DE ESPAÑA SIN REY

Madrid, octubre, noviembre, diciembre de 1907; enero de 1908.

Libros a la carta

A la carta es un servicio especializado para

empresas,

librerías,

bibliotecas,

editoriales

y centros de enseñanza;

y permite confeccionar libros que, por su formato y concepción, sirven a los propósitos más específicos de estas instituciones.

Las empresas nos encargan ediciones personalizadas para marketing editorial o para regalos institucionales. Y los interesados solicitan, a título personal, ediciones antiguas, o no disponibles en el mercado; y las acompañan con notas y comentarios críticos.

Las ediciones tienen como apoyo un libro de estilo con todo tipo de referencias sobre los criterios de tratamiento tipográfico aplicados a nuestros libros que puede ser consultado en Linkgua-ediciones.com.

Linkgua edita por encargo diferentes versiones de una misma obra con distintos tratamientos ortotipográficos (actualizaciones de carácter divulgativo de un clásico, o versiones estrictamente fieles a la edición original de referencia).

Este servicio de ediciones a la carta le permitirá, si usted se dedica a la enseñanza, tener una forma de hacer pública su interpretación de un texto y, sobre una versión digitalizada «base», usted podrá introducir interpretaciones del texto fuente. Es un tópico que los profesores denuncien en clase los desmanes de una edición, o vayan comentando errores de interpretación de un texto y esta es una solución útil a esa necesidad del mundo académico.

Asimismo publicamos de manera sistemática, en un mismo catálogo, tesis doctorales y actas de congresos académicos, que son distribuidas a través de nuestra Web.

El servicio de «libros a la carta» funciona de dos formas.

1. Tenemos un fondo de libros digitalizados que usted puede personalizar en tiradas de al menos cinco ejemplares. Estas personalizaciones pueden ser de todo tipo: añadir notas de clase para uso de un grupo de

estudiantes, introducir logos corporativos para uso con fines de marketing empresarial, etc. etc.

2. Buscamos libros descatalogados de otras editoriales y los reeditamos en tiradas cortas a petición de un cliente.